本书为全国高等院校古籍整理研究工作委员会项目"《玉台新咏》成书考论"和"黑龙江省普通本科高校青年创新人才培养计划项目（UNPYSCT–2015056）"成果。本书的出版获"跃滨学术基金"资助，谨致谢忱！

《玉台新咏》成书研究

黄威◎著

中国社会科学出版社

图书在版编目（CIP）数据

《玉台新咏》成书研究/黄威著. —北京：中国
社会科学出版社，2017.2
ISBN 978 - 7 - 5161 - 8804 - 0

Ⅰ.①玉…　Ⅱ.①黄…　Ⅲ.①古典诗歌—诗歌研究—
中国　Ⅳ.①I207.227

中国版本图书馆 CIP 数据核字（2016）第 205173 号

出 版 人	赵剑英
责任编辑	郭晓鸿
特约编辑	席建海
责任校对	韩海超
责任印制	戴　宽

出　　版	中国社会科学出版社
社　　址	北京鼓楼西大街甲 158 号
邮　　编	100720
网　　址	http://www.csspw.cn
发 行 部	010 - 84083685
门 市 部	010 - 84029450
经　　销	新华书店及其他书店

印　　刷	北京君升印刷有限公司
装　　订	廊坊市广阳区广增装订厂
版　　次	2017 年 2 月第 1 版
印　　次	2017 年 2 月第 1 次印刷

开　　本	710×1000　1/16
印　　张	16
插　　页	2
字　　数	209 千字
定　　价	59.00 元

目　录

引　言

　　《玉台新咏》是现存继《诗经》《楚辞》之后的又一部诗歌总集。此集所录作品以描写男女之情、闺阁之事为主。正如徐陵所言，《玉台新咏》一书收录的诗歌主体为与女性有关的"艳诗"（《〈玉台新咏〉序》），亦即宫体诗，多为后世学者所轻视，即宋刘克庄"赏好不出月露，气骨不脱脂粉，雅人庄士见之废卷"①之谓，故直到清代才有吴兆宜为其作注，所受冷遇可见一斑。清纪容舒曾以宋本《玉台新咏》为底本对此书进行考校，但在其最终成果《〈玉台新咏〉考异》的序言中却说："丹黄矻矻，盖四阅月乃粗定。耗日力于绮罗脂粉之词，殊为可惜。"②纪氏对待《玉台新咏》的态度与"绮罗脂粉"的评价，实为长期以来古今学者的共识。

　　近年来，学界对宫体诗的关注逐渐升温，要求打破传统上把宫体

---

　　① （宋）刘克庄：《后村诗话》，中华书局 1983 年点校本，第 6 页。
　　② （清）纪容舒：《〈玉台新咏〉考异》，《丛书集成初编》本，第 1 页。威按：此书虽署名为"纪容舒"，但据邵懿辰《增订四库简明目录标注》云："此书实文达（纪昀）自撰，归之父也。"今人隽雪艳、张蕾等学者相继撰文论证此语属实，已为学界所广泛认同。参见隽雪艳《〈玉台新咏考异〉为纪昀所作》，《文史》（第二十六辑），中华书局 1986 年版，第 366 页；张蕾《"〈玉台新咏考异〉为纪昀所作"说补遗》，《文献》2008 年第 2 期，第 184—186 页。本书在引用此书时不涉及该书作者的考辨，故仍以原书署名称之。

诗笼统地斥为"淫诗"的说法，对宫体诗进行细致研究的声音日渐高涨。例如，胡大雷就对宫体诗做了"求细求实"的工作。"所谓'求细'，即仔细琢磨各时期作品的特殊之处，分析其差异，于是分析了统而言之'淫艳'的宫体诗在南朝各时期的不同；所谓'求实'，即切切实实对作品进行条分缕析，不是偏重于直觉、顿悟和对感性的体验的描述，而是从分析作品的结构、主题、文体特点、抒情方式、叙写重心、人物形象、风格等入手，总结出宫体诗的种种特点，这些特点，绝非徒具空言，在宫体诗中都可得到落实。"① 又如，曹旭曾指出："假如，我们心平气和地对齐、梁以来，特别是唐人对宫体诗的指责作一番反思，就会发现，当时批判称它'妖体'，说它'轻艳''淫放''色情'，甚至说它是'亡国之音'，都是'政治判断'而不是'文学批评'，是以道德纲常术语代替艺术分析。其实，《隋书·文学传序》里说的'雅道沦缺，渐乖典则'，是用刻舟求剑的眼光看艺术发展的必然；国家衰亡，社稷式微，不应由一种诗体负责。亡国不去找政治、经济和军事上的原因，却找宫体诗作替罪羊，是历史学家不负责任；说写宫体诗、读宫体诗会亡国，未免把宫体诗的威力夸张过头。"② 类似的主张与实践已得到越来越多的学者的认同。

相应地，受这种思潮的影响，《玉台新咏》作为一部以收录宫体诗为主的诗歌总集，对其进行重新认识和评价的呼声随之而起。实际上，《玉台新咏》作为宫体文学的代表性著作，学界对宫体诗研究的新主张，即可视为对该书进行重新审视的视角与方法。例如，张蕾在回顾改革开放以后《玉台新咏》研究情况时说："改革开放以后，在思想解放潮流的冲击下，《玉台新咏》研究也进入了一个新的时期。摆脱以往先入为主的评判尺度和单一的审美视角，本着理性精神，对

---

① 胡大雷：《宫体诗研究》，商务印书馆 2004 年版，第 5 页。
② 曹旭：《论宫体诗·代序》，归青《南朝宫体诗研究》，上海古籍出版社 2006 年版，第 2 页。

一些悬而未决或晦暗不明的问题进行深入探究，是研究的亮点所在。"① 可见，其观点与上文所举的两位六朝文学研究专家的主张有诸多相通之处。

然而，在这种呼声中，关于《玉台新咏》成书方面的问题却存在着诸多争论，长期以来无法达成共识。事实上，在中国文学史上，很少有一部典籍像《玉台新咏》这样在成书问题上存在如此多的争议。从目前的研究成果看，关于《玉台新咏》的编者、编撰动机、成书时间、录诗标准等方面均存在较大分歧。综观这些论著，一方面，在考察某一具体话题时，研究者往往着意于阐述一己之观点，没能全面地反映相关问题的研究现状；另一方面，多数学者在讨论《玉台新咏》成书问题时，通常从中摘出一个或若干个问题而对其他问题付之阙如，很少有人对相关话题进行系统的考察。② 更为重要的是，很少有人考虑这些问题彼此之间是否存在关联。《玉台新咏》成书方面的诸多有争议的话题，看似彼此独立但实际关系紧密。例如，章培恒在讨论《玉台新咏》的编撰者问题时，涉及了《玉台新咏》版本与成书时间两个问题的考辨。③ 又如，刘跃进在考察《玉台新咏》的成书时间时，把对《玉台新咏》不收徐摛诗原因的考察，作为支撑其结论的重要依据之一。④

我们认为，《玉台新咏》作为一部诗歌总集，编撰时的指导思想应是一以贯之的，其编撰动机、序文含义、收诗标准等内容，以及成

① 张蕾：《〈玉台新咏〉论稿》，人民出版社 2007 年版，第 6 页。
② 2013 年，人民文学出版社出版胡大雷《〈玉台新咏〉编纂研究》一书，胡先生在书中较为集中地讨论了《玉台新咏》成书相关问题，具体涉及该书的编撰者、收诗标准、编纂体例、书名含义等方面。一则我们对于这些问题仍有不同意见；二则该书对诸如《玉台新咏》为何不收徐摛诗，徐陵编撰《玉台新咏》之事为何不见于《梁书》《陈书》的记载等这些《玉台新咏》成书前后存在的疑问并未涉及。因此，《玉台新语》成书问题仍值得探讨。
③ 参见章培恒《〈玉台新咏〉为张丽华所"撰录"考》，《文学评论》2004 年第 2 期，第 5—17 页。
④ 参见刘跃进《玉台新咏研究》，中华书局 2000 年版，第 84—86 页。

书后所表现出的一些特征当存在内在关联。既然如此，将这些问题割裂、孤立地研究某一个或若干个话题，就有可能失之于片面，甚至因此而得出错误的结论。《玉台新咏》作为宫体诗研究材料的渊薮与主要研究对象，这种情况不仅制约了人们对《玉台新咏》的文本研究，还阻碍了对宫体诗深入研究的步伐。

鉴于《玉台新咏》成书问题的重要性及相关问题的研究现状，结合学者所关注的具体论题，我们将对导致《玉台新咏》成书研究产生分歧的关键史料——《〈玉台新咏〉序》，以及该书的编者、编撰动机等具体成书问题进行整理与探讨。具体而言，本书的主体部分包括："《玉台新咏》编者异说质疑""《玉台新咏》编撰动机新证""《〈玉台新咏〉序》解词通释""《玉台新咏》成书时间订补""《玉台新咏》录诗标准异说""《玉台新咏》书名异称、含义考述""《玉台新咏》不见载于《梁书》《陈书》释疑""《玉台新咏》收录、失录诗人难解现象索解"。在每个具体话题研究过程中，我们首先对前人的研究进行梳理，力求呈现问题的研究现状与产生争论的症结所在；其次，在观照各话题间的内在联系的前提下，尝试对这一问题给出自己的答案。

第一章

《玉台新咏》编者异说质疑

一　《玉台新咏》编者诸说

《玉台新咏》最早见录于《隋书·经籍志》，题作"徐陵撰"①。长期以来，此说作为常识为学界所广泛接受，鲜有异议。

2004年，章培恒发表《〈玉台新咏〉为张丽华所"撰录"考》②（以下简称《"撰录"考》）一文对传统的观点提出质疑，引起巨大反响。该文主要通过对《〈玉台新咏〉序》的解读，否定了《玉台新咏》为徐陵所编撰的观点，并明确提出此书为陈后主的妃子张丽华所编撰的结论。其论证理路为：首先，通过对序文的解读，指出此书为一位才貌双全的妃子所编；其次，通过考证徐陵在南朝时的地位与政治环境，指出《〈玉台新咏〉序》中的妃子为实指，而不可能出于徐陵的

---

① （唐）魏徵、令狐德棻：《隋书》，中华书局1973年标点本，第1084页。

② 章培恒：《〈玉台新咏〉为张丽华所"撰录"考》，《文学评论》2004年第2期，第5—17页。

假托；再次，考察梁、陈二朝妃子中与《〈玉台新咏〉序》中所述妃子情况相应之人，并最终锁定为陈后主的妃子张丽华；最后，用三则材料作为旁证，指出《隋书·经籍志》等著录《玉台新咏》的作者为徐陵实出于后人的窜改，并对支持徐陵编撰《玉台新咏》观点的一些证据进行了反驳。由于观点的新奇与章先生的学术地位，该文一经刊出便引发了关于《玉台新咏》编撰者的热烈讨论。这些讨论大多围绕章先生的文章进行，在探讨、商榷的往复过程中，章先生对之前持有的"《玉台新咏》为张丽华编撰"的观点似乎有所动摇，但仍坚持认为《玉台新咏》为一位妃子所编，[①] 其学术团队成员谈蓓芳[②]、吴冠文[③]也撰文支持这一观点。

《"撰录"考》发表以后，胡大雷撰《〈玉台新咏〉为梁元帝徐妃所"撰录"考》[④] 一文，对《"撰录"考》提出的"《玉台新咏》为一位妃子所编撰"的观点表示赞同，但认为这位"妃子"并非张丽华，而是梁元帝徐妃。胡先生同样是在对《〈玉台新咏〉序》进行解读后，认为序文明确交代了编撰者为一位女性，并通过对梁代宫廷女子的考察最终锁定为徐妃。其依据主要有：徐氏本人擅长诗歌创作；其兄徐君倩为宫体诗大家；其所在西府为宫体诗重镇且有撰录艳歌集的先例；《日本国见在书目》载《玉台新咏》编撰为"徐瑗"即徐妃；等等。此说一出亦有追随者。[⑤] 其后，胡先生撰文进一步指出，徐陵与《玉台新咏》的编撰并非毫无关系，而是徐妃

---

① 章培恒：《再谈〈玉台新咏〉的撰录者问题》，《上海师范大学学报》2006 年第 1 期，第 1—13 页。

② 谈蓓芳：《〈玉台新咏〉版本考——兼论此书的编纂时间和编者问题》，《复旦学报》2004 年第 4 期，第 2—16 页。

③ 吴冠文、章培恒：《〈玉台新咏〉撰人讨论的几个遗留问题》，《复旦学报》2011 年第 3 期，第 12—17 页。

④ 胡大雷：《〈玉台新咏〉为梁元帝徐妃所"撰录"考》，《文学评论》2005 年第 2 期，第 52—56 页。

⑤ 参见汪浩《论〈玉台新咏〉一书的编撰者》，《广西师范学院学报》2006 年第 1 期，第 72—75 页。

编撰此书时的协助者。①

　　然而，在这次讨论中仍以维护传统观点，即徐陵为《玉台新咏》的编撰者的论点为主流。邬国平②、樊荣③、牛继清④、周绍恒⑤、刘林魁⑥、李建栋⑦、李姝⑧、陈小松⑨等都直接反驳了章先生《"撰录"考》中的观点。此外，朱晓海《论徐陵〈玉台新咏序〉》⑩一文主要是对《〈玉台新咏〉序》进行了细致的解读，该文虽未明言，但实际对章文的论证方法与观点都进行了批驳。综合来看，这些商榷文章基本将章文得出"《玉台新咏》为张丽华编撰"观点所涉及的正、反两方面的论据都予以了反驳，维护了徐陵为《玉台新咏》编撰者的传统观点。

　　我们认为，关于《玉台新咏》编撰者的异说均可疑，徐陵为《玉台新咏》编撰者的传统观点仍不可动摇。兹参考前人研究成果申说之。

---

　　① 参见胡大雷《徐陵为〈玉台新咏〉协助撰录者及其〈序〉的撰作时间考》，《文献》2007年第3期，第17—23页。又见胡大雷《〈玉台新咏〉编纂研究》，人民文学出版社2013年版，第61—74页。

　　② 邬国平：《〈玉台新咏〉张丽华撰录说献疑——向章培恒先生请教》，《学术月刊》2004年第9期，第74—81页。

　　③ 樊荣：《〈玉台新咏〉"撰录"真相考辨——兼与章培恒先生商榷》，《中州学刊》2004年第6期，第92—94页。

　　④ 牛继清、纪健生：《〈玉台新咏〉是张丽华所"撰录"吗？——从文献学角度看〈玉台新咏〉为张丽华所"撰录"考》，《淮北煤炭师范学院学报》2006年第4期，第21—29页。

　　⑤ 周绍恒：《〈玉台新咏〉的编者及编撰时间考辨——兼与章培恒先生商榷》，天津师范大学古典文献研究所学术论文集（中国古典文献学丛刊第四卷），天津，2005年6月，第38—59页。

　　⑥ 刘林魁：《〈玉台新咏〉编者和编纂时间再探讨》，《宝鸡文理学院学报》2005年第6期，第84—89页。

　　⑦ 李建栋：《论〈玉台新咏〉之"撰录者"》，《江淮论坛》2006年第5期，第134—143页。

　　⑧ 李姝、周晓琳：《〈玉台新咏〉编纂者新考》，《沈阳大学学报》2009年第2期，第81—84页。

　　⑨ 陈小松、黄鹏：《〈玉台新咏〉撰录者和撰录时间考》，《乐山师范学院学报》2009年第4期，第13—15页。

　　⑩ 朱晓海：《论徐陵〈玉台新咏序〉》，《中国诗歌研究》（第四辑），2006年，第1—29页。

二 《玉台新咏》为张丽华"撰录"说质疑

《"撰录"考》首次提出《玉台新咏》为张丽华所编撰的观点，其主要依据是对《〈玉台新咏〉序》的不同解读与若干旁证，然而这两方面的证据实际均存在问题。

其一，章文通过对《〈玉台新咏〉序》的解读认为，序中的"丽人"为实写，不可能为徐陵在梁、陈两代的假托之语，因为如果徐陵这样做在南朝会带来严重的后果。章先生对以上结论给出的解释为："正因徐陵在《玉台新咏序》中已对此书的编者作了这样的说明，他就不可能再为此书加上'徐陵撰'一类的题署。否则就成为他公然自称为最受皇帝宠爱的妃子；而他又是男性，所以这实际上意味着他宣称自己为最受皇帝宠爱的娈童。这不但使自己为社会所不齿，从此陷入万劫不复之境，而且因为事关皇帝，纵或真有此事也应秘而不宣，如此大肆张扬，必然被视为对皇帝的恶毒诽谤而受极刑。他无论如何愚蒙乖张，都不会有此举动，更不会在这样做了以后仍然平安无事。"①

事实上，古代以女子自比进行写作的传统由来已久，在徐陵生活的时代也不少见。文学创作中以女性形象自托来抒发情感，即"以男女喻君臣"的做法比较常见。清方玉润在《诗经原始》分析《谷风》一诗时就曾说道：

> 大凡忠臣义士不见谅于其君，或遭谗间远逐殊方，必有一番

---

① 章培恒：《〈玉台新咏〉为张丽华所"撰录"考》，《文学评论》2004年第2期，第8页。

冤抑难于显诉，不得不托为夫妇词，以写其无罪见逐之状。则虽卑词巽语中时露忠贞郁勃气。汉、魏以降，此种尤多。①

又据学者研究，《周易》的卦爻辞中已出现"以男女喻君臣"的现象，《诗经》与《周易》的写作时间相近，《诗经》大量关于男女恋爱、婚姻乃至家庭生活的婚恋诗中也当存在这种现象。② 此现象更为直接的源头可追溯到中国诗歌的另一大源头——《楚辞》。以屈原《离骚》为代表的骚体文学开创了我国诗歌"香草美人"的抒情传统。王逸《〈离骚〉序》云：

> 《离骚》之文，依《诗》取兴，引类譬谕，故善鸟香草，以配忠贞；恶禽臭物，以比谗佞；灵修美人，以媲于君；宓妃佚女，以譬贤臣；虬龙鸾凤，以托君子；飘风云霓，以为小人。③

《离骚》中最引人注目的两类意象为美人与香草。其中，"美人"可用于指代君王，如其云：

> 日月忽其不淹兮，春与秋其代序。惟草木之零落兮，恐美人之迟暮。不抚壮而弃秽兮，何不改此度？乘骐骥以驰骋兮，来吾道夫先路。④

这里"恐美人之迟暮"之"美人"，王逸注曰："美人，谓怀王也。人君服饰美好，故言美人也。"⑤ 所指即君王。但《离骚》中的"美人"更多的时候为自喻，如"曰黄昏以为期兮，羌中道而改路"

---

① （清）方玉润：《诗经原始》，中华书局1986年点校本，第136—137页。

② 参见鲁洪生、王美英《〈诗经〉中"以男女喻君臣"的迹象》，《诗经研究丛刊》（第二十三辑），2013年，第186—203页。

③ 转引自（宋）洪兴祖《楚辞补注》，中华书局1983年点校本，第2—3页。

④ 同上书，第6—7页。

⑤ 同上书，第6页。

"众女嫉余之蛾眉兮，谣诼谓余以善淫"①。以此视之，屈原在《离骚》中很多时候是以女子自喻，通过自拟弃妇而抒情的。

以夫妇喻君臣不仅形象生动，也与我国的阴阳五行观念中常把君臣、夫妇作为对应概念提出的做法契合，属于中国传统的思维模式，这一点在历代的诗文创作中均有体现，如魏曹植《七哀》诗云：

> 明月照高楼，流光正徘徊。上有愁思妇，悲叹有余哀。借问叹者谁？言是宕子妻。君行逾十年，孤妾常独栖。君若清路尘，妾若浊水泥。浮沉各异势，会合何时谐？愿为西南风，长逝入君怀。君怀良不开，贱妾当何依！②

诗人以"宕子妻"自比，以思妇被弃来比喻自己在政治上所受到的排挤，"君怀良不开，贱妾当何依"，即是他与曹丕关系的真实写照。唐范摅《云溪友议》卷下"闺妇歌"条记述了一则广为人知的故实：

> 朱庆馀校书，既遇水部郎中张知音。遍索庆馀新制篇什数通，吟改后，只留二十六章。水部置于怀抱，而推赞欤。清列以张公重名，无不缮录讽咏之，遂登科第。朱君尚为谦退闺意一篇，以献张公。张公明其进退，寻亦和焉。诗曰："洞房昨夜停红烛，待晓堂前拜舅姑。妆罢低声问夫婿：画眉深浅入时无？"张籍郎中酬曰："越女新妆出镜心，自知明艳更沉吟。齐纨未足人间贵，一曲菱歌敌万金。"朱公才学，因张公一诗，名流于海内矣。③

朱庆馀以女子自喻向张籍行卷，即属于以女子自喻表明心意，张

---

① 转引自（宋）洪兴祖《楚辞补注》，中华书局1983年点校本，第11、14—15页。
② （魏）曹植撰，赵幼文校注：《曹植集校注》，人民文学出版社1984年版，第313页。
③ （唐）范摅：《云溪友议》，古典文学出版社1957年版，第79页。

籍则以绝代风华的越女喻朱，说明他是完全理解朱诗这种意图与表意的。

徐陵生活在宫体诗勃发兴盛的南北朝时期，"属意于新诗"（《〈玉台新咏〉序》）者定不在少数。徐陵所谓"新诗"，当为以描写女性体貌、情感等为主要内容的宫体诗。对描写女性手法的熟习，使这一时期的诗人承袭前人以女子自喻的传统，运用女性的视角来抒写一己之情感成为普遍的创作手法，从现存六朝诗歌中就能发现当时有很多诗人有此类作品。如《玉台新咏》卷五录梁范云《思归》诗云：

> 春草醉春烟，春闺人独眠。积恨颜将老，相思心欲然。几回明月夜，飞梦到郎边。①

该诗即以女性身份抒发了自己的归思之情。又如，与徐陵并称为"徐庾"的庾信，曾作《拟咏怀》组诗，其七云：

> 榆关断音信，汉使绝经过。胡笳落泪曲，羌笛断肠歌。纤腰减束素，别泪损横波。恨心终不歇，红颜无复多。枯木期填海，青山望断河。②

其中"纤腰"以下两句也是以女子的口吻诉说哀思的。这种情况在古代文学创作中俯拾即是，并非可怪的现象。

其二，《"撰录"考》引述《陈书》记载张丽华生平之语："后主张贵妃，名丽华，兵家女也。家贫，父兄以织席为事……"其后将《〈玉台新咏〉序》中的记述与之相比附，在分析"四姓良家"一语时指出："《序》中'五陵豪族，充选掖庭；四姓良家，驰名永巷'的后一句是说丽人像'四姓良家'似的'驰名永巷'。'良家'是指平民……张

---

① （南朝陈）徐陵编，（清）吴兆宜注，程琰删补：《玉台新咏笺注》，中华书局1985年点校本，第221页。

② 逯钦立辑校：《先秦汉魏晋南北朝诗》，中华书局1983年版，第2368页。

贵妃家虽是平民，又非富人，但既是'兵家子'，当可勉强列入'豪杰'一类，故赞其出于'五陵豪族'也无不可。"①

这里的问题在于，魏晋南北朝时期一直施行兵户制，兵家的地位是十分低下的。高敏在《魏晋南北朝兵制研究》一书中就说："宋、齐、梁、陈四代都实行了兵户制；兵户制有特殊的户籍，谓之'兵籍'或'军籍'，并由典签主管之；兵户的身份是很低微的，被称之为'兵驵'，甚至和奴婢并列；兵户服役是世代相袭的，而且是不同于一般编户平民的，故必待放免以后才得为平民，始受郡县管辖，由此可以看出，兵户是不由郡县系统管辖的；由于兵户的身份低微，所以他们渴望解除兵户身份；正因为如此，谢晦、刘劭与刘诞都可以利用焚烧兵户的'军籍'或'兵籍'的方式去激励他们的斗志。"② 可见，章文认为可将身为"兵家子"的张贵妃勉强列入"豪杰"的结论，是无法成立的。

其三，《"撰录"考》为证实《隋书·经籍志》等著录《玉台新咏》"徐陵撰"实为后人窜改所致，举出三条旁证：一为唐李康成《玉台后集》称自己所编书为"以续陵序编"；二为宋严羽《沧浪诗话·诗体》"玉台体"条云"《玉台集》乃徐陵所序"；三为宋刘克庄《后村诗话》提及《玉台新咏》时说"徐陵所序《玉台新咏》十卷"。指出三人所说的"序"实际指的是徐陵为《玉台新咏》作序而并非编撰之意。并由此认为："不但唐代的李康成，而且连南宋末的严羽和刘克庄也都不知道（或不相信）《玉台新咏》为徐陵所编。换言之，人们普遍认同《玉台新咏》为徐陵编乃是相当晚的事，这也意味着'《玉台新咏》为徐陵撰'之说乃系后出。"③

---

① 章培恒：《〈玉台新咏〉为张丽华所"撰录"考》，《文学评论》2004 年第 2 期，第 11—12 页。

② 高敏：《魏晋南北朝兵制研究》，大象出版社 1998 年版，第 278 页。

③ 章培恒：《〈玉台新咏〉为张丽华所"撰录"考》，《文学评论》2004 年第 2 期，第 15 页。

然而，我们认为事实并非如此，原因在于：一方面，南北朝时期文人代笔为文的现象非常普遍，而所代之人一般会在诗文标题中加以体现，以"为某某"的形式标明，并不会被隐去。学者朱晓海已注意到这一现象，并列举潘岳《为任子咸妻作孤女泽兰哀辞》、谢朓《为诸娣祭阮夫人文》、沈约《为长城公主谢表》、王僧孺《为南平王妃拜改封表》、任昉《宣德皇后临朝答梁王令》、江总《为陈六宫谢章》等实例指出，这些为女性代笔的作品并未掩去代言人姓名，而归于所代之人。徐陵的《〈玉台新咏〉序》如果是代笔，按常理旧贯，应不至于不标明所代言者的身份姓名。① 事实上，徐陵为他人的代笔之作也确实是如此处理的，如其《为王仪同致仕表》《为始兴王让琅邪二郡太守表》《为护军长史王质移文》等文并未省去所代之人的姓名，而是以"为某某"为题将所代之人的姓名直接体现在文题中。《玉台新咏》中也收录有代笔之作，与徐陵相关者有徐陵《为羊衮州家人答饷镜》诗、何曼才《为徐陵伤妾》诗，二诗诗题的处理方式亦如是。鉴于《〈玉台新咏〉序》在《艺文类聚》《文苑英华》及诸版本《玉台新咏》等著中，均没有出现所代言者的姓名，很难得出这篇序言为代笔之作的结论。

另一方面，更为重要的是，结合具体语境，如果将材料中的"序"解释为撰写序言之意，则与实际情况相龃龉。《"撰录"考》在引述三则材料时，我们无法据之了解上下文语境，兹引述三则材料原文并加以分析。

首先，宋晁公武《郡斋读书志》卷二云：

> 玉台新咏十卷。右陈徐陵纂。唐李康成云："昔陵在梁世，父子俱事东朝，特见优遇。时承华好文（孙猛校语：承华 袁本'华'作'平'，疑是），雅尚宫体，故采西汉以来词人所著乐府

---

① 参见朱晓海《论徐陵〈玉台新咏序〉》，《中国诗歌研究》（第四辑），2006年，第8页。

艳诗,以备讽览 （孙猛校语:以备讽览《经籍考》此下有'且为之序'四字)。"

玉台后集十卷。右唐李康成采梁萧子范迄唐张赵二百九人所著乐府歌诗六百七十首,以续陵编（孙猛校语:以续陵编 袁本"编"字与下"序"字互倒),序谓"名登前集者,今并不录,唯庾信、徐陵仕周、陈,既为异代,理不可遗"云。[①]

据孙猛《郡斋读书志校证》校语可知,《"撰录"考》所据此则材料存在异文,如果据孙先生校勘成果"以续陵序编"是袁本《郡斋读书志》将"编序"二字误记的结果;衢本的顺序如引文所示,作"以续陵编,序谓……"如果按照这一顺序,"序"指的便是《〈玉台后集〉序》,"以续陵编"则清楚地表明李氏认为《玉台新咏》为徐陵所编。

退一步讲,即使是按照《"撰录"考》所使用版本,也不宜将"序"理解为撰写序文。据材料可知,《玉台后集》中"以续陵序编"之语实际为晁公武而非李康成之语,而《玉台新咏》解题中"玉台新咏十卷。右陈徐陵纂"之语已明确晁公武认为徐陵为《玉台新咏》编撰者。然则,晁公武在引述李康成之语时,如果李康成之语与自己相左,很难想象他只是随意地把这种观点罗列其下而不加以辨析,使人徒增疑惑。且据孙猛校语,衢本《郡斋读书志》"以备讽览"下夺"且为之序",如此,李康成亦持《玉台新咏》为徐陵所编甚明。《"撰录"考》在有版本依据证明衢本《郡斋读书志》夺文为何的情况下,假设其下或为"陵为之序"欠妥。综上可见,根据此则材料得出李康成不知道或不相信徐陵为《玉台新咏》编者,是不成立的。

其次,宋刘克庄《后村诗话》前集卷一云:

---

① (宋)晁公武撰,孙猛校证:《郡斋读书志校证》,上海古籍出版社 1990 年版,第 97 页。

徐陵所序《玉台新咏》十卷，皆《文选》所弃余也。六朝人少全集，虽赖此书略见一二，然赏好不出月露，气骨不脱脂粉，雅人庄士见之废卷。昔坡公笑萧统之陋，以陵观之，愈陋于统。如沈休文《六忆》之类，其亵慢有甚于《香奁》《花间》者，然则自《国风》《楚辞》而后，故当继以《选》诗，不易之论也。①

《"撰录"考》所举三则材料中，此则为第二条，仅从引文看其中的"序"字，似释作"撰写序文"或"编撰"均可通，但实际刘克庄《后村诗话》续集卷一又有如下记述：

郑左司子敬家有《玉台后集》，天宝间李康成所选，自陈后主、隋炀帝、江总、庾信、沈、宋、王、杨、卢、骆而下二百九人，诗六百七十首，汇为十卷，与前集等，皆徐陵所遗落者。往往其时诸人之集尚存。今不能悉录，姑摘其可存者于后。②

引文中"皆徐陵所遗落者"之语表明，刘克庄是将徐陵视为《玉台新咏》编撰者的。考虑到同人同书一般不会出现如此明显的观点分歧，将"徐陵所序《玉台新咏》十卷"之"序"解释为编撰，显然更为合理。

最后，宋严羽《沧浪诗话·诗体第四》"玉台体"条云：

《玉台集》乃徐陵所序，汉魏六朝之诗皆有之。或者但谓织艳者为玉台体，其实则不然。③

这则材料为《"撰录"考》所据第三则材料，由于缺少更具体的信息，"序"字似乎解释为"撰写序言"或"编撰"之意均可。但若仅以一则可做歧解的材料去支撑一种观点显然是有问题的。

---

① （宋）刘克庄：《后村诗话》，中华书局1983年点校本，第6页。
② 同上书，第84页。
③ （宋）严羽撰，郭绍虞校释：《沧浪诗话校释》，人民文学出版社1983年版，第69页。

"序"在古汉语中有"序文""序言"之义，也可以活用为动词表示作序；同时，古人也有使用"序"字来表示非原创，而是根据已有材料重新组织编排书籍的先例，《汉书·艺文志》中就有"刘向所序六十七篇（原注：《新序》《说苑》《世说》《列女传颂图》也）""扬雄所序三十八篇（原注：《太玄》十九、《法言》十三、《乐》四、《箴》二）"之语。① 这里的"序"无疑为"编撰"之义。所以，如果脱离语境，以上三则材料中的"序"解释为"作序""编撰"均可通；但若结合上下文语境而具体考察，除严羽之语无法确定作何解外，李康成、刘克庄之语中的"序"作"编撰"解甚明，将其解释为"作序"是错误的。

其四，《"撰录"考》为证实《隋书·经籍志》等著录《玉台新咏》"徐陵撰"实为后人窜改，指出百衲本《新唐书》虽为据宋嘉祐本影印，但《艺文志》中著录《玉台新咏》的一页却并非嘉祐本原貌，以致今本《新唐书·艺文志》所录《玉台新咏》为徐陵撰的信息，是修志者的原文抑或后人的窜改已不得而知了。文章得出这一结论的理由为：嘉祐本每半页十四行，行二十五字，但《艺文志》载有《玉台新咏》的一页，却为每半页十四行，每行二十五六字不等，多数为二十六字。②

针对这一论断，牛继清、纪健生在其《〈玉台新咏〉是张丽华所"撰录"吗？——从文献学角度看〈玉台新咏〉为张丽华所"撰录"考》一文中已进行了有力的反驳。③ 二人指出，张元济在百衲本《新唐书》"跋"里已明确交代："陆氏本……并北京配本存本纪十卷、志五十卷、表十三卷、列传一百十四卷，又子卷六。"说明同为嘉祐本的陆本与北京图书馆本相合后，本纪与志两大部分没有残缺，与之相配的"另一残宋本"所补只表及列传部分。即使因"陆本所无及漫漶

---

① 参见（汉）班固《汉书》，中华书局 1964 年标点本，第 1727 页。
② 参见章培恒《〈玉台新咏〉为张丽华所"撰录"考》，《文学评论》2004 年第 2 期，第 15、17 页。
③ 参见牛继清、纪健生《〈玉台新咏〉是张丽华所"撰录"吗？——从文献学角度看〈玉台新咏〉为张丽华所"撰录"考》，《淮北煤炭师范学院学报》2006 年第 4 期，第 24 页。

过甚"而"挽配"残宋本，由于残宋本"视陆本每半页仅二行，行增四五字"，所以区别还是很明显的。①百衲本《新唐书·艺文志》著录《玉台新咏》的一页起自"《诗集》二十卷"，与上页末"《宋明诗集新撰》二十卷"正好相接；页末终了为"《集院壁记诗》"，下页起头是"二卷。《翰林歌词》一卷"，也正好相承。这一著录顺序、书名、卷数与其他版本的《新唐书·艺文志》毫无二致，而且没有任何修整找补的痕迹，没有任何迹象表明此处存缺页。针对章文以字数不等判定嘉祐本《新唐书·艺文志》著录《玉台新咏》一页非原本内容的观点，也结合实例从宋刻版式特征角度如数进行了反驳。我们认为，牛先生的考证扎实可信，百衲本《新唐书·艺文志》所在《玉台新咏》相关内容为宋本原貌，并无问题。

综上可见，《玉台新咏》为张丽华编撰说无法成立。

三 《玉台新咏》为梁元帝徐妃编撰说质疑

胡大雷等学者认为，《玉台新咏》为梁元帝徐妃所编撰，这种说法同样值得商榷。上文已述，胡先生在论证方法上与《"撰录"考》并无二致，同样是在对《〈玉台新咏〉序》进行解读后，认为序文明

---

① 威按：此段表述所据张元济《百衲本〈新唐书〉跋》。原文为："缪艺风前辈得南宋建安魏仲立所刊《新唐书》，其后归于余友刘翰怡。版印极精。余既假得摄影，凡阙四十余卷，求之数年，卒无所遇。岁戊辰，东渡观书于静嘉堂文库，睹丽宋楼陆氏旧藏小字本，半叶十四行，行二十五字，堪与《旧唐书》相耦。亟思印行，顾有残阙。然以天禄琳琅藏本，亦云行密字整。且诸家藏印如李安诗，如钱唐梁氏，如梅谷，款识皆同，私意必可胖合，乃乞影携归。而故宫之书又已无存。复匄北平图书馆秩补之，犹不足，适书肆以别一残宋本至，为商邱宋氏故物，视陆本每半叶仅赢二行，行增四、五字，喜其相近，亟留之。凡陆本所无及漫漶过甚者，均可挽配。然犹缺《表》之第八、九卷，又原目亦仅存五叶，不得已更缩刘本以足之，于是此书全为宋刻矣。"另，这里在述《新唐书》所据版本时漏举了"刘本"，即刘翰怡藏南宋建安魏仲立刊本。

确交代了编撰者为一位女性，但在具体人选上却提出为梁元帝徐妃的不同意见。其论证理路为：首先，通过对《〈玉台新咏〉序》的解读，认为序中的"丽人"为宫中一位女性，亦即《玉台新咏》的编撰者，但《序》中所交代"丽人"豪门出生、被帝王冷落的身世经历与张丽华并不相符，而与梁元帝徐妃更为相似。其次，通过对徐陵、徐妃、张丽华生平经历与相互交往的考证，认为徐陵有为徐妃作序的可能，而为张丽华作序的可能性很小。最后，提出五条理由，证明徐妃有编撰《玉台新咏》的条件与可能，即：一为史载徐妃有"书白角枕为诗相赠答"的经历，可以说徐妃爱文学、懂创作，自身具备撰录总集的条件。二为徐妃与徐君倩为同胞兄妹，而徐君倩是宫体诗大家。同胞兄妹间相互影响，也是可能的，又且徐妃所在的西府是当年宫体诗基地，徐妃生活在这样的环境之中，自然对描摹女性诗作有其爱好与敏感性。三为通过《日本国见在书目》中《玉台新咏》编者为"徐瑗"的著录，梳理南朝史料，并最终锁定为梁元帝徐妃。四为徐妃所在的西府有撰录艳歌集的经验。五为徐妃名瑗，字昭佩，《玉台新咏》是梁元帝徐妃所撰录有版本依据。①

实际上，文章虽提供了五个证据，但前四个均仅为"徐妃编撰"说的成立提供了一种可能性，只有第五条，即《日本国见在书目》载《玉台新咏》编撰为"徐瑗"即徐妃较为有力。也就是说，如果没有第五条证据，前四条并不足以支撑"徐妃编撰说"这一观点。然而，从现存资料看，第五条证据恰存在问题。在目录著作中，将《玉台新咏》的编撰著录为"徐瑗"者仅有此孤例，无论其前的《隋书·经籍志》还是其后的公私目录均无此记载。今日学者所见《日本国见在书目》为《古逸丛书》所收，该书为影印手抄本。是书抄写不甚认真，因形近而讹误的情况甚多，如将"王昭君"之"昭"讹为"照"，"袁

---

① 参见胡大雷《〈玉台新咏〉为梁元帝徐妃所"撰录"考》，《文学评论》2005 年第 2 期，第 52—56 页。

彦伯"之"袁"讹作"苑","孙盛"之"盛"讹为"咸","《大业略记》"之"业"讹作"亲"（威按："业"繁体作"葉"，与"亲"形近），等等。① 我们认为，此书关于《玉台新咏》编撰为"徐瑗"之"瑗"当为"徐陵"之"陵"的讹误，也属于因形近而讹的例子。目录学家姚振宗在《隋书经籍志考证》中就明确指出，唐《日本国见在书目》所录作者"徐瑗"之"'瑗'当为'陵'"。②

此外，胡先生文章第五条证据指出，徐妃名瑗字昭佩。然而，此结论实际只是通过古人名与字之间关系的考察得出："徐瑗就是徐妃昭佩。瑗，孔大边小的璧。《尔雅·释器》：'肉倍好谓之璧，好倍肉谓之瑗，肉好若一谓之环。'昭佩，可释为透出更多光亮的饰品；孔大即为透出更多光亮，饰品即为璧。我国古代名与字相互间是有联系的，依此惯例，瑗为名，昭佩为字，徐瑗就是徐昭佩，徐昭佩就是徐瑗。"③ 古人名与字之间存在关联并无问题，但在无其他证据的情况下，并不能以此为依据，判定有关联的两个称谓必然属于同一个人。所以，这一推断结果也值得商榷。

综上，《玉台新咏》为梁元帝徐妃编撰的观点，由于同样没有坚实的证据支撑也是很难成立的。

四　小结

学界关于《玉台新咏》编撰者的观点，主要可归纳为"徐陵编撰说""张丽华编撰说"与"梁元帝徐妃编撰说"三种。然而，无论是

---

① 参见陈俐《〈日本国见在书目〉的学术价值》，《文教资料》2007 年第 22 期，第123—124 页。

② 参见姚振宗《隋书经籍志考证》，二十五史刊行委员会编《二十五史补编》，中华书局 1955 年重印开明书店原版，第 846 页。

③ 胡大雷：《〈玉台新咏〉为梁元帝徐妃所"撰录"考》，《文学评论》2005 年第 2 期，第 55—56 页。

"张丽华编撰说"还是"梁元帝徐妃编撰说"都是难以成立的。与之相比，传统的"徐陵编撰说"则有目录、版本与史料三方面的坚实证据。

首先，自《隋书·经籍志》以后，除《日本国见在书目》将徐陵误录为"徐瑗"外，其他各历史时期编撰的公私目录，如《旧唐书·经籍志》《新唐书·艺文志》《郡斋读书志》《直斋书录解题》等均将《玉台新咏》编者著录为"徐陵"，明清以后的目录著作则承袭前说，向无异议。其次，现存诸本《玉台新咏》，如赵氏小宛堂覆宋本、郑玄抚刊本、五云溪活字本等均署名为"徐孝穆"或"徐陵"，亦无异说。最后，言及《玉台新咏》作者的两则史料，唐李康成《〈玉台后集〉序》及唐刘肃《大唐新语》①均将是书归于徐陵。可见，就目前的情况看，并无确实的新材料、新证据表明徐陵非《玉台新咏》的编撰者，就目前研究的最新成果而言，徐陵为《玉台新咏》编撰者的传统观点，仍然无法动摇。

---

① 2004 年至 2007 年间，学界就刘肃《大唐新语》的真伪问题有过一次讨论。吴冠文提出《大唐新语》为明人伪造之书，针对这一观点，潘婷婷、杨光皎、陶敏等人进行了反驳。我们赞同《大唐新语》不伪的观点。退一步讲，即便《大唐新语》确为伪书，也不意味着书中史料为无来源的假材料。参见吴冠文《关于今本〈大唐新语〉的真伪问题》，《复旦学报》2004 年第 1 期，第 47—52 页；吴冠文《再谈今本〈大唐新语〉的真伪问题——对〈今本《大唐新语》非伪书辨〉一文的异议》，《复旦学报》2005 年第 4 期，第 47—52 页；吴冠文《三谈今本〈大唐新语〉的真伪问题》，《复旦学报》2007 年第 1 期，第 20—29 页；潘婷婷《今本〈大唐新语〉非伪书辨——与吴冠文女士商榷》，《南京大学学报》2005 年第 2 期，第 137—144 页；杨光皎《今本〈大唐新语〉"伪书说"之再检讨》，《南京大学学报》2006 年第 3 期，第 134—143 页；陶敏、李德辉《也谈今本〈大唐新语〉的真伪问题》，《山西大学学报》2007 年第 1 期，第 91—96 页。

第二章

《玉台新咏》编撰动机新证

一 《玉台新咏》编撰动机前说

古今学者在讨论《玉台新咏》编撰动机时，主要依据三方面的材料：一为唐人关于《玉台新咏》的记述；二为《〈玉台新咏〉序》；三为《玉台新咏》所收诗歌。所据不同，所得结论也迥异，三个角度得出的结论可分别概括为"提倡诗风说""宫廷读物说""度曲说"。

1. 提倡诗风说

唐人论及《玉台新咏》的材料主要有两条，均涉及《玉台新咏》的编撰动机问题，一见于唐李康成《〈玉台后集〉序》：

> 昔陵在梁世，父子俱事东朝，特见优遇。时承华好文，雅尚宫体，故采西汉以来词人所著乐府艳诗，以备讽览。①

---

① 李康成《玉台后集》及其序文已佚，引文见（宋）晁公武《郡斋读书志》卷二"乐类"征引。参见（宋）晁公武撰，孙猛校证《郡斋读书志校证》，上海古籍出版社 1990 年版，第 97 页。

　　李康成认为《玉台新咏》是为"以备讽览"而编，也就是说，他认为《玉台新咏》所录诗有"讽"之功能。

　　另一见于唐刘肃《大唐新语》卷三"公直第五"：

　　　　太宗谓侍臣曰："朕戏作艳诗。"虞世南便谏曰："圣作虽工，体制非雅。上之所好，下必随之。此文一行，恐致风靡。而今而后，请不奉诏。"太宗曰："卿恳诚如此，朕用嘉之。群臣皆若世南，天下何忧不理。"乃赐绢五十疋。先是，梁简文帝为太子，好作艳诗，境内化之，浸以成俗，谓之宫体。晚年改作，追之不及，乃令徐陵撰《玉台集》，以大其体。①

　　据刘肃言，徐陵编撰《玉台新咏》出于萧纲的授意，其动机为"以大其体"，即以是书来张大宫体诗的影响和范围。

　　从两段文字的表意来看，无论是"以备讽览"还是"以大其体"，均有为宫体诗存在的合理性提供依据之意，实际为发扬宫体诗风的做法。据此，梁启超稍作延伸指出："《新咏》为孝穆承梁简文意旨所编，目的在专提倡一种诗风，即所谓缘情绮靡之作是也。"② 其后，学者则结合梁代文学集团的实际，挖掘《玉台新咏》的编撰与不同文学集团主张的关系，指出其编撰的政治目的。较早采用这一方法的学者为沈玉成，他认为"萧纲以拨正文风为己任，进入东宫后，首先撤换萧统的属官，开文德省，组织自己的班子。指定徐陵编《玉台新咏》，直接的目的是为后宫妇女提供一部读本，深层的动机则是在为新变诗风拿出示范的实例，和《诗苑英华》《文选》相对抗"③。傅刚对《玉台新咏》编撰的政治目的做了更为深入细致的探讨，他认为："萧纲

---

① （唐）刘肃：《大唐新语》，中华书局 1984 年点校本，第 41—42 页。
② 《南陵徐氏覆小宛堂景宋本〈玉台新咏〉》梁启超语。（南朝陈）徐陵编，（清）吴兆宜注，程琰删补：《玉台新咏笺注》，中华书局 1985 年点校本，第 551 页。
③ 沈玉成：《宫体诗与〈玉台新咏〉》，《文学遗产》1988 年第 6 期，第 64 页。

的艳体诗风形成时间较长，随着他被立为太子，他以这一诗风与故太子萧统提倡的诗风相抗衡，从而提高自己的政治地位，是有着很深沉的考虑的。昭明太子在天监、普通年间提倡并形成了一种文风，还编成了一部文学总集《文选》，在这种情况下，萧纲要编一部代表自己文学主张的作品选集，也是在其计划中的了，这大概就是萧纲编辑《玉台新咏》最初的目的。"① 在另一篇文章中，傅先生也明确指出，《玉台新咏》的编撰"带有很明显的政治目的，即一是要取代萧统所倡导的文风，二是为艳体诗张本"②。此外，阎采平③、詹福瑞④等学者的具体表述虽有差异，但均指出了《玉台新咏》编撰的政治因素。

2. 后宫读物说

詹锳最早通过对《〈玉台新咏〉序》的解读，认为《玉台新咏》乃徐陵为梁元帝失宠的徐妃排遣郁闷所编，其实质为宫中妇女消遣的读本，"《玉台》为供徐妃讽玩而作，无取深奥"⑤。此后，多有学者沿袭这种思路考察《玉台新咏》的编撰动机，如隽雪艳通过对《〈玉台新咏〉序》的解读，指出《玉台新咏》是宫中妇女"排遣苦闷，消磨光阴的闺中良伴"⑥；许云和则把《玉台新咏》定性为"一部备后宫讽览的诗集，也即一部宫教读本"⑦。

3. 度曲说

此说最早由朱谦之提出，他在《中国音乐文学史》中讨论乐府诗时涉及《玉台新咏》，指出：

---

① 傅刚：《〈玉台新咏〉编纂时间再讨论》，《北京大学学报》2002 年第 3 期，第 55 页。
② 傅刚：《〈玉台新咏〉与〈文选〉》，《中国典籍与文化》2003 年第 1 期，第 15 页。
③ 阎采平：《齐梁诗歌研究》，北京大学出版社 1994 年版，第 90 页。
④ 詹福瑞：《宫体诗派的形成及发展过程》，《漳州师院学报》1997 年第 3 期，第 1—5 页。
⑤ 詹锳：《〈玉台新咏〉三论》，詹锳《语言文学与心理学论集》，齐鲁书社 1989 年版，第 24 页。威按：据文后作者题记，该文作于 1944 年。
⑥ 隽雪艳：《玉台新咏》，《文史知识》1984 年第 1 期，第 56 页。
⑦ 许云和：《南朝宫教与〈玉台新咏〉》，《文献》1997 年第 3 期，第 19 页。

最重要的就是《玉台新咏》和音乐相关，所以《自序》（威按：指《〈玉台新咏〉序》）中有许多是和音乐相关的话，如"弟兄协律，生小学歌。少长河阳，由来能舞。琵琶新曲，无待石崇。箜篌什引，非关曹植。传鼓瑟于杨家，得吹箫于秦女"；如"陪游驭娑，骋纤腰于结风；长乐鸳鸯，奏新声于度曲"；如"五日犹赊，谁能理曲"；如"青牛帐里，余曲未终"；如"流咏止于洞箫"。可见《玉台新咏》本意在度曲，其自述"撰录艳歌，凡为十卷，曾无忝于雅颂，亦靡滥于风人"，意思尤甚显豁。①

刘跃进受其启发，也认为"从某种意义上来说，《玉台新咏》实际上是一部歌辞总集"，其论据主要有三条：一为晁公武《郡斋读书志》引唐李康成《〈玉台后集〉序》称《玉台新咏》所采为"乐府艳诗"，晁氏《玉台后集》说其收录的是"乐府歌诗"，均强调"乐府"。二与朱谦之所用证据一致，指出《〈玉台新咏〉序》所论内容多与歌曲演唱有关，"《玉台新咏》之编录，本意在度曲"。三为《玉台新咏》所收诗歌多为内容、格式相模仿的联句酬答体。②

综上，以上研究从三个方面探讨了《玉台新咏》的编撰动机，并认为徐陵为此书的编撰者，其共性问题在于均忽视了一点：既然《玉台新咏》的编者为徐陵，无论其编书行为是否有人授意，作为实际操觚者，其中必然要体现个人意志。如此，在考察《玉台新咏》编撰动机时，忽视徐陵的个人因素在其中的作用是不应该的。也就是说，徐陵在编书前后的经历、情绪、观念等个体情况可能会在书中有所反映。结合这一思路，如果我们能对徐陵编书前后的生平经历进行细致梳理，或许可以从中发现一些对厘清《玉台新咏》编撰动机有用的线索。

---

① 朱谦之：《中国音乐文学史》，上海人民出版社 2006 年版，第 159 页。
② 参见刘跃进《玉台新咏研究》，中华书局 2000 年版，第 98 页。

二 《玉台新咏》成书前后徐陵履历稽补

关于《玉台新咏》的成书时间，以兴膳宏的"中大通六年"说影响最大，其后的研究多是在此基础上的修正，所得结论也在这一时间前后。我们认为，虽然这种通过编撰体例考察《玉台新咏》成书时间的方法存在一些问题，但以之确定此书成书于梁中大通、大同年间则没有问题。[①] 徐陵此段时间的活动，《陈书》卷二十六《徐陵传》有载：

> 梁普通二年，晋安王为平西将军、宁蛮校尉，父摛为王咨议，王又引陵参宁蛮府军事。［中］大通（二）［三］年（威按：中华书局版整理者校勘记云："［中］大通（二）［三］年王立为皇太子据《梁书·武帝纪》补改。"）王立为皇太子，东宫置学士，陵充其选。稍迁尚书度支郎。出为上虞令，御史中丞刘孝仪与陵先有隙，风闻劾陵在县赃污，因坐免。久之，起为南平王府行参军，迁通直散骑侍郎。梁简文在东宫撰《长春殿义记》，使陵为序。又令于少傅府述所制《庄子义》等。迁镇西湘东王中记室参军。[②]

徐陵此段时间经历，《南史》卷六十二《徐摛传》附《徐陵传》亦载：

> （徐陵）父摛为晋安王咨议，王又引陵参宁蛮府军事。王立

[①] 关于此书的成书时间及前人研究成果，详参本书第四章"《玉台新咏》成书时间订补"，此不赘述。

[②] （唐）姚思廉：《陈书》，中华书局 1972 年标点本，第 325—326 页。

为皇太子，东宫置学士，陵充其选。稍迁尚书度支郎。

出为上虞令。御史中丞刘孝仪与陵先有隙，风闻劾陵在县赃污，因坐免。久之，为通直散骑侍郎。梁简文在东宫，撰《长春殿义记》，使陵为序。又令于少傅府述己所制《庄子义》。①

以上两段文字主要记述了徐陵任职经历。由于《南史》是以《梁书》《陈书》等为蓝本删补而成，较之《陈书》，虽略去了徐陵任职的时间，但表意基本相同。据这两段资料可知，徐陵在这一段时间官职变动较为频繁，且有遭劾免官的经历。今以《陈书·徐陵传》为主要依据，参考周建渝《徐陵年谱》②、许逸民《徐陵年谱》③、樊荣《徐孝穆年谱》④、刘跃进《徐陵事迹编年丛考》⑤等成果，考述徐陵这一时期任职履历如下。

1. 宁蛮府军事

据《陈书》徐陵本传，徐氏任此职的时间为普通二年（公元 521 年），徐陵生于梁武帝天监六年（公元 507 年），那么此事当发生在徐陵 15 岁时。然而，《陈书》的记载实际有误，徐陵任是职的时间当为普通四年（公元 523 年）。中华书局版《陈书》有校勘记云："梁普通二年晋安王为平西将军宁蛮校尉按《梁书·简文帝纪》，晋安王萧纲为平西将军宁蛮校尉在梁武帝普通四年。"⑥检《梁书》卷四《简文帝

<hr/>

① （唐）李延寿：《南史》，中华书局 1975 年标点本，第 1522—1523 页。威按：《陈书》《南史》均言徐陵遭御史中丞刘孝仪风闻奏劾免官，所言与史料存在矛盾，颇为可疑。我们认为，风闻弹劾徐陵者当为御史中丞臧盾，孝仪在此事件中或扮演了通辞状者的角色。详参本书第八章"《玉台新咏》收录刘孝仪诗解"部分。

② 参见周建渝《传统文学的现代批评》，中国社会科学出版社 2002 年版，第 76—148 页。

③ 参见（南朝陈）徐陵撰，许逸民校笺《徐陵集校笺》，中华书局 2008 年版，第 1683—1816 页。

④ 樊荣：《徐孝穆年谱》，《新乡师专学报》1995 年第 3 期，第 1—19 页。

⑤ 参见刘跃进《玉台新咏研究》，中华书局 2000 年版，第 219—400 页。

⑥ （唐）姚思廉：《陈书》，中华书局 1972 年标点本，第 339 页。

纪》原文为:

> (普通）四年，（萧纲）徙为使持节、都督雍梁南北秦四州郢
> 州之竟陵司州之随郡诸军事、平西将军、宁蛮校尉、雍州刺史。①

又据《梁书》卷三十《徐摛传》载:

> 普通四年，王出镇襄阳，摛固求随府西上，迁晋安王咨议
> 参军。②

当时尚为晋安王的萧纲，于普通四年（公元 523 年）任宁蛮校
尉，徐摛任其咨议参军亦在是年。故徐陵参宁蛮府军事的时间当发生
在普通四年（公元 523 年），其时徐陵 17 岁。

2. 东宫学士

徐陵任东宫学士的时间史有明文，见上《陈书·徐陵传》引文，为
中大通三年（公元 531 年）七月。又据《梁书》卷三《武帝纪》载:

> （中大通三年）秋七月乙亥，立晋安王纲为皇太子。③

徐氏任东宫学士的具体时间为中大通三年（公元 531 年）七月。
此事又见于《梁书》卷四十九《庾肩吾传》:

> 中大通三年，王为皇太子，兼东宫通事舍人，除安西湘东王
> 录事参军，俄以本官领荆州大中正。累迁中录事咨议参军，太子
> 率更令，中庶子。初，太宗在藩，雅好文章士，时肩吾与东海徐
> 摛，吴郡陆杲，彭城刘遵、刘孝仪，仪弟孝威，同被赏接。及居

---

① （唐）姚思廉:《陈书》，中华书局 1972 年标点本，第 103—104 页。
② 同上书，第 447 页。
③ 同上书，第 75 页。

东宫，又开文德省，置学士，肩吾子信、摛子陵、吴郡张长公、北地傅弘、东海鲍至等充其选。①

萧纲于普通四年（公元 523 年）被封为雍州刺史镇守雍州，中大通三年（公元 531 年）被立为太子，回到建康。在此八年间，徐陵一直为萧纲雍州幕僚。萧纲入主东宫后，徐陵也随之任职于京，是时徐陵 25 岁。

3. 尚书度支郎

此事《陈书》不载具体年月，唯云"稍迁尚书度支郎"。周建渝《徐陵年谱》考订为中大通三年（公元 531 年），② 疑是。徐陵在此后曾任南平王府行参军一职，据《梁书》卷二十二《太祖五王·萧伟传》载："（中大通）五年，（萧伟）薨，时年五十八。"③ 知徐陵任南平王府行参军的时间至迟为中大通五年（公元 533 年）。也就是说，徐陵在中大通三年（公元 531 年）七月至中大通五年（公元 533 年）间，历任东宫学士、尚书度支郎、上虞令，随后被免官，又任南平王府行参军等。徐陵任东宫学士在中大通三年（公元 531 年）七月，考虑到官职变动之间当有一定时间间隔，此处言"稍迁"，故定于是年七月之后。此时徐陵 25 岁。

4. 上虞令

此事《陈书》本传不明言年月。周建渝在《徐陵年谱》中推测，"陵于中大通三年七月充东宫学士，又迁尚书度支郎，出为上虞令之事恐在次年（威按：指中大通四年［公元 532 年］）"④。推定此事发生

---

① （唐）姚思廉：《梁书》，中华书局 1973 年标点本，第 690 页。
② 参见周建渝《传统文学的现代批评》，中国社会科学出版社 2002 年版，第 92 页。
③ （唐）姚思廉：《梁书》，中华书局 1973 年标点本，第 347 页。
④ 周建渝：《传统文学的现代批评》，中国社会科学出版社 2002 年版，第 94 页。

在中大通四年。刘跃进亦持此说。① 至于发生在此年何时则无论及。笔者认为，此事或可据徐陵《内园逐凉》诗做进一步考察。徐陵此诗曰：

> 昔有北山北，今余东海东。
> 纳凉高树下，直坐落花中。
> 狭径长无迹，茅斋本自空。
> 提琴就竹筱，酌酒劝梧桐。②

穆克宏认为："《内园逐凉》，写于任上虞令时。'今余东海东'，点出地点。'纳凉高树下，直坐落花中。狭径长无迹，茅斋本自空。提琴就竹筱，酌酒劝梧桐。'写诗人纳凉树下，直坐落花中，狭径无人，茅舍自空，提琴竹林，劝酒梧桐。"③ 许逸民也持类似观点。许先生指出，"北山北句"典出《诗经·小雅·北山》，其文曰："陟彼北山，言采其杞。偕偕士子，朝夕从事。王事靡盬，忧我父母。"毛序认为："大夫刺幽王也。役使不均，已劳于从事，而不得养其父母也。"徐陵于此处或感慨昔为王者从事，今则远放，不得侍奉父母也；"东海东"句则表明此诗作于上虞。上虞治所在今浙江省上虞百官镇，濒临东海。徐氏身在东海而追忆往日东宫生活，隐然流露出今非昔比之感。④

穆、徐二位先生的考证可信从，然而，此诗的创作时间可进一步精确。《内园逐凉》诗言"纳凉高树下"，据《上虞县志》载，上虞每年六月八日至九月十九日平均温度为 27.1℃，为高温季节，其中六月中旬至七月上旬为梅雨季节，七月中旬至八月上旬受副热带高压控

---

① 参见刘跃进《玉台新咏研究》，中华书局 2000 年版，第 309 页。

② （南朝陈）徐陵撰，许逸民校笺：《徐陵集校笺》，中华书局 2008 年版，第 142 页。

③ 穆克宏：《徐陵论》，《楚雄师范学院学报》2002 年第 2 期，第 3 页。

④ 参见（南朝陈）徐陵撰，许逸民校笺：《徐陵集校笺》，中华书局 2008 年版，第 141—143 页。

制，为晴热少雨天气；① 诗中又言"直坐落花中"，花草大范围凋零当发生在八九月。综合以上因素，坐于落花中纳凉一事，在上虞当发生在八月左右。故此诗当作于中大通四年（公元532年）八月。也就是说，中大通四年（公元532年）八月左右徐陵在上虞令任上。是年徐陵26岁。

5. 遭劾免官

此事《陈书》不言年月。周建渝②、刘跃进③均将其系于中大通四年（公元532年），疑是。徐氏于中大通四年（公元532年）任上虞令，至迟于中大通五年（公元533年）萧伟去世前任南平王府行参军，并于其间遭遇弹劾免官之事，且言"久之"。然则，徐陵任上虞令不久即遭免职。由于徐陵于中大通四年（公元532年）八月前后仍任职于上虞，其免官之事盖发生于中大通四年（公元532年）八九月以后。是年徐陵26岁。

6. 南平王府行参军

本传言徐陵任南平王府行参军在坐罪免上虞令之后，不言时间。周建渝④、许逸民⑤考订为中大通五年（公元533年），疑是。据上引《梁书》卷二十二《太祖五王·萧伟传》载："（中大通）五年，（萧伟）薨，时年五十八。"又据《梁书》卷三《武帝纪》载：

（中大通五年）三月丙辰，大司马南平王伟薨。⑥

① 上虞县志编纂委员会编：《上虞县志》，浙江人民出版社1990年版，第94—95页。
② 周建渝：《传统文学的现代批评》，中国社会科学出版社2002年版，第94页。
③ 刘跃进：《玉台新咏研究》，中华书局2000年版，第309页。
④ 周建渝：《传统文学的现代批评》，中国社会科学出版社2002年版，第95页。
⑤ （南朝陈）徐陵撰，许逸民校笺：《徐陵集校笺》，中华书局2008年版，第1716页。
⑥ （唐）姚思廉：《梁书》，中华书局1973年标点本，第77页。

知南平王萧伟去世的具体日期为中大通五年（公元 533 年）三月。然则，徐陵任南平王府行参军的时间当在萧伟去世前，即中大通五年（公元 533 年）三月前。上文已证，徐陵遭劾坐免于中大通四年（公元 532 年）八九月以后，此时至中大通五年（公元 533 年）三月约半年，此处既言"久之"，则此事或发生在中大通五年（公元 533 年）二三月。是年徐陵 27 岁。

7. 通直散骑侍郎

此事本传未言年月。萧伟在中大通五年（公元 533 年）三月去世，其后南平王府散，徐陵得以迁任此职，故其任职时间当在中大通五年（公元 533 年）三月以后。周建渝将其系于中大通五年（公元 533 年）三月，[①] 考虑到萧伟在此时去世，或订于此年四月更为合理。是年徐陵 27 岁。

8. 镇西湘东王中记室参军

此事本传未载年月。据《梁书》卷三《武帝纪下》载：

> （大同三年）闰月甲子，安西将军、荆州刺史湘东王绎进号镇西将军，扬州刺史武陵王纪为安西将军、益州刺史。[②]

又据《梁书》卷五《元帝纪》载：

> 大同元年，（萧绎）进号安西将军。三年，进号镇西将军。五年，入为安右将军、护军将军，领石头戍军事。[③]

萧绎于大同三年（公元 537 年）至大同五年（公元 539 年）三年

---

① 参见周建渝《传统文学的现代批评》，中国社会科学出版社 2002 年版，第 95 页。
② （唐）姚思廉：《梁书》，中华书局 1973 年标点本，第 82 页。
③ 同上书，第 113 页。

间为镇西将军。然则，徐陵为萧绎中记室参军的时间即当在此三年中。周建渝①、刘跃进②、许逸民③均将此事定为大同三年（公元537年）。若然，此年徐陵31岁。

综上，徐陵在梁代遭劾前后仕宦大致经历为：中大通三年（公元531年）任东宫学士；同年（公元531年）迁任尚书度支郎；中大通四年（公元532年）八月后出为上虞令，并旋即于同年（公元532年）遭到弹劾而被免官；至中大通五年（公元533年）二三月被重新起用为南平王府行参军；同年（公元533年）三月，南平王萧伟去世后迁为通直散骑侍郎；大同三年（公元537年）迁任镇西湘东王中记室参军。

梁代官职品阶分为十八班，据以上考订内容，参考《通典》卷三十七《职官》④，兹胪列徐陵中大通三年（公元531年）至大同三年（公元537年）官职与班位情况如下。

徐陵中大通三年(公元531年)至大同三年(公元537年)履历表

本传所载官职	《通典·职官志》	班位	任职时间
东宫学士	无	不明	中大通三年（公元531年）
尚书度支郎	尚书郎中	五班	中大通三年（公元531年）
上虞令	郡守及丞各为十班，县制七班，用人各拟内职	外职七班	中大通四年（公元532年）八月、九月
南平王府行参军	皇弟皇子府行参军	三班	中大通五年（公元533年）二月、三月
通直散骑侍郎	通直散骑侍郎	六班	中大通五年（公元533年）四月
镇西湘东王中记室参军	皇弟皇子之庶子中录事、中记室、中直兵参军	七班	大同三年（公元537年）

---

① 周建渝：《传统文学的现代批评》，中国社会科学出版社2002年版，第97页。
② 刘跃进：《玉台新咏研究》，中华书局2000年版，第321页。
③ （南朝陈）徐陵撰，许逸民校笺：《徐陵集校笺》，中华书局2008年版，第1721页。
④ （唐）杜佑：《通典》，中华书局1988年版，第1009—1018页。

通过上表可知，中大通三年（公元531年）徐陵所任尚书度支郎为五班；被免官后，又于中大通五年（公元533年）被任命为南平王府行参军，班位仅为三班；其后所任通直散骑侍郎为六班；中大同三年（公元537年）所任镇西湘东王中记室参军仅为七班。毫无疑问，在上虞令任上的免官经历对徐陵影响很大，很长一段时期之内对其仕途发展造成了障碍，带来了较大波折。

这一点在《玉台新咏》诗人排序中也有直观反映。《玉台新咏》共十卷，据日本学者兴膳宏研究，前六卷收录的是汉代至梁代诗人的作品，卷七则是以梁武帝为首的梁皇室成员的作品，卷八为梁朝群臣的作品，卷九、卷十所录诗人的排列顺序遵循卷一到卷八的原则；并通过与《〈法宝联璧〉序》所收人物的比对，兴膳宏指出，《玉台新咏》前六卷与卷七、卷八的排列原则是不同的，前六卷以人物的卒年先后为顺序，卷七、卷八诗人的排列顺序是按照当时职位的高低编排的，收录的是当时在世诗人的作品。其中，在录有徐陵自己诗作的卷八中，诗人排列顺序为：萧子显、王筠、刘孝绰、刘遵、王训、庾肩吾、刘孝威、徐君倩、鲍泉、刘缓、邓铿、鄄固、庾信、刘邈、纪少瑜、闻人倩、徐孝穆、吴孜、汤僧济、徐悱妻、王叔英妻等。对于这一排序，兴膳宏推测道："《玉台》卷八中，正是将《〈法宝联璧〉序》写成的中大通六年前后还活着的诗人，按照地位的高下相随排列，然后在此官僚群的末尾，列上编者徐陵自己的名字。置于徐陵之后的吴孜生平虽未详，但从在他之后继以僧[1]、妇人之言，或许是布衣身份吧？"[2]

我们认为，这种说法值得商榷。因为既然要按照职位高低排列，

---

[1] 威按：此处兴膳宏将汤僧济理解为僧人有误。南北朝时期佛经盛行，时人人名中常见与佛教相关的词汇，故人名中有"僧"字未必即为僧人，梁有王僧孺、元法僧等人物均非僧人，即是其证。

[2] ［日］兴膳宏：《〈玉台新咏〉成书考》，董如龙、骆玉明译，复旦大学中文系古典文学教研室和文学研究所文学批评史研究室合编《中国古典文学丛考》（第一辑），复旦大学出版社1985年版，第343—360页。

参照这一准则排列即可，徐陵并无必要打破自己拟定的凡例，造成书籍前后体例不一。退一步讲，即便要表示谦虚而把自己的名字列于其他作家、人物之后，也应该是放在卷末，而不应该在其后尚留有三人。因此，徐陵这种排列顺序当是诗人官职高低的客观反映。在这些诗人中，庾信较徐陵年少，二人都曾在东宫任抄撰学士，又都曾担任尚书度支郎一职，仕途履历颇为相似。然而在《玉台新咏》卷八的排序中，庾信的排位却高于徐陵四位，说明庾信此时的官职班位要高于徐陵若干级，这大概就是受弹劾事件影响，徐陵被长期罢免，影响了其仕途发展，复出后职位低于庾信的结果。从这一排序中可看出遭遇弹劾一事对徐陵仕宦生涯的负面影响。

三 《玉台新咏》的编撰与徐陵遭劾免官

在梁代，遭遇弹劾是极为严重之事，据《颜氏家训》卷二《风操第六》载：

> 梁世被系劾者，子孙弟侄，皆诣阙三日，露跣陈谢；子孙有官，自陈解职。子则草屩粗衣，蓬头垢面，周章道路，要候执事，叩头流血，申诉冤枉。若配徒隶，诸子并立草庵，于所署门，不敢宁宅，动经旬日，官司驱遣，然后始退。江南诸宪司弹人事，事虽不重，而以教义见辱者，或被轻系而身死狱户者，皆为怨仇，子孙三世不交通矣。到洽为御史中丞，初欲弹刘孝绰，其兄溉先与刘善，苦谏不得，乃诣刘涕泣告别而去。[1]

---

① （北齐）颜之推撰，王利器集解：《颜氏家训集解》（增补本），上海古籍出版社1993 年版，第 120 页。

上文已证，徐陵于中大通三年（公元531年）随萧纲入东宫，被任命为上虞令、遭劾坐免均发生在中大通四年（公元532年），也就是说，徐陵刚刚被任命为上虞令旋即便被罢免；而《玉台新咏》编于此后不久，可以说，无论是从对仕途造成的阻碍还是给心理造成创伤的角度看，遭劾之事给徐陵造成的消极影响，此时应当还没有完全消解。笔者认为，徐陵仕途上的波折与被弹劾后的苦闷之情在《玉台新咏》中均有所反映，并主要体现在以下几个方面。

1.《〈玉台新咏〉序》的表意

通过对《〈玉台新咏〉序》的阅读，我们可以发现这篇序言通篇笼罩着忧郁之气，序文末更是明言新诗可以"庶得代彼皋苏，蠲兹愁疾"。这里的"愁疾"学界一般认为来自宫中孤寂之妇女；也有学者认为是徐陵晚年丧子，加之病痛折磨所致。[①] 然而，类似的解释均不得其实。这里的"愁疾"当源于徐陵遭劾免官一事，序文末句"猗欤彤管，无或讥焉"之"讥"所指亦为此事。实际上，《〈玉台新咏〉序》中有交代书籍编撰动机的文字，其文曰：

> 既而椒宫宛转，柘馆阴岑；绛鹤晨严，铜蠡昼静。三星未夕，不事怀衾；五日犹赊，谁能理曲。优游少托，寂寞多闲。厌长乐之疏钟，劳中宫之缓箭。纤腰无力，怯南阳之捣衣；生长深宫，笑扶风之织锦。虽复投壶玉女，为观尽于百娇；争博齐姬，心赏穷于六箸。无怡神于暇景，惟属意于新诗。庶得代彼皋苏，蠲兹愁疾。但往世名篇，当今巧制，分诸麟阁，散在鸿都。不籍篇章，无由披览。于是燃脂暝写，弄笔晨书，选录艳歌，凡为十卷。[②]

---

① 参见樊荣《玉台新咏》"撰录"真相考辨——兼与章培恒先生商榷》，《中州学刊》2004年第6期，第93页。

② 威按：本书所引《〈玉台新咏〉序》文字内容，如无特别说明，均以附录"《〈玉台新咏〉序》汇校笺注"部分校勘成果为准。

在这段文字中，徐陵连用三星、五日、争博、捣衣、织锦、投壶六个典故表达了三种情绪，其指向均为遭劾免官一事。这三种情绪为：

其一，失宠不遇的愤懑。（1）"三星"，典出《诗经·召南·小星》"嘒彼小星，三五在东"句，《毛诗序》释此诗主旨云："《小星》，惠及下也。夫人无妒忌之行，惠及贱妾，进御于君，知其命有贵贱，能尽其心矣。"① 此言"三星未夕，不事怀衾"为典故的反用，意在表明不被宠幸之事实。（2）"五日"，《汉书》卷八十一《张禹传》："禹性习知音声，内奢淫，身居大第，后堂理丝竹管弦。"颜师古引如淳注曰："今乐家五日一习乐为理乐。"② 此以"犹赊"表明不能为人演奏，即不为宠幸之意。二典暗示了不为当权者所任用的事实。（3）"争博"，《晋书》卷三十一《胡贵嫔传》："（晋武）帝尝与之摴蒱，争矢，遂伤上指。帝怒曰：'此固将种也！'"③ 惹帝怒之典也暗示了自己的失宠。

其二，再被重用的渴望。（4）"捣衣"，为表相思怀远的意象。如谢朓《秋夜》："秋夜促织鸣，南邻捣衣急"；《古诗》"闺中有一妇，捣衣寄远人。"（5）"织锦"，用窦滔妻苏氏事。《晋书》卷九十六《列女传》："窦滔妻苏氏，始平人也，名蕙，字若兰。善属文。滔，苻坚时为秦州刺史，被徙流沙，苏氏思之，织锦为回文旋图诗以赠滔。宛转循环以读之，词甚悽惋，凡八百四十字，文多不录。"④ 两个典故均有相思之意，其对象为当权者。

其三，思之不得的失望。（6）"投壶"，典出《神异经·东荒经》："东荒山中有大石室，东王公居焉。长一丈，头髮皓白，人形鸟面而

---

① （汉）毛亨传，（汉）郑玄笺，（唐）孔颖达等正义：《毛诗正义》，（清）阮元校刻《十三经注疏》，中华书局 1980 年版，第 23 页。
② （汉）班固：《汉书》，中华书局 1964 年标点本，第 3349 页。
③ （唐）房玄龄等：《晋书》，中华书局 1974 年标点本，第 962 页。
④ 同上书，第 2523 页。

虎尾，载一黑熊，左右顾望。恒与一玉女更投壶，每投千二百矫。设有人不出者，天为之嚆嘘，矫出而脱误不接者，天为之笑。"① 投中而叹，投失而笑，说明东王公不愿见其成。此典实际表达的是对统治者的失望之情。

2.《玉台新咏》所录徐陵诗歌

《玉台新咏》卷八收录了徐陵自己所作的诗歌，其中《为羊兖州家人答饷镜》诗云：

> 信来赠宝镜，亭亭似圆月。镜久自逾明，人久情愈歇。取镜挂空台，于今莫复开。不见孤鸾鸟，亡魂何处来？②

此诗为徐陵代羊侃家人所作之咏物诗，写作年代可考知。据《梁书》卷三十九《羊侃传》载：

> 中大通四年，诏（侃）为使持节、都督瑕丘诸军事、安北将军、兖州刺史，随太尉元法僧北讨。法僧先启云："与侃有旧，愿得同行。"高祖乃召侃问方略，侃具陈进取之计。高祖因曰："知卿愿与太尉同行。"侃曰："臣拔迹还朝，常思效命，然实未曾愿与法僧同行。北人虽谓臣为吴，南人已呼臣为虏，今与法僧同行，还是群类相逐，非止有乖素心，亦使匈奴轻汉。"高祖曰："朝廷今者要须卿行。"乃诏以为大军司马。高祖谓侃曰："军司马废来已久，此段为卿置之。"行次官竹，元树又于谯城丧师。军罢，入为侍中。五年，封高昌县侯，邑千户。六年，出为云麾将军、晋安太守。闽越俗好反乱，前后太守莫能止息，侃至讨

---

① 王国良：《神异经研究》，文史哲出版社1985年版，第47页。
② （南朝陈）徐陵编，（清）吴兆宜注，程琰删补：《玉台新咏笺注》，中华书局1985年点校本，第357—358页。

击，斩其渠帅陈称、吴满等，于是郡内肃清，莫敢犯者。顷之，
征太子左卫率。①

羊侃于中大通四年（公元 532 年）在兖州任职，据诗题可知此诗
作于中大通四年（公元 532 年）。从引文又可看出，中大通四年（公
元 532 年）左右皇帝对羊侃宠信正隆。既然如此，此时替羊侃家人所
作的赠答诗，理应带有恭贺或奉承之意，起码基调应是欢快的。让人
不解的是，此诗结尾却使用了"镜鸾"一典。《艺文类聚》卷九十引
宋范泰《鸾鸟诗》并序云：

> 昔罽宾王结罝峻卯之山，获一鸾鸟，王甚爱之，欲其鸣而不
> 致也，乃饰以金樊，飨以珍馐，对之愈戚。三年不鸣。其夫人
> 曰："尝闻鸟见其类而后鸣，何不悬镜以映之？"王从其意。鸾睹
> 形悲鸣，哀响中霄，一奋而绝。嗟乎！兹禽何情之深。昔钟子破
> 琴于伯牙，匠石韬斤于郢人，盖悲妙赏之不存，慨神质于当年
> 耳，矧乃一举而殒其身者哉！悲夫。乃为诗曰：
>
> 神鸾栖高梧，爰翔霄汉际。轩翼颺轻风，清响中天厉。外患
> 难预谋，高罗掩逸势。明镜悬高堂，顾影悲同契。一激九霄音，
> 响流形已毙。②

从引文可知，"镜鸾"一典表达的是同类难求、知音难觅的哀伤
之情。在代笔之作中，徐陵的这种写作手法颇让人感到困惑。但若换
个角度，把这首诗看作徐陵免官后表现自己苦闷心境之作，则可做出
合理解释：徐陵遭遇弹劾被免官正发生在这一年，这种基调为其情绪
使然。"钟子破琴于伯牙，匠石韬斤于郢人，盖悲妙赏之不存"之语
可见，《鸾鸟诗》本有知音难觅之意；而诗中"镜久自逾明，人久情

---

① （唐）姚思廉：《梁书》，中华书局 1973 年标点本，第 558 页。
② （唐）欧阳询：《艺文类聚》，汪绍楹校，中华书局 1965 年版，第 1560 页。

愈歇"之语，与其说是为羊侃家人抒发离别之苦，不如说是自己被抛弃的境遇与羊侃被皇帝赏识、仕途平坦两相对比后，苦闷与辛酸心情的抒发。①

四 小结

徐陵于梁中大通四年（公元 532 年）被弹劾免官的遭遇，是其仕宦生涯影响较大的一次挫折；同样是在这一年，他的父亲徐摛遭到朱异的排挤而外放新安。这一系列的负面事件对徐陵的心境影响是极大的。《玉台新咏》正是编撰于这一事件之后不久，于是徐陵遭劾后的郁闷与消极情绪被带到了该书的编撰中，并在《〈玉台新咏〉序》及《玉台新咏》所收徐陵诗等处均有所体现。可以说，就徐陵个人而言，其编撰《玉台新咏》的动机就是为了排遣遭遇弹劾免官后心中的郁结之情。笔者将其概括为"排遣郁结说"。

实际上，在中国古代历史中，因忧愤而著述的情况代不乏人，并非徐陵独有的行为，其身前身后都有类似行为的发生。古人将这种行为概括为"发愤著书"。这里的"愤"包含个人愤恨之情，同时也显示了作者穷且益坚的意志品格，即司马迁《报任安书》所云：

> 盖文王拘而演《周易》，仲尼厄而作《春秋》；屈原放逐，乃赋《离骚》；左丘失明，厥有《国语》；孙子膑脚，《兵法》修列；不韦迁蜀，世传《吕览》；韩非囚秦，《说难》《孤愤》；《诗》三百篇，大抵贤圣发愤之所为作也。此人皆意有所郁结，不得通其

---

① 徐陵用"玉台新咏"为此书命名，也暗示了他遭遇弹劾被免官的境遇与心情，这一点我们在后面有专章讨论。详参本书第六章"《玉台新咏》书名异称、含义考述"。

道，故述往事，思来者。①

正是基于这样的认识，司马迁在受宫刑以后忍辱负重完成《史记》的创作，此徐陵之古人。另据《清史稿》卷四百八十二《儒林三·严可均传》载：

> 嘉庆十三年，诏开全唐文馆，可均以越在草茅，无能为役，慨然曰："唐之文，盛矣哉！唐以前要当有总集。斯事体大，是余之责也。"乃辑《上古三代秦汉三国六朝文》，使与《全唐文》相接，多至三千余家，人各系以小传，足以考证史文，皆从蒐罗残賸得之，覆检群书，一字一句，稍有异同，无不校订。一手写定，不假众力。唐以前文，咸萃于此焉。②

可见，清政府在组织编撰《全唐文》时，严氏由于已辞官在家，没有得到征召，从而发愤以一己之力编撰《全上古三代秦汉三国六朝文》。严氏可谓徐陵之来者。

至此，我们再回头检视前人有关《玉台新咏》编撰动机的观点。首先，"宫体读物说"主要是通过对《〈玉台新咏〉序》的解读得出。傅刚针对许云和的文章对这一观点进行了有力的反驳，认为"虽然有徐陵自己的话，似也不可全信"③。实际是反对单纯通过对序文的解读，来考订《玉台新咏》的编撰目的。而序文中的"愁疾"也并非宫女所有，而是徐陵自己的免官之愁。

其次，关于"度曲说"，崔炼农已撰文驳其非，崔先生在对《玉台新咏》所收诗歌进行详细校勘和统计的基础上，从作品性质构成、歌辞记录方式、作品编排体例、编撰目的和宗旨四个方面，论证了

---

① 转引自（南朝梁）萧统编，（唐）李善、吕延济、刘良、张铣、吕向、李周翰注《六臣注文选》，中华书局 1987 年版，第 770—771 页。
② 赵尔巽等：《清史稿》，中华书局 1977 年标点本，第 13255—13256 页。
③ 傅刚：《〈玉台新咏〉研究二题》，《古典文学知识》2004 年第 3 期，第 89—92 页。

《玉台新咏》实际是以作家为中心进行编辑的，所录诗歌作品以徒诗为主，歌辞拟作也具徒诗性质。同时指出，虽然《玉台新咏》中有乐府歌辞作为"杂诗"被收录，但配乐痕迹已被清除，变成纯粹的"诗"文本，编撰者自序更明确表示其目的仅供诸姬把玩、目阅口诵而已。《玉台新咏》的编撰本意不在度曲。① 其证据充分，论证严密，可信从。

最后，"提倡诗风说"由于有重要的材料支持，得到了很多学者的赞同，他们提供的材料与论据真实有力，其结论可信。正如曹道衡、沈玉成在《南北朝文学史》中指出："在昭明太子萧统署名编纂的《诗苑英华》和《文选》成书以后十年左右的时间里，又有一部皇太子萧纲指令编纂的选集问世，这标志了梁代前后期以两位皇太子为代表的文学观念上的分歧。……刘肃认为《玉台新咏》编于萧纲晚年是错误的，但是认为萧纲令徐陵编选此书，'以大其体'，则在某种程度上接触到了事实的真相。'以大其体'，意思是用来扩大宫体的范围和影响。从深层的意义来说，《玉台新咏》是萧纲一派诗人为反对过去'陈腐'诗风，宣扬自己的文学观念而编选的一部示范性的诗集。"② 这种目的当真实存在。

然而，《玉台新咏》这一编撰目的与我们持有的观点并不冲突："排遣郁结说"实际揭示的是徐陵编撰《玉台新咏》的私人目的；"提倡诗风说"是在统治者授意的情况下，为引领时代文风所作，为政治目的。有学者指出，在徐摛被朱异排挤外放为新安太守的情况下，将编书任务交给被排挤出政治中心的徐摛的儿子徐陵，或许有安慰徐摛的意图，③ 这种分析是很有道理的。考虑到徐陵其时亦被弹劾免官的

---

① 参见崔炼农《〈玉台新咏〉不是歌辞总集》，《云南艺术学院学报》2003 年第 1 期，第 31—35 页。

② 曹道衡、沈玉成编著：《南北朝文学史》，中国社会科学出版社 2007 年版，第 212 页。

③ 参见傅刚《〈玉台新咏〉编纂时间再讨论》，《北京大学学报》2002 年第 3 期，55—56 页。

事实，这种意味似应扩大为对徐摛、徐陵父子。在南朝统治者以文学活动安慰被罢免的官员，似乎为惯用手法。如据《梁书》卷三十三《刘孝绰传》载：

> 初，孝绰与到洽友善，同游东宫。孝绰自以才优于洽，每于宴坐，嗤鄙其文，洽衔之。及孝绰为廷尉卿，携妾入官府，其母犹停私宅。洽寻为御史中丞，遣令史案其事，遂劾奏之，云："携少妹于华省，弃老母于下宅。"高祖为隐其恶，改"妹"为"姝"。坐免官。孝绰诸弟，时随藩皆在荆、雍，乃与书论共洽不平者十事，其辞皆鄙到氏。又写别本封呈东宫，昭明太子命焚之，不开视也。……孝绰免职后，高祖数使仆射徐勉宣旨慰抚之，每朝宴常引与焉。及高祖为《籍田诗》，又使勉先示孝绰。[1]

从引文可知，萧统为了安慰当时被免官的刘孝绰，除了数次派徐勉安慰，并邀请其参加宴会外，与之保持文学创作上的交流也是重要的安抚手段之一。其实，徐陵在遭劾免官后，当时的太子萧纲确实也采用了类似的方式安抚他。据《陈书》卷二十六《徐陵传》载：

> 王立为皇太子，东宫置学士，陵充其选。稍迁尚书度支郎。出为上虞令，御史中丞刘孝仪与陵先有隙，风闻劾陵在县赃污，因坐免。久之，起为南平王府行参军，迁通直散骑侍郎。梁简文在东宫撰《长春殿义记》，使陵为序。又令于少傅府述所制《庄子义》等。迁镇西湘东王中记室参军。[2]

这段文字在记述徐陵仕宦履历过程中，插叙了萧纲指派徐陵为

---

[1] （唐）姚思廉：《梁书》，中华书局1973年标点本，第480—482页。
[2] 同上书，第325—326页。

《长春殿义记》作序、在少傅府中述自己著作的事迹。考虑到二事的记述紧随免官事件，当发生在其后不久，或许即为萧纲意图安抚徐陵的手段。既然如此，萧纲出于安抚徐陵与确立新文风的目的，而指派徐陵编撰一部宫体诗集，是非常有可能的。换言之，我们说《玉台新咏》为徐陵排遣遭劾免官郁结所编，与萧纲指派徐陵编撰此书的政治目的并不冲突。

第三章

《〈玉台新咏〉序》解词通释

　　由于《〈玉台新咏〉序》对研究《玉台新咏》有着重要的史料价值，近年陆续有学者对其做过释读的工作。专以此序为研究对象者如：许云和《解读〈玉台新咏序〉》一文基于《玉台新咏》是一部"撰妇人事""以给后宫"的女性读物的观点，对序文进行了释读；① 朱晓海《论徐陵〈玉台新咏序〉》一文则通过对文本本身的细读与疏证，对此序进行了通篇的梳理。② 此外，学者在研究《玉台新咏》相关问题时，均或多或少涉及对该序的释读，这方面内容所占比例较突出者上文已有论及，如章培恒《〈玉台新咏〉为张丽华所"撰录"考》、邬国平《〈玉台新咏〉张丽华撰录说献疑》、樊荣《〈玉台新咏〉"撰录"真相考辨》、胡大雷《〈玉台新咏〉为梁元帝徐妃所"撰录"考》，等等。这些文章主要通过对《〈玉台新咏〉序》的解读来考订《玉台新咏》的编撰者，但所得结论迥异。

　　由此可知，虽然目前对《〈玉台新咏〉序》进行解读的研究成果

---

① 许云和：《解读〈玉台新咏序〉》，《烟台师范学院学报》2005 年第 1 期，第 45—50 页。

② 朱晓海：《论徐陵〈玉台新咏序〉》，《中国诗歌研究》（第四辑），2006 年，第 1—29 页。

较多，但此序究竟该做何解一直是一个聚讼不休、歧义纷出的话题，长期以来始终无法达成共识。究其原因，主要是因为《〈玉台新咏〉序》并非如大多数总集序文——如梁萧统《〈文选〉序》、唐殷璠《〈河岳英灵集〉序》、清姚鼐《〈古文辞类纂〉序》、清沈德潜《〈古诗源〉序》等一样，采用明晰的表述，在序文中交代编撰思想、选录标准等问题，而是借"丽人"之口，以模糊、易带来歧义的表达方式叙述了编书事宜，给研究者的理解带来极大困难。实际上，诸家在解读此序时，往往没有强有力的文献或事实依据以支撑其论点，而仅仅是从序文本身出发，以对典故、词汇的不同理解进行主观解读，以致莫衷一是。正如邬国平教授所指出的那样，解读此序"不仅要说明这篇序可以被这样阅读，而且还要证明它不能用可能导致相反结论的其他方法阅读，若不能排除其他读法，或证明自己的读法比其他的读法更加合理，则问题还依然没有解决"①。

上文已论，《玉台新咏》为徐陵在梁遭劾免官时期所编，其免官的郁结之情在《〈玉台新咏〉序》中有所体现。这一信息可作为我们解读此序的重要事实依据，然而却一直为研究者所忽视，故有必要结合这一事件，对此序进行重新解读。我们将以附录"《玉台新咏》汇校笺注"部分校勘成果为释读依据，分四个步骤开展这一工作：首先，对序文中一直存在争议的典故进行考释；其次，由于序文表意的关键在于"丽人"所指，此词何解也是学者主要分歧所在，故考察了"丽人"的含义；再次，分析了徐陵在序文首句中所用隐语；最后，在解决以上问题后，对序文进行通读。

---

① 邬国平：《〈玉台新咏〉张丽华撰录说献疑——向章培恒先生请教》，《学术月刊》2004年第9期，第75页。

一　《〈玉台新咏〉序》难典解

吴兆宜、高步瀛、许逸民等人已先后对《〈玉台新咏〉序》进行过系统的校释工作，但由于徐陵在此序中大量用典且有些典故颇难索解，故在典故释义方面仍存在一些问题。针对这一事实，兹对序文中存在争议或出处不详的五处共八则典故进行考释。在具体行文中，先引典故所在原文，次述前人观点，最后阐明己意。

1."五陵""四姓"解

"五陵""四姓"二典在《〈玉台新咏〉序》中的原文出处为：

> 其中有丽人焉。其人也，五陵豪族，充选掖庭；四姓良家，驰名永巷。

关于二典的出处，学者吴兆宜①、高步瀛②、许逸民③等人均持以下观点。

"五陵"，据《文选·班固〈西都赋〉》："南望杜霸，北眺五陵。"李善注曰："《汉书》曰：'宣帝葬杜陵，文帝葬霸陵，高帝葬长陵，惠帝葬安陵，景帝葬阳陵，武帝葬茂陵，昭帝葬平陵。'"刘良注曰："宣帝杜陵，文帝霸陵在南，高、惠、景、武、昭帝此五陵皆在北。"④

---

① （南朝陈）徐陵撰，（清）吴兆宜注：《徐孝穆集笺注》，《文渊阁四库全书》，台湾商务印书馆1986年版，集部，第1064册，第871—872页。

② 高步瀛选注：《南北朝文举要》，中华书局1998年点校本，第617页。

③ （南朝陈）徐陵撰，许逸民校笺：《徐陵集校笺》，中华书局2008年版，第234页。

④ （南朝梁）萧统编，（唐）李善、吕延济、刘良、张铣、吕向、李周翰注：《六臣注文选》，中华书局1987年版，第26页下栏。

又据《汉书》卷二十八下《地理志下》载：

> 汉兴，立都长安，徙齐诸田，楚昭、屈、景及诸功臣家于长
> 陵。后世世徙吏二千石、高訾富人及豪桀并兼之家于诸陵。[1]

可知"五陵"当指汉代高帝长陵、惠帝安陵、景帝阳陵、武帝茂
陵、昭帝平陵五座皇陵，为当时豪族聚居之所。

"四姓"，据《后汉书》卷二《显宗明帝纪第二》"为四姓小侯开
立学校，置《五经》师"李贤注：

> 袁宏《汉纪》曰，永平中崇尚儒学，自皇太子、诸王侯及功
> 臣子弟，莫不受经。又为外戚樊氏、郭氏、阴氏、马氏诸子弟立
> 学，号四姓小侯，置《五经》师。以非列侯，故曰小侯。《礼记》
> 曰"庶方小侯"，亦其义也。[2]

据此，诸家认为"四姓"为东汉樊氏、郭氏、阴氏、马氏四外戚。

"五陵"典故出处甚明，诸家解说并无问题。然而，"四姓"一典
实则出于陆机《吴趋行》"八族未足侈，四姓实名家"句。"五陵豪
族""四姓良家"实际为参合汉代"五陵"一说与陆机此诗而来，为
标榜"丽人"出身显赫之语。一种观点认为，序中徐陵继承了"香草
美人"传统，"丽人"为一己之假托。[3] 实际上，"五陵""四姓"正是
徐陵对自己身世的陈说。具体而言，"五陵"为对其家族南渡前显赫
背景的标榜，"四姓"则为徐陵对南渡后显赫家世的陈说。

如上所述，"五陵"为汉代五个皇帝陵墓所在地，其附近为豪贵
居所。据《元和姓纂》卷二"徐"姓云：

---

① （汉）班固：《汉书》，中华书局 1962 年标点本，第 1642 页。
② （南朝宋）范晔撰，（唐）李贤等注：《后汉书》，中华书局 1965 年标点本，第 113 页。
③ 参见樊荣《〈玉台新咏〉"撰录"真相考辨——兼与章培恒先生商榷》，《中州学刊》
2004 年第 6 期，第 92—94 页。

颛顼之后，嬴姓。伯益之后夏时受封于徐，至偃王为楚所灭，以国为氏。汉有河南太守徐守、徐明，又有徐俭。（东海郯州）自明居五代孙宁过江东，生祚之，生钦之、美之……俭孙充。充次子机，生韬。韬生逸、监。逸元孙超之；生摛，梁左卫将军，生陵、孝克。陵，陈尚书仆射，生俭、份。①

可见，徐陵先人曾任汉河南太守，为二千石之官，属可徙居五陵之类。"五陵豪族"符合徐陵南渡之前的家族背景，乃其自诩之语，是对南渡前家世的标榜。

"四姓"，典出陆机《吴趋行》"八族未足侈，四姓实名家"句。陆机全诗曰：

> 楚妃且勿叹，齐娥且莫讴。四座并清听，听我歌吴趋。吴趋自有始，请从昌门起。昌门何峨峨，飞阁跨通波。重栾承游极，回轩启曲阿。蔼蔼庆云被，泠泠祥风过。山泽多藏育，土风清且嘉。泰伯导仁风，仲雍扬其波。穆穆延陵子，灼灼光诸华。王迹隤阳九，帝功兴四遐。大皇自富春，矫手顿世罗。邦彦应运兴，粲若春林葩。属城咸有士，吴邑最为多。八族未足侈，四姓实名家。文德熙淳懿，武功侔山河。礼让何济济，流化自滂沱。淑美难穷纪，商榷为此歌。②

《文选》卷二十八录有此诗，李善注曰："崔豹《古今注》曰：'《吴趋曲》，吴人以歌其地也。'"刘良注曰："趋，步也。此曲吴人歌其土风也。"③ 可见，此诗的主旨为标榜吴地之美。其中，"八族未足侈，四姓实名家"乃言吴地人才济济之语，此句李善注曰：

---

① （唐）林宝撰，岑仲勉校记：《元和姓纂》，中华书局 1994 年版，第 196—202 页。
② （南朝梁）萧统编，（唐）李善、吕延济、刘良、张铣、吕向、李周翰注：《六臣注文选》，中华书局 1987 年版，第 525—526 页。
③ 同上书，第 525 页。

蔡邕《陈留太守行县颂》曰："府君劝耕桑于属城也。"张勃
《吴录》曰："八族：陈、桓、吕、窦、公孙、司马、徐、傅也；四
姓：朱、张、顾、陆也。"《汉书》刘敬曰："徙齐诸田豪杰名家。"①

据所引张勃《吴录》，吴地"八族"中有"徐"姓，而此"徐"
即当为徐陵家族之"东海徐"。据《梁书》卷三十《徐摛传》载：

徐摛字士秀，东海郯人也。祖凭道，宋海陵太守。父超之，
天监初仕至员外散骑常侍。②

又据《陈书》卷二十六《徐陵传》：

徐陵字孝穆，东海郯人也。祖超之，齐郁林太守，梁员外散
骑常侍。父摛，梁戎昭将军、太子左卫率，赠侍中、太子詹事，
谥贞子。③

以上二条引文云徐摛、徐陵为"东海郯人"。据《后汉书》志第
二十一《郡国志三》载：

东海郡（原注：高帝置，雒阳东千五百里。）十三城，户十
四万八千七百八十四，口七十万六千四百一十六。郯本国，刺
史治。④

又据《宋书》卷三十五《州郡志一》：

晋元帝初，割吴郡海虞县之北境为东海郡，立郯、朐、利城

---

① （南朝梁）萧统编，（唐）李善、吕延济、刘良、张铣、吕向、李周翰注：《六臣注
文选》，中华书局1987年版，第525页。
② （唐）姚思廉：《梁书》，中华书局1973年标点本，第446页。
③ 同上书，第325页。
④ （南朝宋）范晔撰，（唐）李贤等注：《后汉书》，中华书局1965年标点本，第3458页。

三县，而祝其、襄贲等县寄治曲阿。穆帝永和中，郡移出京口，郯等三县亦寄治于京。文帝元嘉八年立南徐，以东海为治下郡，以丹徒属焉。郯、利城并为实土。①

从以上两处引文可知，东海郡始置于汉高祖刘邦朝，郯县为其治所；晋室南渡后，东海郡及郯县随之南迁；穆帝永和前位于吴郡海虞县之北，其后移至京口，这一区域旧属三国吴地。结合《梁书·徐摛传》《陈书·徐陵传》的记载可知，徐陵家族在南渡以后，亦为当地豪族。"四姓"为徐陵化用陆机《吴趋行》之语，对南渡后自己家世的标榜。然而，徐姓实际属"八族"而非"四姓"，徐陵如此使用当属于对举之语，因上句"豪族"已用"族"，避犯重字，故易之以与"八族"地位相当的"四姓"，以求句式之整饬。②

2. "金星""麝月"解

"金星""麝月"二典在《〈玉台新咏〉序》中原文的出处为：

> 金星将婺女争华，麝月与常娥竞爽。

前人对此二典的释读主要有两种观点。

一为"金星"指太阳系九大行星之金星，"麝月"指月亮。如《汉语大词典》说：

【金星】①太阳系九大行星之一，我国古代把金星叫作太白星，早晨出现在东方时叫启明，晚上出现在西方时叫长庚。南朝陈徐陵《〈玉台新咏〉序》："金星将婺女争华，麝月与常娥竞爽。"

【麝月】①指月。南朝陈徐陵《〈玉台新咏〉序》："金星将婺

---

① （南朝梁）沈约撰：《宋书》，中华书局 1974 年标点本，第 1038 页。
② 骈文写作特点之一，唐王勃《滕王阁序》把杨得意说成"杨意"、钟子期说成"钟期"与此类似。

女争华，麝月与常娥竞爽。"①

这里将"金星"释为"太阳系九大行星之一"，将"麝月"释为"指月"。

二是指中国古代妇女之面妆。从吴兆宜②、高步瀛③、许逸民④诸人释文来看，三人均持此说，但对于出典处与二妆样式则语焉不详。

《汉语大词典》所说非是。徐陵在《〈玉台新咏〉序》中以"丽人"自托，叙述了编撰《玉台新咏》的缘由、动机及成书过程诸问题。"金星""麝月"所在部分完整的表述为：

> 妆鸣蝉之薄鬓，照堕马之垂鬟；反插金钿，横抽宝树。南都石黛，最发双蛾；北地燕脂，偏开两靥。亦有岭上仙童，分丸魏帝；腰中宝凤，授历轩辕。金星与婺女争华，麝月与常娥竞爽。

显然，此段为描述"丽人"容貌服饰的文字，若按《汉语大词典》解释二典则表意脱节，不知所云。故云误。

后说盖得其实，二典属于对南朝贵族妇女日常面饰的描述。南朝梁简文帝萧纲的《美女篇》也有类似表述，其诗曰：

> 佳丽尽关情，风流最有名。约黄能效月，裁金巧作星。粉光胜玉靓，衫薄拟蝉轻。密态随流脸，娇歌逐软声。朱颜半已醉，微笑隐香屏。⑤

"约黄能效月，裁金巧作星"即对"美女"面妆的描述，"约黄效

---

① 罗竹风主编：《汉语大词典》，汉语大词典出版社 2001 年版，第 1156、1301 页。

② （南朝陈）徐陵撰，（清）吴兆宜注：《徐孝穆集笺注》，《文渊阁四库全书》，台湾商务印书馆 1986 年版，集部，第 1064 册，第 873 页。

③ 高步瀛选注：《南北朝文举要》，中华书局 1998 年点校本，第 620—621 页。

④ （南朝陈）徐陵撰，许逸民校笺：《徐陵集校笺》，中华书局 2008 年版，第 243—244 页。

⑤ （宋）郭茂倩编：《乐府诗集》，中华书局 1979 年版，第 913 页。

月"即徐陵所说的"麝月","裁金作星"即徐陵所说的"金星"。这两种妆饰形制,可据诗文与图像材料考知。"金星"顾名思义,就是以金色材质物品裁成星状,并贴于面颊以起到装饰作用之妆饰。南朝诗人于此多有描述,如"敛色金星聚"(南朝梁萧纲《闺妾寄征人》)、"妆罢金星出"(南朝陈顾野王《艳歌行》)、"裁金作小靥"(南朝陈张正见《艳歌行》),等等。麝月,即"散麝成月",也就是将黄色的妆粉涂于额头以效仿月亮,这种妆饰古代称为额黄。麝,指黄色麝粉。如"异作额间黄"(南朝梁萧纲《戏赠丽人》)、"散黄分黛色"(南朝梁王训《奉和率尔有咏》)、"额角轻黄细安"(北周庾信《舞媚娘》),等等;现藏美国波士顿美术馆唐阎立本摹本《北齐校书图》中,有负责服侍校书者的侍女数人,这些女子额头位置皆涂抹成黄色,为我们提供了"额黄妆"最为直观的形象。

3."芍药""蒲萄"解

"芍药""蒲萄"二典在《〈玉台新咏〉序》中原文的出处为:

> 清文满箧,非惟芍药之花。新制连篇,宁止蒲萄之树。

关于二典,吴兆宜引傅统妻《芍药花颂》为"芍药"作注,"蒲萄"一典则云"未详";[1] 高步瀛亦引傅统妻《芍药花颂》为"芍药"作注,"蒲萄"一典引三国魏钟会《蒲萄赋》为注;[2] 许逸民注释征引材料如二人,但进一步解释"芍药"为"指咏芍药花一类的诗文","蒲萄"为"指咏葡萄一类的诗文",概意指二词为泛指而非用典。[3]

三家注释均没有揭示二典的表意。在序文中,二典之后又云"九

---

① 参见(南朝陈)徐陵撰,(清)吴兆宜注《徐孝穆集笺注》,《文渊阁四库全书》,台湾商务印书馆 1986 年版,集部,第 1064 册,第 873 页。

② 参见高步瀛选注《南北朝文举要》,中华书局 1998 年点校本,第 622 页。

③ 参见(南朝陈)徐陵撰,许逸民校笺《徐陵集校笺》,中华书局 2008 年版,第 246 页。

日登高,时有缘情之作。万年公主,非无累德之辞"。"九日登高"一语,魏文帝《与钟繇九日送菊书》曰:

> 岁往月来,忽复九月九日,九为阳数,而日月并应,俗嘉其名,以为宜于长久,故以享宴高会。①

故"九日"句所指为某篇以重阳节为题材的作品,虽具体所指已难考,但据"万年公主"可知,当并非泛指。"万年公主"用晋武帝诏左芬作《万年公主诔》事,据《晋书》卷三十一《后妃上·左贵嫔》载:

> 及帝女万年公主薨,帝痛悼不已,诏芬为诔,其文甚丽。②

"芍药""蒲萄"句既与"九日""万年"句并举,所以,二典当为用典而非泛言。

从上引魏文帝《与钟繇九日送菊书》可知,汉魏六朝时期有重阳节登高游宴的习俗,因此,虽然我们无法确知"九日"的具体出典处,但登高游宴时"缘情"之文为游宴之作可知矣。"万年"句出典处则最明,指左芬所作《万年公主诔》,为悼亡作品。若按以上标准考察"芍药""蒲萄"二典,可知徐陵此处写作意图概为,以"芍药""蒲萄""九日""万年"四句,每句一典指代一种题材的文学作品,以说明"丽人"之多产。因此,"芍药""蒲萄"就可做如下解:

芍药,据《艺文类聚》卷八十一引晋傅统妻《芍药花颂》云:

> 晔晔芍药,植此前庭。晨润甘露,昼晞阳灵。曾不逾时,荏苒繁茂。绿叶青葱,应期秀吐。缃蕊攒挺,素华菲敷。光譬朝日,色艳芙蕖。媛人是采,以厕金翠。发彼妖容,增此婉媚。惟

---

① 转引自(唐)欧阳询《艺文类聚》,上海古籍出版社 1965 年点校本,第 84 页。
② (唐)房玄龄等:《晋书》,中华书局 1974 年标点本,第 962 页。

昔风人，抗兹荣华。聊用兴思，染翰作歌。①

同书同卷又引宋王徽《芍药华赋》曰：

> 原夫神区之丽草兮，凭厚德而挺授，禀光液而发藻兮，扬风
> 晖而振秀。②

这里"芍药"之典具体指何篇难考。然而，《诗经·郑风·溱洧》有"维士与女，伊其将谑，赠之以勺药"句，郑玄笺曰："伊，因也。士与女往观，因相与戏谑，行夫妇之事。其别，则送女以勺药，结恩情也。"③ 又崔豹《古今注》卷下"问答释义第八"云：

> 牛亨问曰："将离相赠之以芍药者何也？"答曰："芍药，一
> 名可离，故将别以赠之。"④

可知芍药为临别时相赠之物，依此意"芍药之花"或代指赠别之作。

蒲萄，据《艺文类聚》卷八十七载有三国魏钟会《蒲萄赋》曰：

> 美乾道之广覆兮，佳阳泽之至淳。览遐方之殊伟兮，无斯果
> 之独珍。托灵根之玄圃，植昆山之高垠。绿叶蓊郁，暧若重阴。
> 黟羲和，秀房陆离，混若紫英乘素波。仰承甘液之灵露，下歆丰
> 润于醴泉。总众和之淑美，体至气于自然。珍味允备，与物无
> 俦。清浊外畅，甘旨内遒。滋泽膏润，入口散流。⑤

钟会《蒲萄赋》下又收有晋荀勖《蒲萄赋》：

① 引自（唐）欧阳询《艺文类聚》，上海古籍出版社1965年点校本，第1383页。
② 同上。
③ （汉）毛亨传，（汉）郑玄笺，（唐）孔颖达等正义：《毛诗正义》，（清）阮元校刻《十三经注疏》，中华书局1980年版，第78页。
④ （晋）崔豹：《古今注》卷下，《四部丛刊三编》影印宋刊本。
⑤ 引自（唐）欧阳询《艺文类聚》，上海古籍出版社1965年点校本，第1495页。

灵运宣流，休祥允淑，懿彼秋方，乾元是畜，有蒲萄之珍伟奇，应淳和而延育。①

据《太平御览》卷九七二《果部九》"蒲萄"条载：

> 钟会《蒲萄赋》曰：余植葡萄于堂前，嘉而赋之，命荀勖并作。②

此条记述概为钟会《蒲萄赋》之序。方北辰即持此观点，并认为荀勖、钟会二赋即序文"蒲萄"一典的出处；并指出"清文满箧，非惟芍药之花；新制连篇，宁止蒲萄之树"这一联骈句意思是说，梁宫佳丽，均有才思，擅长诗赋。她们经常写作，所以是"清文满箧""新制连篇"，而作品抒写的内容也很广泛，不是如傅统之妻仅作《芍药花颂》，如钟会、荀勖之但作《蒲萄赋》而已。③ 我们认为，方先生关于典故出处的考察得其实，但对典故所在文句含义的解说则可商榷。据钟会《〈蒲萄赋〉序》可知钟、荀二赋的创作背景，即荀赋为受钟会之命而作，按此四句每句以一典指代一种文体的写作手法视之，相较钟会赋作，荀勖《蒲萄赋》为奉和诗作。故"蒲萄"一典当指奉和之作。

此四句的表意为："丽人"善赋诗文，勤于创作，故作品颇丰，不仅有赠别、奉和之制，亦有游宴、悼亡之作。

4. "南阳捣衣"解

"南阳捣衣"一典在《〈玉台新咏〉序》中的原文出处为：

> 纤腰无力，怯南阳之捣衣；生长深宫，笑扶风之织锦。

---

① 引自（唐）欧阳询《艺文类聚》，上海古籍出版社 1965 年点校本，第 1495 页。
② （宋）李昉等：《太平御览》，中华书局 1960 年版，第 4309 页上栏。
③ 参见方北辰《徐陵〈玉台新咏序〉中"葡萄"一典试释》，《文史》（第二十辑），中华书局 1983 年，第 62 页。

对于此典的出处，清吴兆宜引庾仲雍《荆州记》为注，高步瀛则曰："南阳捣衣，未详。吴注（威按：指吴兆宜）引庾仲雍《荆州记》：秭归县有屈原宅、女嬃庙，捣衣石犹存。然秭归属南郡，不属南阳也。《文苑》'南阳'作'南宫'，《法海》原刻同。班婕妤有《捣素赋》，似近之。然《汉书·外戚·班婕妤传》言退处东宫，又非南宫也。六朝人数典有非后人所知者，只宜阙疑，不宜意为傅会也。"①许逸民则道："梁任昉《述异记》卷上：'捣衣山，一名灵山，在琅琊郡。山南绝险，岩有方石，昔有神女于此捣衣。其石明莹，谓之玉女捣练砧。'按，'南阳'指今泰山以南、汶河以北地区。以在泰山之南，故名。"②

吴兆宜之说非是。高步瀛之语已揭示此处非用屈原、女嬃或班婕妤事的缘由：与"南阳"地点不符。许逸民认为"南阳"即泰山之南亦无确实依据。此句典出何处仍需考察。序文此处下半句"扶风织锦"出典处向无异议，为用窦滔妻事，乃表相思之典。见于《晋书》卷九十六《列女传·窦滔妻苏氏》：

> 窦滔妻苏氏，始平人也，名蕙，字若兰。善属文。滔，苻坚时为秦州刺史，被徒流沙，苏氏思之，织锦为回文旋图诗以赠滔。宛转循环以读之，词甚悽惋。凡八百四十字，文多不录。③

又据《元和郡县志》卷二"关内道二"载：

> 兴平县，畿。东至府九十里。本汉平陵县，属右扶风。魏文帝改为始平。晋武改置始平郡，领槐里县，历晋至西魏数有移易。景龙二年，金城公主出降吐蕃，中宗送至此县，改始平县为

---

① 高步瀛选注：《南北朝文举要》，中华书局1998年点校本，第624页。

② （南朝陈）徐陵撰，许逸民校笺：《徐陵集校笺》，中华书局2008年版，第249—250页。

③ （唐）房玄龄等：《晋书》，中华书局1974年标点本，第2523页。

金城县。至德二年改名兴平。①

窦滔妻籍贯"始平"属扶风，"扶风"与"织锦"两个信息共同指向窦滔妻以表明典故出处。

"南阳捣衣"与"扶风织锦"相协，故"南阳捣衣"亦为表相思之典，其用法也当与之相似。从这一思路考察此典出处，可知此处为用东汉光烈阴皇后事。据《后汉书》卷十上《光烈阴皇后纪》载：

> 光烈阴皇后讳丽华，南阳新野人。初，光武适新野，闻后美，心悦之。后至长安，见执金吾车骑甚盛，因叹曰："仕宦当作执金吾，娶妻当得阴丽华。"更始元年六月，遂纳后于宛当成里，时年十九。及光武为司隶校尉，方西之洛阳，令后归新野。及邓奉起兵，后兄识为之将，后随家属徙淯阳，止于奉舍。②

知阴后丽华为南阳新野人，于更始元年（公元 23 年）六月嫁于光武帝，在光武做司隶校尉时与帝分别，归新野，直至光武称帝后始相聚。又据《后汉书》卷一上《光武帝纪第一上》载：

> （更始元年九月）更始将北都洛阳，以光武行司隶校尉，使前整修官府。③

可知刘秀在更始元年（公元 23 年）九月被更始帝刘玄任命为司隶校尉，负责整修宫殿。也就是说，刘秀娶阴丽华三个月后，二人即分离。据《元和郡县志》卷二十一《山南道二》"新野县"载：

---

① （唐）李吉甫：《元和郡县图志》，中华书局 1983 年点校本，第 25 页。
② （南朝宋）范晔撰，（唐）李贤等注：《后汉书》，中华书局 1965 年标点本，第 405 页。
③ 同上书，第 9 页。

阴皇后宅，在县东北。捣衣石存焉。①

可见，唐代仍知阴皇后丽华在新野县故居的位置，且着重强调了阴后所用捣衣石。"捣衣"为怀念出行远方夫君的意象，《玉台新咏》中即录有多首诗歌中有此意象。阴后与光武新婚三月即分别归新野，刘秀称帝后，作为新野所出名人，后世概有阴丽华捣衣思远轶事的流传。"南阳之捣衣"或本于此。

5. "高楼红粉"解

"高楼红粉"一典在《〈玉台新咏〉序》中的原文出处为：

高楼红粉，仍定鱼鲁之文；辟恶生香，聊防羽陵之蠹。

"高楼红粉"一词，吴兆宜②、高步瀛③、许逸民④俱引《古诗十九首·青青河畔草》"娥娥红粉妆，纤纤出素手"句释之，概意指此处为以女性妆粉代指女子。

前说非是。辟恶生香，指防虫之香料。《初学记》卷十二引鱼豢《典略》云：

芸苔香辟纸鱼蠹，故藏书台称芸台。⑤

"羽陵之蠹"，用周穆王事，《穆天子传》卷五载：
仲秋甲戌，天子东游，次于雀梁，□蠹书于羽陵。⑥

---

① （唐）李吉甫：《元和郡县图志》，中华书局 1983 年点校本，第 534 页。
② （南朝陈）徐陵撰，（清）吴兆宜注：《徐孝穆集笺注》，《文渊阁四库全书》，台湾商务印书馆 1986 年版，集部，第 1064 册，第 874 页。
③ 高步瀛选注：《南北朝文举要》，中华书局 1998 年点校本，第 626 页。
④ （南朝陈）徐陵撰，许逸民校笺：《徐陵集校笺》，中华书局 2008 年版，第 253—254 页。
⑤ （唐）徐坚等：《初学记》，中华书局 1962 年版，第 295 页。
⑥ 郑杰文：《穆天子传通解》，山东文艺出版社 1992 年版，第 101 页。

二典表意为使用香料来防止蠹虫侵书。"鱼鲁之文",指文字讹误。晋葛洪《抱朴子·内篇》卷十九《遐览》:

> 书字人知之,犹尚写之多误。故谚曰,书三写,鱼成鲁,虚成虎,此之谓也。①

故红粉指用于书籍点校的红色铅粉笔。《文苑英华》卷一二六录梁元帝萧绎《玄览赋》云:"先铅摘于鱼鲁,乃纷定于陶阴。"②《文选》卷三十八录任昉《为范始兴作求立太宰碑表》:"人蓄油素,家怀铅笔。"李周翰注:"蓄,积也。油素,绢也。铅,粉笔也,所以理书也。"③

综上,"高楼红粉,仍定鱼鲁之文"意为:在高楼里用醒目的红色铅粉校正书中错误。"红粉"非女性妆粉之谓甚明。

二 《〈玉台新咏〉序》"丽人"解

在对《〈玉台新咏〉序》进行解读时,序中"丽人"究竟何指是理解全文的关键,亦为学界争论的焦点。王运熙、杨明在评述《〈玉台新咏〉序》时,较早地涉及这一话题,二人认为"此序别出心裁,不同于一般序文。它既不如实叙述撰集缘起,也不直接阐发其文学观点,而是以虚构手法,将《玉台新咏》的撰集,说成是出于'倾国倾城,无双无对'的后宫佳丽之手"④,指出"丽人"为虚构的人物。章

---

① 引自王明《抱朴子内篇校释》,中华书局 1985 年版,第 335—336 页。
② (宋)李昉等编:《文苑英华》,中华书局 1966 年版,第 577 页下栏。
③ (南朝梁)萧统编,(唐)李善、吕延济、刘良、张铣、吕向、李周翰注:《六臣注文选》,中华书局 1987 年版,第 721 页下栏。
④ 王运熙、杨明:《魏晋南北朝文学批评史》,上海古籍出版社 1989 年版,第 306 页。

培恒提出了不同意见，他认为"丽人"实指宫中一位妃子，并通过考证将其坐实为陈后主妃张丽华。① 实际上，对"丽人"身份的考察是支撑其《玉台新咏》为"张丽华所'撰录'"观点的关键。因此，其后回应章先生的文章，以讨论《玉台新咏》编撰者为主旨的论文中，多涉及对"丽人"的考察。如胡大雷赞同章先生"丽人"为单数并实指为一位妃子的观点，但认为"丽人"非张丽华而是梁元帝之徐妃；② 樊荣亦持"丽人"为单数，但认为并非实指，而是出于徐陵对自己假托的观点；③ 邬国平则认为，"丽人""一词也可能是一个复数词，其意思可能是指一群佳丽（或群妃）"④。其中，邬先生"丽人"为复数的观点得到了一些学者的支持。如许云和指出"丽人"为复数，实指一群"后宫佳丽"；⑤ 朱晓海则指出"《序》末既说'娈彼诸姬'，使用的是复数形式，不是一位丽人"，"（丽人）其实指的是诗歌中的那些丽人。她们有双重性质。一方面，许多诗歌确实是针对现实中的女性而发，描述的内容与现实中的某些女性及其生活有相当的重合处；另一方面，且不说某些篇章中的女性实属虚构，纵使那些根据实有其人写的诗歌，诗歌中的女主人翁毕竟已是文学手法下的剪影，并非现实人物的拓本，虽是营构下的形象，但这形象既出现，又是历史存在意义的真实"。⑥

从以上叙述中可知，关于"丽人"的分歧主要集中于两点：一为

---

① 参见章培恒《〈玉台新咏〉为张丽华所"撰录"考》，《文学评论》2004年第2期，第5—17页。
② 参见胡大雷《〈玉台新咏〉为梁元帝徐妃所"撰录"考》，《文学评论》2005年第2期，第52—56页。
③ 参见樊荣《〈玉台新咏〉"撰录"真相考辨——兼与章培恒先生商榷》，《中州学刊》2004年第6期，第92—94页。
④ 邬国平：《〈玉台新咏〉张丽华撰录说献疑——向章培恒先生请教》，《学术月刊》2004年第9期，第75页。
⑤ 参见许云和《解读〈玉台新咏序〉》，《烟台师范学院学报》2005年第1期，第46页。
⑥ 朱晓海：《论徐陵〈玉台新咏序〉》，《中国诗歌研究》（第四辑），2006年，第8、20页。

"丽人"为单数还是复数；二为"丽人"为实指、虚构还是出于假托。
我们认为，"丽人"为复数无疑，因为序文中有两处明显透露了这一
事实。其一，"其中有丽人焉。其人也，五陵豪族，充选掖庭；四姓
良家，驰名永巷。亦有颍川、新市，河间、观津"。显然，此句中
"五陵"句所指为一类人，"亦有"句为另一类人，明确了"丽人"的
复指属性。其二，"姿彼诸姬，聊同弃日"。既言"彼"，那么说话者
即与之相对的"此"，也表明"丽人"为复数。然而，"丽人"虽为复
数，但以上两处引文又同时透露出另一信息：这里的"丽人"实际有
主次的差别。也就是说，"其人"为叙述者，为主，"亦有"为被叙述
者，为次；"彼诸姬"为被叙述者，为次，与"彼"相对者为"此"，
而"此"即叙述者，为主。《〈玉台新咏〉序》就是以叙述者的口吻与
视角而写。叙述者同时也是编书的主导者，被叙述者则为编书的参与
者（或协助者）。那么，作为主导者的"丽人"究竟为谁呢？

我们认为，这一主导者即为徐陵。首先，"丽人"与徐陵的身份相
符。上文已论，《〈玉台新咏〉序》中"五陵""四姓"二典，实际为徐
陵使用典故标榜自己家世之语。其中，"五陵"所透露的信息符合其南
渡前家族背景，是对南渡前家世的标榜；"四姓"所表露的信息则暗合
徐陵南渡后的家世情况，为对南渡后家世的陈说。此外，序文中尚有其
他信息表明"丽人"为徐陵自况。如序文中云"丽人""兄弟协律，生
小学歌，少长河阳，由来能舞"，徐陵从小就被誉为"天上石麒麟""颜
回"，并且"八岁能属文，十二通老义"；其三弟徐孝克也"有口辩，能
谈玄理"（引文俱出于《陈书》卷二十六《徐陵传》），史传所载徐陵生
平与"丽人"如合符契。可见，"丽人"实际指的是以徐陵为首的《玉
台新咏》编撰团队。序文已述，新诗颇难搜集，加之书籍编撰过程中需
要协助抄写、誊录，所以在编书过程中有他人协作是自然之事。作为领
导者，徐陵以女性的口吻交代了这一编书过程。

徐陵采用这种方式叙事，实际借"丽人"之口浇己之块垒。文学

创作中以女性形象自托来抒发情感，一般认为源于屈原"香草美人"的抒情传统，徐陵以"丽人"自喻当有这种因素。同时，这更是时代风尚下形成的整体审美情趣。徐陵生活在宫体诗勃兴的时代，"属意于新诗"（《〈玉台新咏〉序》）者定不在少数。徐陵所谓"新诗"，当即为以描写女性体貌、情感等为主要内容的宫体诗。对描写女性手法的熟悉，使这一时期的诗人会运用女性的视角来抒写一己之情感。从客观时代环境的影响上看，徐氏的做法主要当有以上原因。

徐陵以"丽人"自托虽可能受上述因素影响，但当非决定性因素。由于序文的功用为"序所以为作者之意"（伪孔安国《〈尚书〉序》），其写作是不宜用这种极模糊的表意手法的。同一时代的萧统编《文选》时作序文没有采用这种形式即为显例。徐陵之所以用"丽人"自托，其主观因素当起了决定作用，徐陵实际是借"丽人"之口解释了他编撰《玉台新咏》的目的：以编书来抒发被免官后的郁闷之情。由于这是对不为当权者任用的不满情绪，是不宜明白表露的，所以只能用这种隐讳的手法表达出来。在形式上，则是效仿了屈原被谗后作《离骚》以美人陈冤的做法。

徐氏被免官究竟是否为冤枉可不论，但在他看来，其经历与屈原是极相似的，产生与屈原"同为天涯沦落人"的共鸣也是极自然的。所以，屈原"宓妃佚女，以譬贤臣"（王逸《〈离骚〉序》）的《离骚》便成为其模仿的对象。今观此序，其体制结构为对《离骚》亦步亦趋的模仿，其表现如：述家世，屈原云"帝高阳之苗裔兮，朕皇考曰伯庸"，徐陵则云"五陵豪族，充选掖庭""四姓良家，驰名永巷"；嘉姓名，屈原曰"名余曰正则兮，字余曰灵均"，徐陵则曰"本号娇娥，曾名巧笑"；述才干，屈原云"纷吾既有此内美兮，又重之以修能"，徐陵则云"少小学歌""由来能舞"；陈遭遇，屈原曰"众女嫉余之蛾眉兮"，徐陵则曰"陈后知而不平""阋氏览而遥妒"；夸容仪，屈原云"扈江离与辟芷兮，纫秋兰以为佩"，徐陵则云"妆鸣蝉之薄鬓，照堕马之垂鬟。反插金钿，横抽宝树"……诸多相似，绝非偶然，有意模仿之迹甚明。

然二者面目判然，一直不为后世学者察觉，私臆之主要当由三点不同造成。

其一，从结构上看，徐氏此序省略了对《离骚》后半部的模仿，仅模仿了前半部分。一般认为，《离骚》在结构上可分为两部分。从开篇至"岂余心之可惩"是前半部，主要是诗人自叙家世及其"信而见疑，忠而被谤"（司马迁《史记》卷八十四《屈原贾生列传》）的经历，基本上为写实；后半部则表现了屈原被谗见疏后思想上的冲突及最后的抉择，主要为诗人内心超现实的想象。[①] 从比较中可以看出，徐陵有意识地选取《离骚》前半部分为模仿对象，而省去了后半部。二者在结构形式上的显著差异当是造成这种模仿不为人察觉的一点原因。

其二，情异所造成的格调上的差异。"屈平正道直行，竭忠尽智，以事其君，谗人间之，可谓穷矣。信而见疑，忠而被谤，能无怨乎？屈平之作《离骚》，盖自怨生也。"（《史记》卷八十四《屈原贾生列传》）"忠而被谤"，不能无怨，屈原忠而见疑，见疑而生怨，由怨而生离心，又由忠而终不忍离，于是犹豫、彷徨、上下求索，最后申明死志。所以刘勰认为，屈子之怨为"忠怨"（《文心雕龙·辨骚》）。怨中饱含了他对国家与君主命运的关怀与忧虑。其情坚，其志洁，故其格调高远，所以刘勰对其有"气往轹古，辞来切今"（《文心雕龙·辨骚》）的评价。与之相比，《〈玉台新咏〉序》则是有怨而无忠，所表现的纯为一己之怨气，是失意后一人之怅惘，是对个人前途和利益的忧虑，故其所发虽亦为真情，然其格调不可与《离骚》同日而语，是为原因之二。

其三，语言风格上的迥异造成的文风上的差异。兹胪列《离骚》

---

① 　参见褚斌杰主编《〈诗经〉与楚辞》，北京大学出版社 2002 年版，第 185 页。

与《〈玉台新咏〉序》开头部分以现其异。《离骚》开篇曰：

> 帝高阳之苗裔兮，朕皇考曰伯庸。摄提贞于孟陬兮，惟庚寅
> 吾以降。皇览揆余初度兮，肇锡余以嘉名。名余曰正则兮，字余
> 曰灵均。纷吾既有此内美兮，又重之以修能。扈江离与辟芷兮，
> 纫秋兰以为佩。汨余若将不及兮，恐年岁之不吾与。朝搴阰之木
> 兰兮，夕揽洲之宿莽。日月忽其不淹兮，春与秋其代序。惟草木
> 之零落兮，恐美人之迟暮。不抚壮而弃秽兮，何不改此度？乘骐
> 骥以驰骋兮，来吾道夫先路。①

《〈玉台新咏〉序》开篇则云：

> 夫凌云概日，由余之所未窥；千门万户，张衡之所曾赋。周
> 王璧台之上，汉帝金屋之中，玉树以珊瑚作枝，珠帘以玳瑁为
> 押，其中有丽人焉。其人也，五陵豪族，充选掖庭；四姓良家，
> 驰名永巷。亦有颍川、新市，河间、观津，本号娇娥，曾名巧
> 笑。楚王宫里，无不推其细腰；卫国佳人，俱言讶其纤手。阅诗
> 敦礼，岂东邻之自媒；婉约风流，异西施之被教。弟兄协律，生
> 小学歌；少长河阳，由来能舞。琵琶新曲，无待石崇；箜篌杂
> 引，非关曹植。传鼓瑟于杨家，得吹箫于秦女。

二者相比，在句式上，《离骚》整齐但多为散句；《〈玉台新咏〉
序》则因为是骈文，全篇句式极为整齐，多为四、六字之句，对仗也
十分工整。音节上，《离骚》语势随诗人情感高下起伏，情之所至，
笔亦随之。如引文开头是对家世的陈述，语气平稳，娓娓道来，其情
感是温和的，故诗的节奏是和缓的。但由于内心的不平之气，在对自
己美德陈说过程中，诗人的情绪渐显激动，于是有"不抚壮而弃秽

---

① 引自（宋）洪兴祖《楚辞补注》，中华书局 1983 年点校本，第 3—7 页。

兮，何不改乎此度"的质问，"乘骐骥以驰骋兮，来吾道夫先路"之急切，此时诗人的情感是激烈的，诗歌节奏也急促起来。同时，在铺写中又夹有议论，情感充沛，富于流宕之气；《〈玉台新咏〉序》则全篇语势平稳，节奏和缓少变化，多为铺陈之句，少有议论之语。用词上，《离骚》多择华美之词，如引文中"江离""辟芷""秋兰""木兰""宿莽"等类似之语，在其他部分也时常出现，且这些词语多对举，但它们分布均匀，使《离骚》在整体上给人艳美、阔大的印象而无绮靡之感，刘勰"金相玉式，艳溢锱毫"（《文心雕龙·辨骚》）的评价盖针对这种用词特点而发；《〈玉台新咏〉序》则面目迥异，"璧台""金屋""玉树""珊瑚""珠帘""箜篌""掖庭""永巷"……虽性质上与《离骚》中的词语并无本质不同，但其使用密度极大、频率极高，如"玉树以珊瑚作枝，珠帘以玳瑁为押"，一句中竟有四个这样的词语，不能不给人以绮靡繁复之感。

由于风格不同，从读者的喜好和接受的角度讲，二者不分轩轾。但两种迥别的风格，客观上却对二文中人物的塑造产生了完全不同的效果，即二者虽均以女子自托述己意，但《离骚》鲜明地呈现给我们的是衣着高贵、志向高洁的堂堂男子形象。相反地，《〈玉台新咏〉序》中"丽人"却没有使我们产生这种印象，读其文，仿佛是一位幽怨无助女子的自白，以致使人产生《〈玉台新咏〉序》是徐陵为一名失意女子代作的错觉。是为第三点原因。

三 《〈玉台新咏〉序》所用隐语解

如上所论，徐陵编撰《玉台新咏》的个人目的为以编书来排遣遭遇弹劾之郁结。此点在《〈玉台新咏〉序》《玉台新咏》所录诗歌等处均有所体现。其中，徐陵在《〈玉台新咏〉序》交代编撰动机的一段文字中，连用六个典故表达了自己失宠的愤懑、再被启用的渴望与思之不得的失落。实际上，徐陵在此序其他位置仍表露了这种情绪，序文首句"凌云概日，由余之所未窥"中，运用了南朝文学中盛行的隐语，暗示了他遭劾免官的愤懑之情。欲知其所以然，须对南朝文学好用隐语的社会风气有所了解。

1. 南朝文学中的隐语诗

文学创作中好用隐语为南朝文学一大特色。刘勰《文心雕龙》对这种文学样式有专门讨论，其《谐隐》篇题名中的"隐"即为此，其文曰：

> 谯者，隐也；遁辞以隐意，谲譬以指事也。昔还社求拯于楚师，喻智井而称麦曲；叔仪乞粮于鲁人，歌佩玉而呼庚癸；伍举刺荆王以大鸟，齐客讥薛公以海鱼；庄姬托辞于龙尾；臧文谬书于羊裘：隐语之用，被于纪传。大者兴治济身，其次弼违晓惑。盖意生于权谲，而事出于机急，与夫谐辞，可相表里者也。汉世隐书，十有八篇，歆固编文，录之歌末。昔楚庄齐威，性好隐语。至东方曼倩，尤巧辞述。但谬辞诋戏，无益规补。自魏代以来，颇非俳优，而君子嘲隐，化为谜语。谜也者，回互其辞，使昏迷也。或体目文字，或图象品物，纤巧以弄思，浅察以衔辞，义欲婉而正，辞欲隐而显。荀卿蚕赋，已兆其体。至魏文陈思，约而密之；高贵乡公，博举品物，虽有小巧，用乖远大。夫观古之为隐，理周要务，岂为童稚之戏谑，搏髀而抃笑哉！然文辞之有谐谯，譬九流之有小说，盖稗官所采，以广视听。若效而不已，则髡祖而入室，旃孟之石交乎！[1]

---

① 黄叔琳注，李详补注，杨明照校注拾遗：《增订文心雕龙校注》，中华书局 2000 年版，第 195 页。

在这里刘勰追溯了隐语的起源、发展与演变情况，认为其功用为"遁辞以隐意，谲譬以指事"。刘勰同时指出，魏代以后"君子嘲隐，化为谜语"，而"谜语"创作特征为"或体目文字，或图象品物"。这类谜语作品，后世多称之为"杂体"，如宋严羽《沧浪诗话·诗体》云：

> 论杂体，则有风人、藁砧、五杂俎、两头纤纤、盘中、回文、反覆、离合，虽不关诗之重轻，其体制亦古。至于建除、字谜、人名、卦名、数名、药名、州名之诗，只成戏谑，不足法也。①

从现存实例看，这类作品可定义为：在创作中，利用汉字多音、多义或结构上的特点，采用离合（拆、合字或词语）、嵌入、谐音、衍义等手法创作而成的作品；其完成后呈现出的特征为，作品的局部或通篇可读出显、隐两层含义（此为文字层面上所固有，对思想意义层面的不同理解不属此范畴）。从作品来源看，则主要来自两方面的创作。

其一，南朝乐府民歌。

南朝乐府民歌主要包括吴声歌、神弦歌、西曲等。其中存在大量的隐语诗，又尤以产生于建康附近的吴声歌为最。这种隐语诗的主要特点就是运用谐音双关来表意。此类隐语诗古人已多有讨论，如宋洪迈《容斋随笔·容斋三笔》卷十六"乐府诗引喻"条云：

> 自齐、梁以来，诗人作乐府《子夜四时歌》之类，每以前句比兴引喻，而后句实言以证之。②

---

① （宋）严羽撰，郭绍虞校释：《沧浪诗话校释》，人民文学出版社 1983 年版，第 100—101 页。

② （宋）洪迈：《容斋随笔》，上海古籍出版社 1978 年版，第 609 页。

洪氏所云"实言以证之"之法，实际就是运用谐音来表意的一种隐语，其列举的《子夜四时歌》见于宋郭茂倩的《乐府诗集》，如《子夜四时歌》之《春歌》其二十云：

> 自从别欢后，叹音不绝响。黄檗向春生，苦心随日长。①

这里的"苦心"既指黄檗心之苦，也谐相思之心苦。《夏歌》其八云：

> 朝登凉台上，夕宿兰池里。乘月采芙蓉，夜夜得莲子。②

此处"莲子"指莲花的果实，同时又为"怜子"之谐音。《夏歌》其十云：

> 郁蒸仲暑月，长啸出湖边。芙蓉始结叶，花艳未成莲。③

这里的"莲"既指莲花也谐"爱怜"之义。《夏歌》其十四云：

> 青荷盖绿水，芙蓉葩红鲜。郎见欲采我，我心欲怀莲。④

"莲"的用法与含义同上。明谢榛《四溟诗话》云：

> 古辞曰："黄檗向春生，苦心随日长。"又曰："雾露隐芙蓉，见莲不分明。"又曰："石阙生口中，衔碑不得语。"又曰："菖蒲花可怜，闻名不相识。"又曰："桑蚕不作茧，昼夜长悬丝。"又曰："理丝入残机，何悟不成匹。"又曰："桐枝不结花，何由得

---

① （宋）郭茂倩编：《乐府诗集》，中华书局1979年版，第645页。
② 同上书，第646页。
③ 同上。
④ 同上。

梧子。"又曰:"杀荷不断藕,莲心已复生。"此皆吴格指物借意。①

由于这类诗歌流行于吴地,故谢榛称之为"吴格"。

萧涤非《汉魏乐府文学史》、王运熙《六朝乐府与民歌》对此均有深入探讨。《汉魏乐府文学史》分谐音为"同声字以见意者"和"同声同字以见意者"两大类,并详细列举本字及所谐字;②《六朝乐府与民歌》有"论吴声西曲与谐音双关语"一节,将谐声类型分为"同音异字""同音同字""混合"三类,论述了六朝时普遍使用谐音双关语的社会风气。③ 刘跃进则考察了江南民歌隐语流行的原因,认为道教在东晋南朝的广泛流行,是这种诗歌形式盛行的重要原因。④可以说,南朝乐府民歌中含有大量隐语的现象,自古以来就为学界所共识,无须赘述。⑤

其二,文人游戏之作。

魏晋时期,文人日常生活中以话有机锋为机智的表现,为"魏晋风度"的一个侧面,这种机智有时以文字游戏的形式呈现。《世说新语·捷悟第十一》就集中记载了曹操与杨修之间的类似事迹。如:

> 杨德祖为魏武主簿,时作相国门,始构榱桷,魏武自出看,使人题门作"活"字,便去。杨见,即令坏之,既竟,曰:"'门'中'活','阔'字,王正嫌门大也。"⑥

---

① (明)谢榛:《四溟诗话》,人民文学出版社 1961 年版,第 51—52 页。
② 参见萧涤非《汉魏乐府文学史》,人民文学出版社 1984 年版,第 207—224 页。
③ 参见王运熙《六朝乐府与民歌》,古典文学出版社 1957 年版,第 121—166 页。
④ 参见刘跃进《玉台新咏研究》,中华书局 2000 年版,第 206—215 页。
⑤ 此类隐语诗,在宋人郭茂倩《乐府诗集》中多归为"清商曲辞",载于卷四十四至卷五十一,可参看。
⑥ 徐震堮:《世说新语校笺》,中华书局 1984 年版,第 317 页。

又如：

人饷魏武一杯酪，魏武啖少许，盖头上题"合"字以示众，众莫能解。次至杨修，修便啖，曰："公教人啖一口也，复何疑！"①

最为典型的则是"绝妙好辞"的故事：

魏武尝过曹娥碑下，杨修从。碑背上见题作"黄绢幼妇，外孙齑臼"八字，魏武谓修曰："解不？"答曰："解。"魏武曰："卿未可言，待我思之。"行三十里，魏武乃曰："吾已得。"令修别记所知。修曰："黄绢，色丝也，于字为'绝'；幼妇，少女也，于字为'妙'；外孙，女子也，于字为'好'；齑臼，受辛也，于字为'辞'。所谓'绝妙好辞'也。"魏武亦记之，与修同，乃叹曰："我才不及卿，乃觉三十里。"②

正如"绝妙好辞"之例，此类事迹反映在文学作品中，表现为有似谜语类的诗歌的产生。宋叶梦得《石林诗话》云：

古诗有离合体，近人多不解。此体始于孔北海，余读《文类》，得北海四言一篇云："渔父屈节，水潜匿方，与时进止，出寺（威按：《艺文类聚》作'行'）弛（威按：《艺文类聚》作'施'）张。吕公矶（威按：《艺文类聚》作'饥'）钓，阖口渭旁，九域有圣，无土不王。好是正直，女回（威按：《艺文类聚》作'固'）于匡，海外有截，隼逝鹰扬。六翮将（威按：《艺文类聚》作'不'）奋，羽仪未彰，龙蛇之蛰，俾也可忘。玟琁隐曜，美玉韬光。无名无誉，放言深藏，按辔安行，谁谓路长。"此篇离合"鲁国孔融文举"六字。徐而考之，诗二十四句，每四句离

---

① 徐震堮：《世说新语校笺》，中华书局 1984 年版，第 318 页。
② 同上。

合一字。如首章云："渔父屈节，水潜匿方，与时进止，出寺弛张。"第一句渔字，第二句水字，渔犯水字而去水，则存者为鱼字。第三句有时（威按："时"繁体作"時"）字，第四句有寺字，时犯寺字而去寺，则存者为日字。离鱼与日而合之，则为鲁字。下四章类此。殆古人好奇之过，欲以文字示其巧也。①

叶氏所引孔融《离合郡姓名诗》最早见于《艺文类聚》卷五十六，文字与此稍异。据叶氏言可知，此为一首离合诗，诗中利用汉字结构上的特点对所及文字进行了"离合"处理，显层意义即为一首四言诗；隐层意义，此诗每四句离合为一字，全篇暗示了作者的贯里名字"鲁国孔融文举"六字。

再如，东晋常璩《华阳国志》卷十二《述序志第十二》也属此类文字：

> 譔曰：驷牡骙骙，万马龙飞。陶然斯犹，阜会京畿。麤获西狩，鹿从东麓。邹伯劳之。旬不接辰。尝兹珍嘉，甘心庶几。忠为令德，一行可师。瓅玮俶傥，贵韬光晖。据中体正，平揖宣尼。导以礼乐，教洽化齐。木讷刚毅，有威有怀。锵锵宫县，磬管谐谐。金奏石拊，降福孔皆。综括道检，总览幽微。选贤与能，人远乎哉。②

此则文章颇为难解，长期以来无学者能准确释读。刘复生据刘咸炘《华阳国志论》观点，发现这是一首"离合诗"，谜底为"蜀郡常璩撰"五字。③

<hr>

① （宋）叶梦得：《石林诗话》，（清）何文焕辑《历代诗话》，中华书局1981年版，第418页。

② （晋）常璩撰，任乃强校注：《华阳国志校补图注》，上海古籍出版社1987年版，第736页。

③ 参见刘复生《〈华阳国志〉末卷"离合诗"的释读》，《四川师范学院学报》2001年第2期，第1—2页。

这种文学风气一直延续到南朝，又出现了谜字诗、药名诗等新形式。如南朝宋鲍照《字谜三首》①，其一云：

　　二形一体，四支八头。四八一八，飞泉仰流。

此为"井"字，"四八一八"即为五八，为衍义手法的运用；五八等于四十，四个"十"在字形上合并正是"井"字，为离合手法的运用。其二云：

　　头如刀，尾如钩。中央横广，四角六抽。右面负两刃，左边双属牛。

此用离合手法把"龟"字分解描述："头如刀"为"丿"，"尾如钩"指"乚"，"右面负两刃"为上下并列的两个"彐"，"左边双属牛"指"囝"，即刘勰所谓"图象品物"。其三云：

　　乾之一九，从立无偶。坤之二六，宛然双宿。

为"土"字。"乾""坤"为《周易》八卦中的二卦，《周易》中又以九代表阳数，六代表阴数，故"乾之一九"意为"乾"卦的一个阳爻即"—"，云其"从立无偶"则变为"｜"；"坤之二六"即两个阴爻"＝＝"，二者结合正是"土"字。药名诗如南朝梁萧纲《药名诗》云：

　　朝风劲春草，落日照横塘。重台荡子妾，黄昏独自伤。烛映合欢被，帷飘苏合香。石墨聊书赋，铅华试作妆。徒令惜萱草，蔓延满空房。②

---

① 引自逯钦立辑校《先秦汉魏晋南北朝诗》，中华书局 1983 年版，第 1312 页。
② 同上书，第 1950 页。

诗中运用谐音以"合欢被"谐中药"合欢皮"音。同时，"合欢被""苏合香"又属于嵌入手法的运用。其他作品尚有建除诗、人名诗、卦名诗、数名诗、州名诗等。此类作品《艺文类聚》卷五十六"杂文部二·诗"类中有集中著录，可参见，兹不烦举。①

2.《玉台新咏》中所录隐语诗

徐陵长期生活在吴歌盛行的建康，又为文人群体中一员，无论是广为流传的民歌，还是文人游戏之作，肯定都有所接触，对这两种诗歌形式当熟识。上引严羽《沧浪诗话·诗体》中所提及的诸多隐语诗（风人、藁砧、回文），均见于《玉台新咏》即可为证。

首先，风人诗。《玉台新咏》卷九《近代杂歌三首》之二《青阳歌曲》（《乐府诗集》卷四十九作《青阳度》，文字与此稍异）云：

青荷盖绿水，芙蓉发红鲜。下有并根藕，上生同心莲。②

诗中"芙蓉"谐"夫容"，意为丈夫之容貌；"莲"谐"怜"，为爱怜之意。之三《蚕丝歌》则云：

春蚕不应老，昼夜常怀丝。何惜微躯尽，缠绵自有时。③

这里"丝"谐"思"，为相思之意。以上两首诗歌中均有双关隐语的运用。

其次，藁砧诗。《玉台新咏》卷十《古绝句四首》其一云：

藁砧今何在？山上复有山。何当大刀头？破镜飞上天。④

———————————

① 参见（唐）欧阳询《艺文类聚》，中华书局 1965 年点校本，第 1002—1012 页。
② （南朝陈）徐陵编，（清）吴兆宜注、程琰删补：《玉台新咏笺注》，中华书局 1985 年点校本，第 484 页。
③ 同上书，第 485 页。
④ 同上书，第 469 页。

此诗亦见于《艺文类聚》，题名即作《藁砧诗》①。吴兆宜注曰："严羽《沧浪诗话》：此僻辞隐语也。许顗《彦周诗话》：'藁砧何在'，言夫也。'山上复有山'，言出也。'何当大刀头，破镜飞上天'，言月半当还也。"②

最后，盘中诗。《玉台新咏》卷九苏伯玉妻《盘中诗一首》云：

> 山树高，鸟啼悲。泉水深，鲤鱼肥。空仓雀，常苦饥。吏人妇，会夫稀。出门望，见白衣。谓当是，而更非。还入门，中心悲。北上堂，西入阶。急机绞，杼声催。长叹息，当语谁？君有行，妾念之。出有日，还无期。结中带，长相思。君忘妾，天知之。妾忘君，罪当治。妾有行，宜知之。黄者金，白者玉。高者山，下者谷。姓为苏，字伯玉。作人才多知谋足，家居长安身在蜀，何惜马蹄归不数。羊肉千斤酒百斛，令君马肥麦与粟。今时人，智不足。与其书，不能读。当从中央周四角。③

宋严羽《沧浪诗话·诗体》"盘中"一词自注云："《玉台集》有此诗，苏伯玉妻作，写之盘中，屈曲成文也。"④ 可见此诗是写于盘中的，如不通晓技巧很难读懂，古今均有学者为其做复原图，⑤ 故属于隐语诗之类。

另外，《玉台新咏》卷九还录有《汉成帝时童谣歌二首（并序）》《汉桓帝时童谣歌二首》，为汉代民间盛行的谶语歌谣，表意方式上也可将其视为隐语诗。刘勰在《文心雕龙·明诗》篇中就已经指出，隐语诗

---

① 参见（唐）欧阳询《艺文类聚》，中华书局1965年点校本，第1007页。

② （南朝陈）徐陵编，（清）吴兆宜注、程琰删补：《玉台新咏笺注》，中华书局1985年点校本，第469页。

③ 同上书，第406—407页。

④ （宋）严羽撰，郭绍虞校释：《沧浪诗话校释》，人民文学出版社1983年版，第100页。

⑤ 参见饶少平《盘中诗及其复原图》，《北京工业大学学报》2006年第4期，第69—74页。

的一种——离合诗，即起源于"图谶"①，揭示了谶纬与隐语诗的关系。

3.《〈玉台新咏〉序》首句中的隐语

笔者认为，徐陵不仅在《玉台新咏》中所录有隐语诗歌，他还把隐语诗创作手法运用到了《〈玉台新咏〉序》的创作中，其首句"凌云概日，由余之所未窥"，即以隐语暗示了他编撰《玉台新咏》时的境遇心态。此句意为："（威巍的宫殿）迫近云端，遮蔽太阳，（这壮景）由余尚且没有见过。"此为显层含义，人所共识。但其中隐语历来为学者忽视，今试分析如下：

"凌云概日"，为离合手法之运用，属于对词语的离合，即把"凌云/概日"离合为"凌/云概日"。"凌"，属谐音双关。一为"凌云"之"凌"，同时又是徐陵对自己名的暗示，"凌"即"陵"。《艺文类聚》卷五十五引《〈玉台新咏〉序》作"陵"，疑保存了原貌；二为古"凌"与"陵"本可通。"云概日"，用典，化用《古诗十九首》（行行重行行）"浮云蔽白日，游子不顾返"句。《玉台新咏》亦录此诗（卷一枚乘《杂诗》九首之二），吴兆宜注此二句云："善曰：《文子》：'日月欲明，浮云盖之。'陆贾《新语》：'邪臣之蔽贤，犹浮云之障日月。'《古杨柳行》：'谗邪害公正，浮云蔽白日。'……按：《选》注：言浮云之蔽白日，以喻邪佞之毁忠良，故游子之行，不顾返也。"② 从吴注可知，此意象为贤人遭邪佞谗害之意，且由来已久，徐陵对此当熟知。

"由余之所未窥"，为衍义手法的运用。"由余"为人名，其事迹

---

① 刘勰《文心雕龙·明诗》篇云："离合之发，明于图谶。"威按：明，当作"萌"，即起源之意。据杨明照《文心雕龙》校语，唐写本《文心雕龙》及《太平御览》所引皆作"萌"。参见黄叔琳注，李详补注，杨明照校注拾遗《增订文心雕龙校注》，中华书局 2000 年版，第 66、81 页。

② （南朝陈）徐陵编，（清）吴兆宜注，程琰删补：《玉台新咏笺注》，中华书局 1985 年点校本，第 18—19 页。威按：此处引《古杨柳行》"谗邪害公正，浮云蔽白日"句时，"谗"误作"缠"（"才"的繁体字），概形近而误。

见于《史记》卷五《秦本纪》：

> 戎王使由余于秦。由余，其先晋人也，亡入戎，能晋言。闻
> 缪公贤，故使由余观秦。秦缪公示以宫室、积聚。由余曰："使
> 鬼为之，则劳神矣。使人为之，亦苦民矣。"缪公怪之，问曰：
> "中国以诗书礼乐法度为政，然尚时乱，今戎夷无此，何以为治，
> 不亦难乎？"由余笑曰："此乃中国所以乱也。夫自上圣黄帝作为
> 礼乐法度，身以先之，仅以小治。及其后世，日以骄淫。阻法度
> 之威，以责督于下，下罢极则以仁义怨望于上，上下交争怨而相
> 篡弑，至于灭宗，皆以此类也。夫戎夷不然。上含淳德以遇其
> 下，下怀忠信以事其上，一国之政犹一身之治，不知所以治，此
> 真圣人之治也。"于是缪公退而问内史廖曰："孤闻邻国有圣人，
> 敌国之忧也。今由余贤，寡人之害，将奈之何？"内史廖曰："戎
> 王处辟匿，未闻中国之声。君试遗其女乐，以夺其志；为由余
> 请，以疏其间；留而莫遣，以失其期。戎王怪之，必疑由余。君
> 臣有间，乃可虏也。且戎王好乐，必怠于政。"缪公曰："善。"
> 因与由余曲席而坐，传器而食，问其地形与其兵势尽察，而后令
> 内史廖以女乐二八遗戎王。戎王受而说之，终年不还。于是秦乃
> 归由余。由余数谏不听，缪公又数使人间要由余，由余遂去降
> 秦。缪公以客礼礼之，问伐戎之形。[①]

从《史记》的记述可知，由余为戎人，曾作为戎王使者出使秦
国，秦穆公忌惮其贤能，使人离间于戎王，最终迫使由余降秦。序文
中的衍义手法运用于"未窥"之内容，显层含义为由余未曾见过秦之
"宫室、积聚"；其隐层含义为暗用由余被离间、不被戎王信任的冤
屈。徐氏这一暗示用意明显，因为就其显层含义而言，"由余"一典

---

① （汉）司马迁：《史记》，中华书局 1959 年标点本，第 192—193 页。

用于此处颇为不确。从引文可知，由余生于西戎，非但不博见，甚或为孤陋之人。张衡《东京赋》曰："由余以西戎孤臣，而悝缪公于宫室。"《文选》薛综注曰："孤臣，谓孤陋之臣也。"① 是其证。既为"孤陋之臣"，没见过"凌云概日"之宫室亦不足为奇。而古时以博见广识显名者尚多，如涉及"千门万户"一语者即有晋代博物学家张华，据《晋书》卷三十六《张华传》载：

> （张）华强记默识，四海之内，若指诸掌。武帝常问汉宫室制度及建章千门万户，华应对如流，听者忘倦，画地成图，左右属目。帝甚异之，时人比之子产。②

此类典故方能恰当地表明宫室之高的罕见。此处徐陵之所以使用"由余"作为典故的出处来源，当主要是因为需使用由余遭离间的经历来表意的结果。

综上，我们认为，《〈玉台新咏〉序》"凌云概日，由余之所未窥"句的隐层含义为：我（陵）被别人诽谤，（其中冤枉）就是由余也不曾经历过！徐陵通过隐语的使用，在《〈玉台新咏〉序》首句中暗指其在梁代遭劾免官的冤屈。

四 《〈玉台新咏〉序》通释

《〈玉台新咏〉序》是骈文名篇，而骈文发展成熟于南朝时期，产生了大量优秀作品。用典繁密、藻饰艳丽、句式整饬是此时期骈文的

---

① （南朝梁）萧统编，（唐）李善注：《文选》，中华书局1977年版，第51页上栏。
② （唐）房玄龄等：《晋书》，中华书局1974年标点本，第1070页。

鲜明特点。"用典，就意味着本来可直接说出来的意思，要借助典故间接地说出来，这就决定了用典的曲折性效果。这种曲折对我们的表达很有用，首先，它可以使在言语交往中很重要但又不便凸显的信息得到很好的处理，从而收到含蓄委婉的效果；与此相似，它也可以使在高压环境下记载某些对自己很重要但不想让相关人员知道的事情及情感成为可能，即它能产生一种隐晦朦胧的效果；另外，通过用典的曲折，能使欲表达的主要意思带上许多附加的意思和情感色彩，产生一种言简意赅的效果。"①

正因为用典有如此作用，学者在解读骈文时，往往注重从写作背景上发掘典故所表达的言外之意，如与《〈玉台新咏〉序》同为六朝骈文典范的庾信《哀江南赋》，其中有句云：

> 天地之大德曰生，圣人之大宝曰位。用无赖之子弟，举江东而全弃。惜天下之一家，遭东南之反气。以鹑首而赐秦，天何为而此醉！②

据陈寅恪言，倪璠认为此段文字所云为萧詧事，曾国藩则认为是"追咎武帝不能豫教子弟而乱生"，而陈先生则认为："此赋八句乃总论萧梁一代之兴亡。前四句指武帝，后四句指元帝。"③从陈先生的记述看，虽然各家观点不同，但将文中典故与梁代史事及庾氏经历相比附，以申己说，则为对其解说的通法。类似地，《〈玉台新咏〉序》的解读也可在这方面下功夫，然而，前人在解说此序时，却忽视了这一点。鉴于此，我们将结合徐陵编书时遭遇弹劾而免官这一历史背景，着重从典故表意方面对此序进行重新解读。④

---

① 罗积勇：《用典研究》，武汉大学出版社 2005 年版，第 262 页。
② （北周）庾信著，（清）倪璠注：《庾子山集注》，中华书局 1980 年点校本，第 165 页。
③ 陈寅恪：《庾信哀江南赋与杜甫咏怀古迹诗》，陈延美编《陈寅恪集·金明馆丛稿二编》，生活·读书·新知三联书店 2001 年版，第 300—303 页。
④ 解读所据底本为附录"《〈玉台新咏〉序》汇校笺注"部分校勘成果。

《〈玉台新咏〉序》虽表意模糊，但叙事结构还是比较清晰的。刘麟生说："此序先叙女子之貌，继叙女子之才，终述女子之思，而以编书宗旨，系之篇末。"① 可谓提纲挈领。略嫌不足之处为，"叙女子之貌"前尚有交代"女子"家世的文字，今以刘氏所论为纲，补充"叙女子家世"部分释读如下：

1. 叙女子家世

其文曰：

夫凌云概日，由余之所未窥；千门万户，张衡之所曾赋。周王璧台之上，汉帝金屋之中，玉树以珊瑚作枝，珠帘以玳瑁为押，其中有丽人焉。其人也，五陵豪族，充选掖庭；四姓良家，驰名永巷。亦有颍川、新市，河间、观津，本号娇娥，曾名巧笑。

开篇首句，徐陵便用"凌云概日，由余之所未窥"这一隐语，暗示了自己被弹劾免官的经历。其后以"丽人"自托，叙述了自己家世的显赫。其中，述家世分为对过去的追溯和对现在的陈说两部分。"五陵豪族"为对过去的追溯，"四姓良家"是对南渡后显赫家世的陈说。"四姓"并非为指"西汉时的四个出身于平民的皇后：文帝窦皇后、景帝王皇后、武帝卫皇后、宣帝许皇后"② 或"南朝以甲、乙、丙、丁四个等级划分的郡望、官位阶级"③。

2. 叙女子才貌

《〈玉台新咏〉序》叙女子之貌、叙女子之才部分联系紧密，故合并解读。其文曰：

---

① 刘麟生：《中国骈文史》，上海书店 1984 年据商务印书馆 1939 年版复印，第 70 页。

② 章培恒：《〈玉台新咏〉为张丽华"撰录"考》，《文学评论》2004 年第 2 期，第 11 页。

③ 樊荣：《〈玉台新咏〉"撰录"真相考辨》，《中州学刊》2004 年第 6 期，第 93 页。

楚王宫里，无不推其细腰；卫国佳人，俱言讶其纤手。阅诗敦礼，岂东邻之自媒；婉约风流，异西施之被教。弟兄协律，生小学歌；少长河阳，由来能舞。琵琶新曲，无待石崇；箜篌杂引，非关曹植。传鼓瑟于杨家，得吹箫于秦女。至如宠闻长乐，陈后知而不平；画出天仙，阏氏览而遥妒。

此段涉及两方面内容，即标榜了"丽人"的美貌与才华。"丽人"如此美丽，就是在楚王宫里也会被推许为"细腰"，卫国的佳人也要惊讶于其"纤手"。她知书达礼，哪里像宋玉东邻的美人那样会自己主动去追求异性。她的婉约风流出自天性，并不像西施那样是由别人调教而成。她像李延年的妹妹、汉武帝妃子李夫人那样，从小学习歌唱；又像赵飞燕那样天生善舞。她弹奏的琵琶曲、歌唱的《箜篌引》都为心杼自出，并非出于石崇、曹植的创作；她的鼓瑟技艺为杨恽妻所传，吹箫之艺则源于秦女弄玉；她的美貌假如被陈皇后知道了定然会有所不平，匈奴单于的妻子见到也会深为妒忌。其中，"生小学歌，少长河阳，由来能舞"乃徐陵自况，是对自己天赋的称述。徐陵从小就被誉为"天上石麒麟""颜回"，并且"八岁能属文，十二通老义"。另外，其三弟徐孝克也"有口辩，能谈玄理"（引文俱见《陈书》卷二十六《徐陵传》），与"兄弟协律"相吻合。

又曰：

至若东邻巧笑，来侍寝于更衣；西子微矉，得横陈于甲帐。陪游馺娑，骋纤腰于结风；长乐鸳鸯，奏新声于度曲。妆鸣蝉之薄鬓，照堕马之垂鬟。反插金钿，横抽宝树。南都石黛，最发双蛾；北地燕脂，偏开两靥。亦有岭上仙童，分丸魏帝；腰中宝凤，授历轩辕。金星将婺女争华，麝月与嫦娥竞爽。惊鸾冶袖，时飘韩掾之香；飞燕长裾，宜结陈王之珮。虽非图画，入甘泉而不分；言异神仙，戏阳台而无别。真可谓倾国倾城，无对无双者也。加以天情开朗，逸思雕华，妙解文章，尤工诗赋。琉璃砚匣，终日随身；翡翠笔床，无时离手。清文满箧，非惟芍药之花；新制连篇，宁止蒲萄之树。九日登高，时有缘情之作；万年公主，非无累德之辞。其佳丽也如彼，其才情也如此。

此段追忆了昔日常随君王左右的风光，并指出才华出众是其得宠的原因。在叙述时分为两个层次：第一层从"至若东邻巧笑"至"无对无双者也"，为对"丽人"容貌的描摹。正因为有如此"倾国倾城"的美貌与"无双无对"的才艺，所以才能"侍寝于更衣""横陈于甲帐"，与当权者关系之亲近至于"入甘泉而不分""戏阳台而无别"。第二层从"加以天情开朗"至本部分末，专申"丽人"文学才华的出众。徐陵用四个典故分别代表四种文体，指出"丽人"善赋诗文，勤于创作，故作品颇丰，不仅有送别之文、应命之制，亦有唱和之篇、悼亡之作。徐陵这种表意，可在《玉台新咏》所收本人诗作中得到佐证。《玉台新咏》收徐陵本人诗作四首：《走笔戏书应令》《奉和咏舞》《和王舍人送寄未还闺中有望》及《为羊兖州家人答饷镜诗》，从功用上划分，它们分别属于应令、唱和、唱和与代笔。可见，徐氏自选诗是按功用分类精心筛选而得，而应令、唱和在序文中均有提及，再次印证了徐陵此处是按功用划分，标榜自己的文学才华。

徐陵的这种自信来自当权者的宠信。据《梁书》卷四十九《文学传上·庾肩吾》载：

初，太宗（威按：指简文帝萧纲）在籓，雅好文章士，时肩吾与东海徐摛，吴郡陆杲，彭城刘遵、刘孝仪，仪弟孝威，同被赏接。及居东宫，又开文德省，置学士，肩吾子信、摛子陵、吴郡张长公、北地傅弘、东海鲍至等充其选。[1]

---

① （唐）姚思廉：《梁书》，中华书局 1973 年标点本，第 690 页。

在萧纲未被立为太子之时，徐陵的父亲徐摛就被萧纲所赏识优待，萧纲被立为太子以后，徐陵亦被选为东宫学士，父子俱在东宫。这在当时是极为荣耀之事。《周书》卷四十一《庾信传》即云：

> 信幼而俊迈，聪敏绝伦。博览群书，尤善《春秋左氏传》。身长八尺，腰带十围，容止颓然，有过人者。起家湘东国常侍，转安南府参军。时肩吾为梁太子中庶子，掌管记。东海徐摛为右卫率。摛子陵及信，并为抄撰学士。父子在东宫，出入禁闼，恩礼莫与比隆。既有盛才，文并绮艳，故世号为徐、庾体焉。当时后进，竞相模范，每有一文，京都莫不传诵。[①]

据引文可知，萧纲为太子后，庾肩吾及其子庾信、徐摛及其子徐陵均属父子同在东宫，所受恩宠与礼遇冠绝一时。这里虽主要以庾信为记述中心，但徐陵所受荣宠在记述中亦可见一斑。这与其后徐陵遭劾免官并被长期弃用形成强烈的反差。今昔对比，在徐陵看来，这种宠信也是他遭人嫉忌被弹劾的诱因，"陈后知而不平""阙氏览而遥妒"二典的使用或含有这一暗示。

3. 叙女子之思

其文曰：

> 既而椒宫宛转，柘馆阴岑；绛鹤晨严，铜蠡昼静。三星未夕，不事怀衾；五日犹赊，谁能理曲。优游少托，寂寞多闲。厌

---

① （唐）令狐德棻等：《周书》，中华书局1971年标点本，第733页。威按：《北史》卷八十三《文苑传》所载文字与此稍异："信幼而俊迈，聪敏绝伦，博览群书，尤善《春秋左氏传》。身长八尺，腰带十围，容止颓然，有过人者。父肩吾，为梁太子中庶子，掌管记。东海徐摛为右卫率。摛子陵及信并为抄撰学士。父子在东宫，出入禁闼，恩礼莫与比隆。既文并绮艳，故世号为徐、庾体焉。当时后进，竞相模范，每有一文，都下莫不传诵。"参见（唐）李延寿《北史》，中华书局1974年标点本，第2793页。

长乐之疏钟，劳中官之缓箭。纤腰无力，怯南阳之捣衣；生长深宫，笑扶风之织锦。虽复投壶玉女，为观尽于百骁［娇］；争博齐姬，心赏穷于六箸。无怡神于眼景，惟属意于新诗。庶得代彼皋苏，微蠲愁疾。

"既而"句言罢官后门可罗雀之凄凉；"三星"句言不为当权者任用，长期闲居在家的境遇。"三星""五日"二典暗示了自己不为当权者所任用的事实。"优游少托，寂寞多闲。厌长乐之疏钟，劳中宫之缓箭"言闲居之无赖。"纤腰无力，怯南阳之捣衣；生长深宫，笑扶风之织锦"点出"相思"之意。"捣衣"亦为表相思的意象，此用"怯"字修饰，意为怕听到捣衣之声从而引发己之相思，有期望再被任用之意，也透露出徐陵被弹劾后敏感而脆弱的心理状态。"织锦"用窦滔妻苏氏事。此处用一"笑"字则有相思徒劳之意，表露出期望落空的失望。"虽复投壶玉女"至文末，言失望之余，游戏、赌博均不能排遣心中郁结，唯有沉浸在阅读、整理新诗的过程中才能缓解心中苦闷，同时也间接道出了编书的缘起。

4. 叙编书宗旨

其文曰：

但往世名篇，当今巧制，分诸麟阁，散在鸿都。不藉篇章，无由披览。于是，燃脂暝写，弄笔晨书，撰录艳歌，凡为十卷。曾无忝于《雅》《颂》，亦靡滥于《风人》，泾渭之间，若斯而已。于是，丽以金箱，装之宝轴。三台妙迹，龙伸蠖屈之书；五色花笺，河北胶东之纸。高楼红粉，仍定鱼鲁之文；辟恶生香，聊防羽陵之蠹。灵飞六甲，高擅玉函；鸿烈仙方，长推丹枕。

此段首先交代了编书的起因：由于"往世名篇，当今巧制"分散各处，阅读起来颇为不便，所以徐陵才"燃脂暝写，弄笔晨书"，对这些"艳歌"进行搜集整理，并最后汇为十卷。"曾无忝于《雅》《颂》，亦靡滥于《风人》"是对《玉台新咏》收诗性质的判定。《雅》《颂》代表高雅的诗歌，"无忝于《雅》《颂》"是徐陵对《玉台新咏》所收"艳歌"的评价，代表了南朝时期人们对宫体诗的主流看法。《风人》即"风人体"诗歌，清翟灏在《通俗编·识余》中说："六朝乐府《子夜》《读曲》等歌，语多双关借意，唐人谓之风人体，以本风俗之言也。"① 其实，"风人"这一称谓在南朝时已经产生，曾慥《类说》卷五十一引《乐府解题》云："梁简文帝《风人诗》，上句一语，用下句释之成文。"② 可以为证。"本风俗之言"是风人体特点之一。此处"风人"以这一特性来指代民歌。"于是丽以金箱"至"聊防羽陵之蠹"交代了《玉台新咏》的成书过程，包括书法之美，纸张之良，校勘之细并进行了防腐处理。"灵飞六甲"至文末则表明，徐陵在书籍编制完成后对它极为珍视。

又曰：

> 至如青牛帐里，余曲未终；朱鸟窗前，新妆已竟，方当开兹缥帙，散此缥绳，永对玩于书帷，长循环于纤手。岂如邓学《春秋》，儒者之功难习；窦专黄老，金丹之术不成。因胜西蜀豪家，托情穷于鲁殿；东储甲观，流咏止于洞箫。变彼诸姬，聊同弃日，犹欵彤管，无或讥焉。

在序文的最后一部分，徐陵表明了自己遭劾之后的处世态度。

首先，"至如青牛帐里"至"长循环于纤手"。"青牛帐"，据章培

---

① （清）翟灏：《通俗编》，《续修四库全书》，上海古籍出版社 1998 年版，子部，第 194 册，第 661 页。

② （宋）曾慥：《类说》，《文渊阁四库全书》，台湾商务印书馆 1986 年版，子部，第 873 册，第 881 页。

恒考证为皇帝朝会之所。章先生说："青牛，指万年神木，《玄中记》：
'万岁之树，精为青牛。'（《艺文类聚》卷 88 引）青牛帐，以万年神
木为原料的木帐。木帐即幄，《太平御览》卷 700：'《说文》曰：幄，
木帐也。'（案，今本《说文》'幄'作'楃'）《释名》：'幄，屋也。
以帛衣板施之，形如屋也。'《周礼·天官》'幕人掌帷幕幄帟绶之
事。'注：'幄，王所居之帐也。'皇帝临朝时，殿上用幄。'余曲未
终'，指皇帝朝会时所奏音乐未毕，也即朝会未散。"① 其说可从。"未
终"底本原作"既终"，纪容舒《〈玉台新咏〉考异》云："既，宋本
作'未'。案：度曲未终，不应旁涉，今从《文苑英华》。"② 笔者认为
纪说未安，因为：其一，既然为"余曲"理应"未终"。其二，"青牛
帐"指君主早朝之所，所以在"青牛帐里"者为君主及早朝之人；
"朱鸟窗"则当指"丽人"之居所，因此在"朱鸟窗前"者当为丽人。
二者施动者不同，不存在纪氏所说的矛盾，故当从《艺文类聚》、宋
本作"未终"。同时，"朱鸟窗"，亦为用汉东方朔事。据《太平御览》
卷一八八引《汉武故事》载："西王母降，东方朔于朱雀牖中窥母，
母谓帝曰：此儿无赖，久被斥逐，原心无恶，寻当得还。"③ 徐陵用此
典暗示了自己"久被斥逐"的事实与期望再被任用的心声。此句的含
义为：当皇帝率群臣早朝时，自己却在家里以阅读《玉台新咏》作为
消遣。

其次，"岂如邓学《春秋》"至文末。言阅读其他书籍不能减轻心
中苦闷，唯玩咏《玉台新咏》，不仅可消磨时间（"聊同弃日"），同时
也因远离世事，不致再遭非议（"无或讥焉"）。表现了徐陵遭劾后的
消极心态。

综观此序，徐陵在其中借"丽人"之口，主要表达了三种情绪：

---

① 章培恒：《〈玉台新咏〉为张丽华"撰录"考》，《文学评论》2004 年第 2 期，第 16 页。
② （清）纪容舒：《〈玉台新咏〉考异·〈玉台新咏〉序》，《丛书集成初编》本，第 3 页。
③ （宋）李昉等：《太平御览》，中华书局 1960 年版，第 910 页。

首先，对免官之前所受宠信的追忆与对自己才华的自矜；其次，对自己被劾免官的不满、再被任用的渴望以及思之不得的幽怨；最后，失望之余寄情于新诗，借编辑诗集消磨时间的消极情绪。由于这些在当时为敏感话题，涉及自己对权贵甚至太子、皇帝的不满情绪，是不便直说的，所以才以女子的口吻，使用隐语与"古典今用"的方式，隐晦地表达了出来。

五　小结

《〈玉台新咏〉序》用典繁复，表意模糊，给古今学者理解此序造成了很大的障碍。鉴于此，我们采用先考释难解用语，再做通篇解读，这种先局部后整体的方式，对此序进行了释读。

首先，对序文中存有争议的典故，即"五陵""四姓"，"金星""麝月"，"芍药""蒲萄"，"南陵捣衣"，"高楼红粉"共五组八则进行重释，以订正前人误解。其次，考察了"丽人"一词所指，指出此词为复指，具体指以徐陵为首的《玉台新咏》编撰团队；但序文在表述时又有主次的分别，即此序为徐陵以"丽人"的视角所写，徐陵为陈述者，为主，其他团队成员则为被陈述者，为次。再次，对序中隐语进行了解析，指出徐陵在序文首句中用南朝流行的隐语，隐晦地表达了自己遭劾免官的冤屈。最后，在以上工作的基础上，结合徐陵在梁代遭遇弹劾而被免官的经历，对序文进行了通读，指出徐陵在序文中借"丽人"之口，表达了遭劾免官的愤懑、再被起用的渴望以及思之不得的忧郁，并交代了闲居时编撰《玉台新咏》的具体情况与借编书来排遣郁结的消极情绪。

第四章

《玉台新咏》成书时间订补

一 《玉台新咏》成书时间诸说

关于《玉台新咏》的成书时间，学界主要有"成书于梁代"与"成书于陈代"两种观点，具体时间又各持己论。

1. "《玉台新咏》成书于梁代"说

唐刘肃《大唐新咏》卷三"公直第五"云：

> 先是，梁简文帝为太子，好作艳诗，境内化之，浸以成俗，谓之"宫体"。晚年改作，追之不及，乃令徐陵撰《玉台集》，以大其体。①

唐李康成《〈玉台后集〉序》亦云：

_____

① （唐）刘肃：《大唐新语》，中华书局 1984 年点校本，第 41—42 页。

昔陵在梁世，父子俱事东朝，特见优遇。时承华好文，雅尚宫体，故采西汉以来词人所著乐府艳诗，以备讽览。①

从以上两则材料可知，刘肃、李康成均相信《玉台新咏》编于梁代。长期以来，学者主要依据以上资料考察《玉台新咏》的成书时间。如《四库全书总目》卷一百八十六"《玉台新咏》十卷"提要云：

刘肃《大唐新语》曰："梁简文为太子，好作艳诗，境内化之，晚年欲改作，追之不及，乃令徐陵为《玉台集》以大其体。"据此，则是书作于梁时，故简文称"皇太子"，元帝称"湘东王"。②

这里依刘肃之语得出《玉台新咏》成书于梁代的结论，并以该书人物称谓上的特征佐证此观点。清纪容舒《〈玉台新咏〉考异》则通过对《玉台新咏》中王融称谓的考察，支持《玉台新咏》编成于梁代的观点。纪氏《〈玉台新咏〉考异》卷四王元长《古意》注云：

王融独书其字（威按：元长），疑齐和帝名宝融，当时避讳而以字行，入梁犹相沿未改。钟嵘《诗品》曰："近任昉、王元长等词，不贵奇竞须新事。"又曰："王元长创其首，谢朓、沈约扬其波。"是则齐梁之间，融以字行之明证，即此一节，知此书确出梁代也。③

20 世纪 80 年代以后，学者在言及《玉台新咏》成书时间时，已不满足于复述前人成书于梁代的笼统说法，而是试图考察出此书成书

---

① 李康成《玉台后集》及其序文已佚，引文见宋晁公武《郡斋读书志》卷二"乐类"征引。参见（宋）晁公武撰，孙猛校证《郡斋读书志校证》，上海古籍出版社 1990 年版，第 97 页。

② （清）永瑢等：《四库全书总目》，中华书局 1965 年版，第 1686 页下栏。

③ （清）纪容舒：《〈玉台新咏〉考异》，《丛书集成初编》本，第 54 页。

更为具体的时间。如穆克宏据刘肃《大唐新语》"晚年改作，乃令徐陵撰《玉台集》以大其体"的记述推断，以萧纲 49 岁卒计，如果"晚年"指的是萧纲 40 岁前后，那么《玉台新咏》当编成于公元 542 年前后。① 其后，仍有学者根据《大唐新语》萧纲"晚年改作，乃令徐陵撰《玉台集》"之语，考订《玉台新咏》的成书时间，如徐哲波即承袭穆克宏关于"晚年"的推论，通过对徐陵经历的梳理指出，徐陵在太清二年（公元 548 年）使魏后不具备编书的条件，从而推定《玉台新咏》成书于大同九年（公元 543 年）至太清二年（公元 548 年）。② 詹锳则通过《〈玉台新咏〉序》"分诸麟阁，散在鸿都"的表述，认为《玉台新咏》既然是抄纂麟阁之书而成，那么其编选当在徐陵、庾信并为东宫抄撰学士之时；徐陵任东宫学士的时间为大同二年（公元 536 年），而《玉台新咏》所选又有大同二年（公元 536 年）以后之诗，所以该书成书不早于大同二年（公元 536 年）；最后通过对徐陵生平经历的考察，推定《玉台新咏》编撰于大同二年（公元 536 年）至大同六年（公元 540 年）间。③

在这一时期，日本学者兴膳宏《〈玉台新咏〉成书考》采用新材料、新方法考察《玉台新咏》的成书时间，得出此书编成于中大通六年（公元 534 年）的结论，对其后的研究产生了重大影响。该文最大的贡献在于发现了看似无关实则非常重要的材料——《〈法宝联璧〉序》对《玉台新咏》成书研究的重要价值。《法宝联璧》是一部佛教类书，由陆罩、庾肩吾、徐摛、刘孝威等三十余人奉梁简文帝萧纲敕编纂，至梁代中大通六年（公元 534 年）纂成。④ 虽然原书已佚，但萧绎所作《〈法宝联璧〉序》却保存在《广弘明集》中，此序文末列

---

① 参见穆克宏《试论〈玉台新咏〉》，《文学评论》1985 年第 6 期，第 108 页。
② 参见徐哲波《〈玉台新咏〉成书年代考》，《江海学刊》1998 年第 6 期，第 134 页。
③ 参见詹锳《语言文学与心理学论集》，齐鲁书社 1989 年版，第 13—16 页。
④ 参见张蓓蓓《〈法宝联璧〉编纂考》，《中华文化论坛》2009 年第 4 期，第 20—23 页。

38 名编者名单，其顺序是按官阶由高到下排列的，兴膳宏将其排列次序与《玉台新咏》卷七、卷八比较，发现 38 人中有 6 人见于《玉台新咏》卷八，且排列顺序完全相同，以此为据，兴膳宏指出，由于《〈法宝联璧〉序》作于中大通六年（公元 534 年），故《玉台新咏》七、八两卷即编纂于公元 534 年前后，收录了当时还在世的人们的作品。以此结论为基础，通过对《玉台新咏》卷八所收诗人生卒年的判定，最终将《玉台新咏》卷八成书的编成时间精确到中大通六年（公元 534 年）。同时指出，这一规律同样存在于《玉台新咏》九、十两卷，即两卷所录诗人与《〈法宝联璧〉序》所列人物，重出者顺序基本保持一致。最后得出结论：从《玉台新咏》各卷编排体例上看，该书十卷为一贯的整体，《玉台新咏》全书即编成于中大通六年（公元 534 年）。①

兴膳宏该文一经翻译成中文发表，即在国内学界引起了强烈反响，并得到了很多学者的认同。如沈玉成即认为，《玉台新咏》编定于中大通五年（公元 533 年）至六年（公元 534 年）的观点，"可成铁案"。② 其后，很多学者的研究工作实际都是受兴膳宏文章的启发而做的进一步研究，结论也多为对其观点的补充与修正。如傅刚认为，《玉台新咏》编成于萧纲入东宫为太子时，其编纂目的是提倡艳体诗风以与故太子萧统抗衡，但由于宫廷政治斗争的原因，受到萧衍的批评后，又命徐陵重新扩编。《玉台新咏》的编排体例是按已故作家和存世作家编辑成书，因此，已故作家中卒年最晚者与存世作家中卒年最早者的时间间隔，就应是《玉台新咏》的编辑时间。根据以上两方面论证，傅先生认为《玉台新咏》编成于中大通四年（公元 532 年）

---

① 参见［日］兴膳宏《〈玉台新咏〉成书考》，董如龙、骆玉明译，复旦大学中文系古典文学教研室和文学研究所文学批评史研究室合编《中国古典文学丛考》（第一辑），复旦大学出版社 1985 年版，第 343—360 页。

② 参见沈玉成《宫体诗与〈玉台新咏〉》，《文学遗产》1988 年第 6 期，第 62 页。

至大同元年（公元 535 年）间。① 马纳在其文章中曾正面引述傅先生这一观点。② 又如丁功谊受兴膳宏的启发，利用《〈法宝联璧〉序》与《玉台新咏》所录诗人排序对比的方式来考察《玉台新咏》的成书时间，在考证出《玉台新咏》大致成书年限为中大通三年（公元 531 年）至大同元年（公元 535 年）后，又联系徐陵这段时间的行年事迹、《〈玉台新咏〉序》的表意及中大通三年（公元 531 年）徐摛遭遇的"宫体事件"，最终推断《玉台新咏》成书于中大通三至四年间（公元 531 年至公元 532 年）。③

2. "《玉台新咏》成书于陈代"说

兴膳宏文章得到了很多学者的赞同，但也有一部分学者对这一观点提出质疑。原因在于，兴膳先生所得结论有一个预设前提，即寒山赵氏小宛堂覆宋本《玉台新咏》保留了该书的原貌，而此点正为一些学者所怀疑，并以这种质疑为基础，提出了《玉台新咏》成书于南朝陈代的观点。

刘跃进在《〈玉台新咏〉成书年代新证》④《玉台新咏研究》⑤中均持此观点。刘先生在文章对刘肃《大唐新语》相关记载进行了批驳，认为刘肃所记内容前后矛盾，不足取信。同时指出，影响广泛的兴膳宏《玉台新咏》编撰于中大通六年（公元 534 年）的结论亦不可信。原因在于，其得出结论的两个前提均值得怀疑：一则，兴膳宏所据

---

① 参见傅刚《〈玉台新咏〉编纂时间再讨论》，《北京大学学报》2002 年第 3 期，第 53—61 页。

② 参见马纳《试论〈玉台新咏〉的成书》，《青岛大学师范学院学报》2008 年第 4 期，第 29 页。

③ 参见丁功谊《论〈玉台新咏〉成书年代——兼及〈玉台新咏〉不收徐摛诗原因》，《广西师范大学学报》2005 年第 1 期，第 48—51 页。

④ 刘跃进：《〈玉台新咏〉成书年代新证》，袁行霈主编《国学研究》（第五卷），北京大学出版社 1998 年版，第 237—257 页。

⑤ 刘跃进：《玉台新咏研究》，中华书局 2000 年版，第 84—88 页。

"《玉台新咏》是在萧纲授意下编成"的传统观点不可据；二则，他认为寒山赵均小宛堂覆宋本《玉台新咏》为最近原貌之本同样值得商榷，与赵本相比，郑玄抚刻本似乎更接近该书原貌。据此，刘先生认为，从郑本所呈现出的一些特征来看，《玉台新咏》当编纂于陈代。这一结论可以解释书中为何不收徐摛诗，也可解释为何收录有庾信入北以后作品的疑问。

此外，章培恒在《〈玉台新咏〉为张丽华所"撰录"考》一文中，持《玉台新咏》为陈后主妃子张丽华所"撰录"的观点，自然认为该书编撰于陈代。然而，该文讨论的重点不在《玉台新咏》的成书时间，故没有展开论证。这一工作其后由谈蓓芳进行。谈先生撰文通过对赵氏小宛堂覆宋本、郑玄抚本、五云溪活字本《玉台新咏》的细致比对，批驳了传统赵本保留该书原貌的观点，并主要利用晏殊《类要》所录《玉台新咏》相关材料，指出郑本《玉台新咏》虽然也有改动之处，但在收录诗歌、诗人排序、人物称谓等方面更接近该书原貌。以此结论为基础，认为《玉台新咏》编撰体例上所呈现的种种特征，说明该书编于陈代。①

需要特别指出的是，细检《玉台新咏》成书"梁代说"与"陈代说"诸家论证过程，我们发现，持不同观点的学者均使用了同一个证据——《玉台新咏》所录诗人的称谓问题。《玉台新咏》卷七录"梁武帝十四首""皇太子圣制四十三首""湘东王绎诗七首"，卷九"皇太子圣制二十首""湘东王《春别应令》四首"，卷十"梁武帝诗二十七首""皇太子圣制二十一首"。这里涉及梁皇族成员萧衍、萧纲、萧绎三人的称谓。持《玉台新咏》编于梁代者认为，"梁武帝"为后人妄改，原应作"今上"，而"皇太子""湘东王"则保留了原书的本来面貌；持该书编于陈代者则认为，"皇太子""湘东王"为后人配合

---

① 参见谈蓓芳《〈玉台新咏〉版本考——兼论此书的编纂时间和编者问题》，《复旦学报》2004 年第 4 期，第 2—16 页。

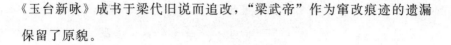

《玉台新咏》成书于梁代旧说而追改，"梁武帝"作为窜改痕迹的遗漏保留了原貌。

二 《玉台新咏》成书时间前说质疑

我们认为，小宛堂覆宋本为现存《玉台新咏》诸版本中最善之本的传统观点并无问题，[①] 以赵本基本保留《玉台新咏》原貌为预设前提，从编排体例上去考察《玉台新咏》成书时间的方法可行。然而，由于此本也有窜乱之处，若以此为前提考订《玉台新咏》的成书时间，一方面，会让质疑赵本的学者难以认同；另一方面，也可能会使所得结论失之精确。原因在于：

一是，对于寒山赵氏小宛堂本《玉台新咏》，冯舒跋语称：

> 己巳早春，闻有宋刻在寒山赵灵均所，乃于是冬挈我执友，偕我令弟，造于其庐，既得奉观，欣同传璧。[②]

冯班跋语则云：

---

　　① 近年，有学者对这一观点有所怀疑。刘跃进、谈蓓芳都将此本与郑玄抚本进行比对后，指出了赵本的窜乱之处。针对此类质疑，傅刚通过对赵氏小宛堂覆宋本、郑玄抚本的细致考察，指出赵本虽有窜乱之处，但仍为目前所见《玉台新咏》最善之本，有力地维护了传统观点。参见刘跃进《玉台新咏研究》，中华书局 2000 年版，第 42—61 页；刘跃进《〈玉台新咏〉成书年代新证》，袁行霈主编《国学研究》（第五卷），北京大学出版社 1998 年版，第 237—257 页；谈蓓芳《〈玉台新咏〉版本考——兼论此书的编纂时间和编者问题》，《复旦学报》2004 年第 4 期，第 2—16 页；谈蓓芳《〈玉台新咏〉版本补考》，《上海师范大学学报》2006 年第 1 期，第 10—24 页；傅刚《论〈玉台新咏〉的编辑体例》，《国学研究》（第十二卷），北京大学出版社 2003 年版，第 345—362 页；傅刚《〈玉台新咏〉赵氏覆宋本的刊印》，《文献》2013 年第 4 期，第 38—54 页。我们认同傅先生的观点。

　　② （南朝陈）徐陵编，（清）吴兆宜注，程琰删补：《玉台新咏笺注》，中华书局 1985年点校本，第 533 页。

己丑岁，借得宋刊本校过一次。宋刻讹谬甚多，赵氏所改，得失相半，姑两存之，不敢妄断。至于行款，则宋刻参差不一，赵氏已整齐一番矣。宋刻是麻沙本，故不佳。①

从以上两则材料可知，冯氏兄弟均曾经眼赵氏所持宋本《玉台新咏》原书；且据冯班语，赵均在刊刻时对宋本文字、行款是有所变动的，至于变动多少、如何"整齐"，我们已无法考知。

冯班的跋语中又称宋本为"麻沙本"，刊刻质量较差。因此，宋本本身保存了《玉台新咏》多少原貌也是一个问题。法藏敦煌文献中包含一卷唐写本《玉台新咏》（编号 P.2503），为残卷，共存五十一行，起张华《情诗》第五，止《王明君辞》，为《玉台新咏》卷二末尾部分。清罗振玉对其有叙录云：

敦煌唐写本《玉台新咏》，起张华情诗第五篇，讫王明君辞，存五十一行，前后尚有残字七行，不见书题，而诸诗皆在《玉台新咏》卷二之末，知即《新咏》矣。以今本与之比勘，异同甚多。张华《情诗》第五首，"巢居觉风飙"，今本误作"风飘"。《杂诗》"容与缘池阿"今本"缘"误作"绿"，"同好逝不存，迢迢久离析"，今本"逝"误作"遊"，"久"误作"远"；"无然徒自隔"，今本"然"误作"愁"。潘岳《内顾诗》"忽焉摀絺绤"，今本"摀"作"振"，"引领诉归云"，今本"诉"作"讯"；"不见陵间柏"，今本"间"作"涧"。《悼亡诗》"怅悦"讹"帐幔"，"周皇"作"回遑"；"比目中路隔"，今本"隔"作"析"；"长戚令自鄙"，今本作"自令鄙"。石崇《王明君辞》今本题《王昭君序》，"故改也"今本夺"也"字；"遂入凶奴城"，今本"遂入"

① （南朝陈）徐陵编，（清）吴兆宜注，程琰删补：《玉台新咏笺注》，中华书局1985年点校本，第534页。

作"乃造";"杀身良不易",今本作"未易";"英华不足欢,甘与秋草并",今本"英华"譌"朝华","甘与"作"甘为",均可是正今本。其两本均可通者,亦以此为本胜矣。

其与今本尤异者,潘岳诗之前,此本先题"潘岳诗四首",下小字夹注"《内顾》二首,《悼亡》二首";其《内顾诗》前别出题目,《悼亡诗》前亦然。盖此书之例,先题作者姓名及总篇数,下分注各篇篇题数,每诗之前,仍各冠以本篇题目;今本则但书潘岳《内顾诗》二首,而总篇数及小注皆削去。经后人妄改,旧例赖此本存之,尤可喜也。《新咏》刊本以寒山赵氏重椠宋嘉定乙亥陈玉父本为最善,且有此失。昔石室所遗仅此五十余行,不获遍校,则又可憾耳。丁巳闰月①

引文云"《新咏》刊本以寒山赵氏重椠宋嘉定乙亥陈玉父本为最善,且有此失",故罗氏"以今本与之比勘"之语中的"今本",当即赵氏小宛堂覆宋本。虽然唐写本残缺严重,但从罗氏对唐写本与赵本的详细比较中,我们发现:首先,从内容上看,唐写本与宋本文字差别很大,且多以宋本误,两通的异文也以唐本为胜。其次,尤为显著的是,二本在编排体例上存在明显差异。从有限的内容中仍可以看到,唐写本潘岳诗前先题"潘岳诗四首",下小字夹注"内顾二首",《内顾》诗前又别出题目,《悼亡诗》与此同;而赵本小注与总题均无。可见,无论是从内容还是从体例上看,赵本都与唐写本差别显著,这种差异或为宋本刊刻时"整齐"的结果。

二是,古人编书一般虽会有一定体例规范,但不能保证在具体操作过程中所有细节都一以贯之,从体例上去判断其成书时间是对

---

① （清）罗振玉:《雪堂校刊群书叙录》卷下,国家图书馆编《国家图书馆藏古籍题跋丛刊》,北京图书馆出版社 2002 年版,第 24 册,第 137—140 页;又见王重民《敦煌古籍叙录》,中华书局 2010 年版,第 324 页。

《玉台新咏》极细微的考察，所以即使是偶尔的小破例，也会给我们带来迷惑，甚至受其误导而得出错误的结论。如上所述，兴膳宏通过对《〈法宝联璧〉序》和《玉台新咏》编排体例的考察认为，《玉台新咏》中所收中大通六年（公元 534 年）前后的诗人是按照官阶高下进行排列的。然而，兴膳氏同时也注意到，刘孝仪、庾肩吾、刘孝威实际并不符合这种顺序，因为如果按照其归纳的规律，三人的次序应为刘孝仪、庾肩吾、刘孝威，而在《玉台新咏》卷十中的实际顺序则为庾肩吾、刘孝仪、刘孝威。兴膳氏为了弥合这一矛盾，将破例的原因解释为："这也许多少包含着使刘氏兄弟并列的意思吧？"① 这种猜测虽合于情理，但由于没有确凿依据，已削弱了论证的说服力。

同样地，通过对郑玄抚本的考察，从编排体例上证明《玉台新咏》成书于陈代也存在这样的问题。因为即使认为郑本更符合原貌的学者也承认，郑本中窜乱的痕迹是非常明显的。例如，谈蓓芳在对"郑玄抚刻本系统"与"陈玉父刻本系统"进行考察后指出，"大致说来，郑玄抚刻本系统实得多于失"；但谈先生同时也认为，两大版本系统在诸如《盘中诗》的作者、萧绎诗的署名、卷一与卷二的编次等方面的差异，陈玉父本系统似更符合《玉台新咏》原貌。②

鉴于以上原因，能否绕开对《玉台新咏》版本及编排体例的纠缠，找到一个全新的角度去解决《玉台新咏》的成书时间问题就值得期待了。

---

① ［日］兴膳宏：《〈玉台新咏〉成书考》，董如龙、骆玉明译，复旦大学中文系古典文学教研室和文学研究所文学批评史研究室合编《中国古典文学丛考》（第一辑），复旦大学出版社 1985 年版，第 346—347 页。

② 参见谈蓓芳《〈玉台新咏〉版本考——兼论此书的编纂时间和编者问题》，《复旦学报》2004 年第 4 期，第 9—13 页。

三 《玉台新咏》成书与徐陵遭劾

我们认为，徐陵在《〈玉台新咏〉序》中以"丽人"自托，暗示了《玉台新咏》是其为排遣遭遇弹劾而免官的郁结而编撰。此信息可作为我们绕过版本问题去考察《玉台新咏》成书时间的重要线索。《玉台新咏》的编撰与徐陵中大通四年（公元532年）的免官经历密切相关。从序文透露的信息看，《玉台新咏》应成书于徐陵遭劾免官之后心情极度郁闷的一段时间之内，否则他不会有如此心境写出这样的序文。

据本书第二章的考证，徐陵中大通三年（公元531年）任尚书度支郎，为五班；中大通四年（公元532年）八月后出为上虞令，为外职七班；旋即于同年遭到弹劾而被免官；直到中大通五年（公元533年）二三月才被重新起用为南平王府行参军，官阶为三班；同年（公元533年）三月，南平王萧伟去世后迁为通直散骑侍郎，为六班之官；大同三年（公元537年）至大同五年（公元539年）才迁任镇西湘东王中记室参军，官阶为七班。其后徐陵的仕途才顺利起来，似乎遭劾的影响已渐消除。据此我们认为，《玉台新咏》就应成书于中大通四年（公元532年）至大同三年（公元537年），这段徐氏遭遇弹劾至仕途长期停滞不前的时间之内。

另据《玉台新咏》中所收诗作的创作时间不能晚于其成书时间这一原则，可根据《玉台新咏》卷七《同萧长史看妓》诗确定《玉台新咏》最终成书于大同二年（公元536年）至大同三年（公元537年）间。《同萧长史看妓》为武陵王萧纪（公元508年—公元553年）所作，据《梁书》卷四十一《萧介传》载：

大同二年，武陵王为扬州刺史，以介为府长史，在职清白，为朝廷所称。①

据此可知，萧纪诗题中的"萧长史"即萧介，那么此诗最早应作于大同二年（公元 536 年）。据上文对《玉台新咏》成书时间的断限，可知《玉台新咏》最终成书于大同二年（公元 536 年）至大同三年（公元 537 年）间。

四　小结

学界在考察《玉台新咏》的成书时间时，主要从以下三个角度切入：一为通过分析刘肃《大唐新咏》与李康成《〈玉台后集〉序》等直接交代《玉台新咏》编撰时代的材料；二为通过对《〈玉台新咏〉序》的解读；三为通过《〈法宝联璧〉序》中与《玉台新咏》卷中出现人物的排列顺序的比对，亦即从《玉台新咏》的编排体例考察出该书的成书时间。然而，学者关于这一问题所得结论却始终存在分歧。就目前的研究来看，造成分歧的原因为：其一，刘肃与李康成的材料存在矛盾，以之考察《玉台新咏》的成书时间必然会有异议；其二，单纯凭借对《〈玉台新咏〉序》的解读去考察《玉台新咏》的成书时间，由于解读者没有坚实的依据作为解说基础，势必也会产生纷争；其三，将《〈法宝联璧〉序》与《玉台新咏》所录诗人的顺序进行比对，通过《玉台新咏》的编排体例去考订《玉台新咏》的成书时间，所得结论似乎征实可信。然而，由于从此角度切入的研究，是以小宛堂覆宋本《玉台新咏》为最符合《玉台新咏》原貌为前提的，而这一

① （唐）姚思廉：《梁书》，中华书局 1973 年标点本，第 587 页。

前提又恰被一些学者所质疑，所得结论他们自然难以认同。

前人在考察《玉台新咏》成书问题时忽略了一个关键因素：该书的编撰者徐陵。《玉台新咏》作为一部文学总集，其编者在编撰此书时的经历、心境无疑会在书中得以体现，而这些因素可为绕开以上聚讼不休的问题与争论，找到考察《玉台新咏》成书时间线索的突破口。《玉台新咏》为徐陵梁代遭劾后为排遣心中郁结而编的个人动机，正为我们考察该书的成书时间提供了新思路：《玉台新咏》应该成书于中大通四年（公元 532 年）到大同二年（公元 536 年）至大同三年（公元 537 年）这段徐陵仕途受阻、心情郁闷的时间之内。《玉台新咏》中录有最早作于大同二年（公元 536 年）的《同萧长史看妓》一诗，根据其中所录诗歌的创作时间不能晚于该书成书时间的常识，考知《玉台新咏》最终成书于大同二年（公元 536 年）至大同三年（公元 537 年）间。

第五章

《玉台新咏》录诗标准异说

一 《玉台新咏》录诗标准前说

关于《玉台新咏》的录诗标准，徐陵在《〈玉台新咏〉序》中明确交代为"撰录艳歌"。这里的"艳歌"，就其主体而言，即为南朝流行的描写女性及女性相关内容的宫体诗。事实上，《玉台新咏》所收诗歌绝大多数确为此类作品，所以明胡应麟在《诗薮》外编卷二"六朝"条言及《玉台新咏》的收诗情况时道："孝穆词人，然《玉台》但辑闺房一体，靡所事选。"① 清纪容舒在《〈玉台新咏〉考异》一书中多处有类似的表述，如在卷九沈约《古题诗六首》下评论道："按此书之例，非词关帷闼者不收。"② 就宽泛意义而言，胡、纪二人之语并无问题，毕竟《玉台新咏》所录诗歌主体为宫体诗，二人之言揭示

① （明）胡应麟：《诗薮》，中华书局 1958 年版，第 141 页。
② （清）纪容舒：《〈玉台新咏〉考异》，《丛书集成初编》本，第 142 页。

了宫体诗的主要特征。然而，类似的结论与评价并不能完全反映出《玉台新咏》的收诗实际，因为此书中除收录宫体作品外，仍录有多首与"闺房""帷闼"无关的作品。所以，清人许梿针对与上类似的说法反驳道："或以为选录多闺阁之诗，则是未睹本书，而妄为拟议者矣。"① 这种批评很有道理。

近年来，学者在研究这一问题时更倾向于从《玉台新咏》文本出发，对书中所录诗歌做细致考察，从而归纳出该书的录诗标准。如詹锳在讨论这一问题时，首先通过对《〈玉台新咏〉序》的解读，指出《玉台新咏》为供梁元帝妃徐氏讽玩而作，"无取深奥"。其后，詹先生对书中收诗加以分析，所得结论为："《玉台》一书，多选乐府，取其便于咏歌也。若就内容而论，则俱为绮罗脂粉之词，其未涉及男女之事或全篇不写佳人者，几于绝无。且此类诗中，抒写丽人弃捐后之忧郁生活者，居其大半，皆似专对徐妃处境而编。其选录古人诗，纵属名作，设不及男女之情，都归屏弃之列。"② 又如曹道衡、沈玉成指出，《玉台新咏》中"入选的作品大都是言情之作，在题材上一般都和妇女有关，在风格上则以宛转绮靡为主。这些作品，多数涉及男女之间的欢爱、相思，有一部分则纯粹是对妇女体态或歌声舞姿的欣赏，还有少量作品表面上写男女之情，实则比喻君臣、朋友之义，这是《离骚》和《四愁诗》以来的传统，但由于字面上涉及女性，同时又合于萧纲、徐陵的艺术标准，所以也被选录"。在具体的论证中，则涉及对《〈玉台新咏〉序》"撰录艳歌"一语的不同理解。二人认为，"撰录艳歌"是徐陵自己的原话，但他所谓的"艳"并非全指男女之情，而主要是指辞藻的华丽和情调的缠绵。这实际上也解释了为

---

① （清）许梿评选，黎经诰笺注：《六朝文絜笺注》，上海古籍出版社 1982 年版，第142 页。

② 詹锳：《语言文学与心理学论集》，齐鲁书社 1989 年版，第 22—25 页。

何此书中会录有本质并非为描写男女之情的作品。①

2006年，学者又相对集中地讨论了这一话题。如胡大雷通过对《〈玉台新咏〉序》的解读，将徐陵编撰《玉台新咏》时的选诗标准归纳为五点：收录的诗歌作品应易解易懂；收录作品须能在更大范围内抒发情感；专门收录描述女色及女性生活的"艳歌"；多录乐府作品；多关注当代诗人及当代"新诗"。② 张蕾以《玉台新咏》的编撰目的为"张大宫体"作为前提，主要通过对书中所收与女性或男女之情无关的"别调"诗歌的分析，认为徐陵编撰此书具体操作中"一方面按照史的线索排列题材谱系，一方面尽量网罗各种类型的关乎女性、涉及男女之情的诗作。而'词关闺闼'甚或不关闺闼的别调的羼入，就使宫体诗的谱系更为庞大，自然起着壮大其声势的作用"③。谈蓓芳则认为，《玉台新咏》收诗标准体现了这本书的女性特色，具体表现在：首先，这本书除个别作品外，全部涉及女性，且许多写了女性的痛苦；其次，所选诗歌赞扬歌颂了女性，且多以男性相对照；最后，收录了很多女诗人的诗篇。谈文还涉及《玉台新咏》的编撰者问题，认为从以上三点可以看出，《玉台新咏》为一位女性所编。④

我们认为，从文本出发去归纳一部总集收录作品的标准是可行且必要的，然而，如果完全忽视编撰者的个人因素去讨论这本书的去取标准，无疑也是有问题的。正因为如此，对《玉台新咏》收诗标准的考察纵然要以文本实际为根本，但作为编撰者徐陵的主观因素，诸如知识背景、个人好恶、当下心境等对具体哪首诗当否入选

---

① 参见曹道衡、沈玉成编著《南北朝文学史》，中国社会科学出版社 2007 年第 2 版，第 212—213 页。威按：此书初版于 1991 年。

② 参见胡大雷《〈玉台新咏〉的选录标准、编撰目的与出版要求》，《贺州学院学报》2006 年第 4 期，第 72—73 页。

③ 张蕾：《情在"闺房"之外——〈玉台新咏〉录诗别调论析》，《河北师范大学学报》2006 年第 6 期，第 108 页。

④ 参见谈蓓芳《中国文学古今演变论考》，上海古籍出版社 2006 年版，第 19—32 页。

有直接影响。

上文已论，徐陵编撰《玉台新咏》的目的为排遣遭劾免官后的郁结。徐氏免官后的情绪在《〈玉台新咏〉序》中也有透露，具体而言，这里包括对昔日所受宠爱的追忆，对遭遇弹劾而被免官的愤恨，对再次被任用提拔的渴望，以及在思之不得之后其幽怨及闲居无聊之情。这一系列的负面情绪，同样反映在了《玉台新咏》所录诗歌中，也就是说，《玉台新咏》所录诗歌或显或隐地流露了徐陵免官后的糟糕情绪，哪些诗歌可以入选，很大程度上取决于诗歌通篇或是个别诗句是否在这些方面让徐陵产生共鸣。从这层意义上说，《玉台新咏》所录诗歌共同承载了徐陵在《〈玉台新咏〉序》中所集中表现的几种情绪，为遭劾免官后失意之情的外显。

二 《玉台新咏》常调诗歌的选录

《玉台新咏》所录诗歌绝大多数与男女之情相关，这些作品或表现男女之间的热烈爱情，或表现女子对远行夫婿的思念，或表现女子思之不得后的怅惘，抑或表现女子失宠遭弃后的幽怨，等等。这些内容正与《〈玉台新咏〉序》中所表露的情绪相契合。正如朱晓海所说，《〈玉台新咏〉序》从"'璧台''金屋'至'新诗''艳歌'当中的各节目：出身、姿容、歌舞技艺、争竞嫉妒、受宠、装扮、畸恋、才情、失宠、寂寥等待、其他戏娱，等于是《玉台新咏》所收篇章内容的缩影"[1]。

---

① 朱晓海：《论徐陵〈玉台新咏序〉》，《中国诗歌研究》（第四辑），2006年，第20页。

1. 爱情诗歌的入选

《〈玉台新咏〉序》开篇即交代了"丽人"的家世、美貌与才艺。言家世如"其人五陵豪族，充选掖庭；四姓良家，驰名永巷"；言美貌如"本号娇娥，曾名巧笑。楚王宫里，无不推其细腰；卫国佳人，俱言诧其纤手"；言才艺如"阅诗敦礼，岂东邻之自媒；婉约风流，异西施之被教。弟兄协律，生小学歌；少长河阳，由来能舞。琵琶新曲，无待石崇；箜篌杂引，非关曹植。传鼓瑟于杨家，得吹箫于秦女"。而序中隐含未明言的一层含义为：正因为如此，"丽人"才有期待觅得良人相伴的资本，并得到良人的注目与宠信，从而处于"凌云概日""千门万户"的宫殿，居于如"周王璧台""汉帝金屋"般奢华之所，乃至"侍寝于更衣""横陈于甲帐"，成为"倾国倾城，无对无双者"者。与之相应，《玉台新咏》中即收录有很多表达男女热烈恋情的诗歌。

首先，在这些诗歌中，有的对女子的才貌进行了描写，男子对女子的倾心则暗含其中。如卷一李延年《歌诗（并序）》云：

李延年知音，善歌舞，每为汉武帝作新歌变曲，闻者莫不感动。延年侍坐上，起舞，歌曰：

北方有佳人，绝世而独立。一顾倾人城，再顾倾人国。倾城复倾国，佳人难再得！[①]

此诗以一个旁观者的身份，描述了一个绝世独立的女子，正因为有如此美貌，她能得到男子的倾心是无须明言的。其他如卷七萧纲《美人晨妆》、邵陵王纶《车中见美人》等均属此类。

---

① （南朝陈）徐陵编，（清）吴兆宜注，程琰删补：《玉台新咏笺注》，中华书局 1985年点校本，第 21—22 页。

其次，有的诗歌则以男性的视角，表达了对女子的欣赏与爱慕。如卷十孙绰《情人碧玉歌二首》云：

> 碧玉小家女，不敢攀贵德。感郎千金意，惭无倾城色。
>
> 碧玉破瓜时，相为情颠倒。感郎不羞难，回身就郎抱。①

吴兆宜注曰："杜氏《通典》：《碧玉歌》者，晋汝南王妾名，宠好，故作歌之。《乐苑》：《碧玉歌》者，宋汝南王所作也。碧玉，汝南王妾名，以宠爱之甚，所以歌之。"② 又如卷十王献之《情人桃叶歌二首》云：

> 桃叶复桃叶，渡江不用楫。但渡无所苦，我自迎接汝。
>
> 桃叶复桃叶，桃叶连桃根。相怜两乐事，独使我殷勤。③

据吴兆宜注："《古今乐录》：《桃叶歌》者，晋王子敬之所作也。桃叶，子敬妾名，缘于笃爱，所以歌之。"④ 可见，以上两组四首诗歌，均系男子为歌颂宠妾而作。

最后，有的诗歌则鲜明直接地表现了郎情妾意。如卷十《古绝句四首》其四云：

> 南山一桂树，上有双鸳鸯。千年长交颈，欢爱不相忘。⑤

诗中以鸳鸯为喻，叙述了男女之间永不相忘的爱情誓言。又如卷三杨方《合欢诗五首》其一云：

> 虎啸谷风起，龙跃景云浮。同声好相应，同气自相求。我情

---

① （南朝陈）徐陵编，（清）吴兆宜注，程琰删补：《玉台新咏笺注》，中华书局 1985 年点校本，第 470—471 页。

② 同上书，第 470 页。

③ 同上书，第 471—472 页。

④ 同上书，第 471 页。

⑤ 同上书，第 469 页。

与子亲，譬如影追躯。食共并根穗，饮共连理杯。衣用双丝绢，寝共无缝裯。居愿接膝坐，行愿携手趋。子静我不动，子游我无留。齐彼同心鸟，譬此比目鱼。情至断金石，胶漆未为牢。但愿长无别，合形作一躯。生为并身物，死为同棺灰。秦氏自言至，我情不可俦。①

据郭茂倩《乐府诗集》引《乐府解题》曰："《合欢诗》，晋杨方所作也。言妇人谓虎啸风起，龙跃云浮，磁石引针，阳燧取火，皆以同声相应，同气相求，我与君情，亦犹形影宫商之不离也。常愿食共并根穗，饮共连理杯，衣共双丝绢，寝共无缝裯，坐必接膝，行必携手，如鸟同翼，如鱼比目，利断金石，密逾胶漆也。"② 可见此诗所表现的，也是男女之间如胶似漆的爱情。

在中国古代诗歌中，有一类描写男女热烈和谐爱情的诗歌，往往是用于寄寓君臣关系融洽的。《玉台新咏》中即收录了有这方面含义的诗作，如卷一张衡《同声歌一首》曰：

邂逅承际会，得充君后房。情好新交接，恐栗若探汤。不才勉自竭，贱妾职所当。绸缪主中馈，奉礼助蒸尝。思为苑蒻席，在下蔽匡床。愿为罗衾帱，在上卫风霜。洒扫清枕席，鞮芬以狄香。重户结金局，高下华镫光。衣解巾粉御，列图陈枕张。素女为我师，仪态盈万方。众夫所希见，天老教轩皇。乐莫斯夜乐，没齿焉可忘。③

郭茂倩《乐府诗集》引《乐府解题》云：

---

① （南朝陈）徐陵编，（清）吴兆宜注，程琰删补：《玉台新咏笺注》，中华书局 1985 年点校本，110—114 页。

② （宋）郭茂倩编：《乐府诗集》，中华书局 1979 年版，第 1079 页。

③ （南朝陈）徐陵编，（清）吴兆宜注，程琰删补：《玉台新咏笺注》，中华书局 1985 年点校本，第 28—29 页。

《乐府解题》曰："《同声歌》，汉张衡所作也。言妇人自谓幸得充闺房，愿勉供妇职，不离君子。思为莞簟，在下以蔽匡床，衾裯，在上以护霜露。缱绻枕席，没齿不忘焉。以喻臣子之事君也。"晋傅玄《何当行》曰："同声自相应，同心自相知。"言结交相合，其义亦同也。①

明确表示张衡《同声歌》以女子侍夫"喻臣子之事君"。因为此类诗歌可以承载这层含义，所以无论《玉台新咏》所录这一类型的诗歌有无"喻君臣"的意图，实际均可与徐陵追忆、怀念往日恩宠的情绪相关联。也就是说，这些诗歌表达的男女恋情与徐陵追忆往日恩宠的个人情绪相契合，才使它们得以入选。

2. 相思诗歌的入选

徐陵在《〈玉台新咏〉序》中表达遭劾免官后渴望重新被任用的情绪时，使用了女子渴望得到宠幸或思念远行夫婿的方式表达，即所谓"既而椒宫宛转，柘馆阴岑；绛鹤晨严，铜蠡昼静。三星未夕，不事怀衾；五日犹赊，谁能理曲。优游少托，寂寞多闲。厌长乐之疏钟，劳中宫之缓箭。纤腰无力，怯南阳之捣衣；生长深宫，笑扶风之织锦"。这一情绪反映在《玉台新咏》所收诗歌中表现为，其中收录了大量表达相思之情的诗歌。如《〈玉台新咏〉序》所提到的"捣衣"为相思怀远意象，与之相应，《玉台新咏》中即录有多首与"捣衣"相涉之诗，如卷三谢惠连《捣衣》云：

衡纪无淹度，晷运倏如催。白露滋园菊，秋风落庭槐。肃肃莎鸡羽，烈烈寒螀啼。夕阴结空幕，宵月皓中闺。美人戒裳服，端饬相招携。簪玉出北房，鸣金步南阶。檐高砧响发，楹长杵声

---

① （宋）郭茂倩编：《乐府诗集》，中华书局 1979 年版，第 1075 页。

哀。微芳起两袖,轻汗染双题。纨素既已成,君子行不归。裁用筒中刀,缝为万里衣。盈箧自予手,幽缄俟君开。腰带准畴昔,不知今是非。①

这首诗《文选》亦录,刘良注曰:"妇人捣帛裁衣,将以寄远也。"② 其他如卷五柳恽《捣衣诗》云:

孤衾引思绪,独枕怆忧端。深庭秋草绿,高门白露寒。思君起清夜,促柱奏幽兰。不怨飞蓬苦,徒伤蕙草残。行役滞风波,游人淹不归。亭皋木叶下,陇首秋云飞。寒园夕鸟集,思闺草虫悲。嗟兮当春服,安见御冬衣。鹤鸣劳永叹,采绿伤时暮。念君方远徭,望妾理纨素。秋风吹绿潭,明月悬高树。佳人饰净容,招携从所务。步檐杏不极,离家肃已扃。轩高夕杵散,气爽夜砧鸣。瑶华随步响,幽兰逐袂生。踟躇理金翠,容与纳宵清。泛艳回烟彩,渊旋龟鹤文。凄凄合欢袖,苒苒兰麝芬。不怨杼轴苦,所悲千里分。垂泣送行李,倾首迟归云。③

卷六王僧孺《捣衣》:

足伤金管处,多怆缇光促。露团池上紫,风飘庭里绿。下机骛西眺,鸣砧遽东旭。芳汗似兰汤,雕金辟龙烛。散度广陵音,掺写渔阳曲。别鹤悲不已,离鸾断更续。尺素在鱼肠,寸心凭雁足。④

---

① (南朝陈)徐陵编,(清)吴兆宜注,程琰删补:《玉台新咏笺注》,中华书局1985年点校本,第123—124页。
② (南朝梁)萧统编,(唐)李善、吕延济、刘良、张铣、吕向、李周翰注:《六臣注文选》,中华书局1987年版,第562页上栏。
③ (南朝陈)徐陵编,(清)吴兆宜注,程琰删补:《玉台新咏笺注》,中华书局1985年点校本,第196—197页。
④ 同上书,第239—240页。

卷六费昶《华观省中夜闻城外捣衣》：

> 阊阖下重关，丹墀吐明月。秋气城中冷，秋砧城外发。浮声绕雀台。飘响度龙阙。婉转何藏摧，当从上路来。藏摧意未已，定自乘轩里。乘轩尽世家，佳丽似朝霞。圆珰耳上照，方绣领间斜。衣薰百和屑，鬓摇九枝花。昨暮庭槐落，今朝罗绮薄。拂席卷鸳鸯，开缦舒龟鹤。金波正容与，玉步依砧杵。红袖往还萦，素腕参差举。徒闻不得见，独夜空愁伫。独夜何穷极，怀之在心侧。阶垂玉衡露，庭舞相风翼。沥滴流星辉，灿烂长河色。三冬诚足用，五日无粮食。扬云已寂寥，今君复弦直。①

卷七梁武帝《捣衣》：

> 驾言易水北，送别河之阳。沉思惨行镳，结梦在空床。既寤丹绿谬，始知纨素伤。中州木叶下，边城应早霜。阴虫日惨烈，庭草复云黄。金风但清夜，明月悬洞房。嫋嫋同宫女，助我理衣裳。参差夕杵引，哀怨秋砧扬。轻罗飞玉腕，弱翠低红妆。朱颜色已兴，晒睞目增光。捣以一匪石，文成双鸳鸯。制握断金刀，薰用如兰芳。佳期久不归，持此寄寒乡。妾身谁为容？思君苦人肠。②

以上所据五首诗歌，题目中均包含"捣衣"二字，诗歌内容也涉及捣衣之事，表达的都是相思怀远的情绪。另外，《玉台新咏》中还录有大量咏七夕、牛郎、织女的诗作，如卷一枚乘《杂诗》（迢迢牵牛星），卷三王鉴《七夕观织女诗》、陆机《拟迢迢牵牛星诗》、谢惠连《七月七日咏牛》、刘铄《咏牛女》，卷四颜延之《为织女赠牵牛七

---

① （南朝陈）徐陵编，（清）吴兆宜注，程琰删补：《玉台新咏笺注》，中华书局1985年点校本，第248—249页。

② 同上书，第265—266页。

夕女》、庾信《七夕》、王僧达《七夕月下》，卷五柳恽《七夕穿针》、何逊《咏七夕》，卷六徐悱《答唐娘七夕所穿针》，卷七梁武帝《七夕》、简文帝《七夕》，卷十刘孝仪《咏织女》，等等，这些作品也属于表相思类诗作。

《玉台新咏》一书中表相思的诗作甚多，以上所举咏捣衣、咏牛郎和织女的作品仅为书中此类作品之局部，而它们的内容均与徐陵在序文所表露的相思之情相合，此当为这类作品能入选的重要原因。

3. 幽怨诗歌的入选

徐陵在《〈玉台新咏〉序》中借"丽人"之口追忆了往昔的受宠经历，表达了遭劾免官后渴望再被任用的愿望，在思之不得后又在序文中表达了幽怨之情。与前两种情绪不同，由于徐陵被罢黜是得到官方首肯的，所以其不满情绪实际涉及当权者，不宜采取直接而强烈的方式表露，所以，徐陵在序文中用隐语隐晦其意。《〈玉台新咏〉序》中说"新诗"可以"代彼皋苏，蠲兹愁疾"，其中的"愁疾"就是免官所带来，序中又云编撰这本诗集"无或讥焉"，这里所说的"讥"也指被人弹劾事。同样受政治因素的制约，这种幽怨的情绪也不宜在《玉台新咏》所录诗歌中有过于显露的表达。因此，《玉台新咏》所录诗歌大多格调婉约，而不是以哭天抢地的方式直抒胸臆。正如有学者所注意到的那样，"《玉台新咏》对于抒发激烈情绪的作品基本是排斥的"[①]。《玉台新咏》中有大量的诗歌表达了这方面的情绪，最为典型的是书中收录了大量的怨情诗。具体包括宫怨诗、闺怨诗及弃妇诗。它们或表达久被君王冷落的幽怨，或倾说夫婿久出未归的不满，或控述被人遗弃的苦痛。这些诗歌的共同特点为：诗中的女性总是作为一个被动等待、承受伤害的弱势群体出现。宫怨诗如卷五柳恽《长门怨》：

---

① 张蕾：《情在"闺房"之外——〈玉台新咏〉录诗别调论析》，《河北师范大学学报》2006 年第 6 期，第 108 页。

玉壶夜惝惝，应门重且深。秋风动桂树，流月摇轻阴。绮清露滴，网户思虫吟。叹息下兰阁，含愁奏雅琴。何由鸣晓佩，复得抱宵衾。无复金屋念，岂照长门心。①

据宋郭茂倩《乐府诗集》："《乐府解题》曰：'《长门怨》者，为陈皇后作也。后退居长门宫，愁闷悲思，闻司马相如工文章，奉黄金百斤，令为解愁之辞。相如为作《长门赋》，帝见而伤之，复得亲幸。后人因其赋而为《长门怨》也。'"② 这首诗的创作背景是否如《乐府解题》所说尚存争议，但从内容上可以看出这是一首宫怨诗无疑。

闺怨诗如卷五何逊《闺怨》：

晓河没高栋，斜月半空庭。窗中度落叶，帘外隔飞萤。含情下翠帐，掩涕闭金屏。昔期今未反，春草寒复青。思君无转易，何异北辰星。③

又如卷六王僧孺《秋闺怨》：

斜光隐西壁，暮雀上南枝。风来秋扇屏，月出夜灯吹。深心起百际，遥泪非一垂。徒劳妾辛苦，终言君不知。④

以上两首诗歌题目中均有"闺怨"，其内容描述的是女子与夫君久别不得相见的苦闷与忧愁。

弃妇诗如卷二曹植《弃妇诗一首》：

石榴植前庭，绿叶摇缥青。丹华灼烈烈，帷彩有光荣。光好

---

① （南朝陈）徐陵编，（清）吴兆宜注，程琰删补：《玉台新咏笺注》，中华书局1985年点校本，第199—200页。

② （宋）郭茂倩编：《乐府诗集》，中华书局1979年版，第621页。

③ （南朝陈）徐陵编，（清）吴兆宜注，程琰删补：《玉台新咏笺注》，中华书局1985年点校本，第214页。

④ 同上书，第244页。

晔流离，可以戏淑灵。有鸟飞来集，树翼以悲鸣。悲鸣复何为？丹华实不成。抚心长叹息，无子当归宁。有子月经天，无子若流星。天月相终始，流星没无精。栖迟失所宜，下与瓦石并。忧怀从中来，叹息通鸡鸣。反侧不能寐，逍遥于前庭。踯躅还入房，肃肃帷幕声。褰帷更摄带，抚节弹素筝。慷慨有余音，要妙悲且清。收泪长叹息，何以负神灵。招摇待霜露，何必春夏成？晚获为良实，愿君且安宁。①

实际上，《玉台新咏》卷二共录有曹植的诗作九首，分别为《杂诗》五首及《美女篇》《种葛篇》《浮萍篇》《弃妇诗》，这些诗歌都属于弃妇诗，而曹植之诗多"藉思妇之语，用申己意"②，几乎是后世学者的共识。

4. 闲情诗歌的入选

徐陵在梁代遭遇弹劾免官事件之后，曾有被闲置的经历，在被重新起用后官阶长期无法得到提升，严重影响了其仕途的发展。徐陵就是在这种情况下，通过编撰《玉台新咏》，阅读"新诗"来消磨时光，并排遣其郁闷情绪的。在仕途受阻后，徐陵流露出不关心朝政、无意于仕途的消极情绪。这一点在《〈玉台新咏〉序》中也有所表露，"青牛帐里，余曲未终；朱鸟窗前，新妆已竟。方当开兹缥帙，散此绦绳，永对玩于书帷，长循环于纤手"句实际就表明了徐陵这种态度。"青牛帐"为皇帝朝会之所，在"青牛帐里"者为皇帝与群臣，在"朱鸟窗前"者则为自己。徐陵的意思是：当皇帝率群臣早朝时，自己却在家里以阅读《玉台新咏》作为消遣。因为自己"无怡神于暇景，惟属意于新诗"（参见本书第三章"四《〈玉台新咏〉序》通

---

① （南朝陈）徐陵编，（清）吴兆宜注，程琰删补：《玉台新咏笺注》，中华书局1985年点校本，第66—68页。

② （三国魏）曹植撰，赵幼文校注：《曹植集校注》，人民文学出版社1984年版，第314页。

释")。这里的"新诗"主要当指宫体诗，这类诗歌主要以女性及相关之物为描摹对象，其兴盛于萧梁时期，在南朝极为流行，是当时文人普遍喜闻乐见的诗歌样式，徐陵的父亲徐摛即为个中翘楚，对宫体诗的流行起到了至关重要的作用。

与序文相应，《玉台新咏》中所收诗歌中大多数属于这类宫体诗，这些"闲情"属性的诗歌就是徐陵从事搜集、阅读并以之为消磨时间的主要对象。其中，咏女子及与女子相关之物又是这类诗歌的主要题材内容。咏女子者，如卷五江洪《咏歌姬》：

> 宝镊间珠花，分明靓妆点。薄鬓约微黄，轻红澹铅脸。发言芳已驰，复加兰蕙染。浮声易伤叹，沈唱安而险。孤转忽徘徊，双蛾乍舒敛。不持全示人，半用轻纱掩。[1]

诗歌采用白描的手法，描述了一个装扮艳丽的歌姬形象。又如卷五何逊《看新妇》：

> 雾夕莲出水，霞朝日照梁。何如花烛夜，轻扇掩红妆。良人复灼灼，席上自生光。所悲高驾动，掩袖出长廊。[2]

这首诗题作"看新妇"，何逊从一个旁观者的角度，在诗中描绘了一位新婚女子形象。以上两首诗均为直接歌咏女子的诗作。

咏物品者，如卷四王融《咏琵琶》：

> 抱月如可明，怀风殊复清。丝中传意绪，花里寄春情。掩抑有奇态，凄怆多好声。芳袖幸时拂，龙门空自生。[3]

诗中所咏之物为琵琶，为女子所持乐器。《玉台新咏》中有些咏

---

① （南朝陈）徐陵编，（清）吴兆宜注，程琰删补：《玉台新咏笺注》，中华书局1985年点校本，第203页。

② 同上书，第215页。

③ 同上书，第158页。

物诗，所咏对象与女子并非必然相关，但内容往往仍涉及女子，如卷四谢朓《烛》：

> 杏梁宾未散，桂宫明欲沉。暧色轻帷里，低光照宝琴。徘徊云鬓影，灼烁绮疏金。恨君秋夜月，遗我洞房阴。①

诗中写烛时，描写了在烛光中独守空房的女子形象。又如卷五沈约《咏月》：

> 月华临静夜，夜静灭氛埃。方晖竟户入，圆影隙中来。高楼切思妇，西园游上才。网轩映珠缀，应门照绿苔。洞房殊未晓，清光信悠哉。②

在咏月时仍写到高楼中的思妇形象。

综上可知，《玉台新咏》所录与女子相关的作品中，主要表现了爱情、相思、幽怨与闲情四方面内容，而这些内容恰与《〈玉台新咏〉序》中所表露的各种情绪相一致；这一现象透露出徐陵编撰《玉台新咏》时的收诗标准，即诗歌的基调是否与徐陵遭劾后当下的郁闷情绪相合或产生共鸣，是其能否入选的关键因素。

三 《玉台新咏》"别调"诗歌的选录

或许有人认为，《玉台新咏》既为收录与女性相关作品的诗集，收入以上几类作品实属必然；因为去此与女性有关者已基本无存，未

---

① （南朝陈）徐陵编，（清）吴兆宜注，程琰删补：《玉台新咏笺注》，中华书局1985年点校本，第164页。
② 同上书，第188—189页。

必先存某种动机，而后见录于《玉台新咏》。若仅以"闺房一体"而言，此反驳或可成立。然而，《玉台新咏》中尚收录有大量与男女关系无涉的诗作，这些作品则可进一步支持我们关于《玉台新咏》录诗标准的观点。

《玉台新咏》中录有与男女之情无关的诗作，此现象一直以来困扰着古今学者，也成为讨论《玉台新咏》收诗标准绕不开的话题。事实上，很多关于《玉台新咏》收录标准的观点与结论，恰恰是通过对这些诗歌的分析而得出的。如清纪容舒在论及徐陵选入张衡《四愁诗》时，为何删去其"自叙"时说：

> 按：《文苑》载此四诗前有平子自叙，所谓依屈原"以美人为君子，以珍宝为仁义，以水深雪氛为小人；思以道术相报，贻于时君，而惧谗邪不得以通者"，正作者之本意。孝穆独删去之，盖此集所录皆裙裾脂粉之词，可备艳体之用，其非艳体而见收者亦必篇中字句有涉闺帏。故一卷《汉时童谣》以"广眉""半额"字而录；三卷陆机《缓声歌》以"宓妃"等字而录，陶潜《拟古》以"美人酣歌"字而录；五卷何逊《赠鱼司马诗》以"歌黛""舞腰"字而录；以及此卷（威按：指卷九）《汉谣四首》，其二以"赵飞燕""张放"而录，其二以"丈夫何在"及"姹女数钱"二语而录，《晋谣》一首，以"女子千妖"字而录，其意旨皆可逆推。此四诗之见录，亦以"美人""赠""报"等语，若存其本序，则与艳体为不伦，故删去以就此书之例，非遗漏也。吴氏本从《文选》补入，殊非孝穆之本旨。[1]

纪氏在这里为了支撑其"盖此集所录皆裙裾脂粉之词，可备艳体之用，其非艳体而见收者亦必篇中字句有涉闺帏"的结论，除了讨论

---

① （清）纪容舒：《〈玉台新咏〉考异》，《丛书集成初编》本，第124页。

的主要对象卷九张衡《四愁诗》外，还列举了一些他认为并非艳体而被徐陵录入《玉台新咏》的作品。此为纪氏先有《玉台新咏》"非关帷闼者不收"这一先入为主的观念，而后对其中诗歌适履削足所得出的结论。若从诗歌表层含义来看，这种解释有其合理性；但从徐陵个人角度来看，当非徐陵本意，这些诗作的入选另有深意。

相较于上节所论入选诗作，学者将《玉台新咏》中这类不涉及男女之情的作品称作"别调"。① 我们认为，结合徐陵编撰《玉台新咏》的个人动机来考察这些"别调"作品，可以更鲜明地揭示徐陵选录诗歌的标准。兹以纪容舒及后世学者指出的"别调"诗作为考察对象，讨论这些诗歌的入选原因。

上引纪容舒语为对卷九张衡《四愁诗》的评论，其中所及诗歌依次为：卷一《汉时童谣歌一首》，卷三陆机《前缓声歌》、陶渊明《拟古诗一首》，卷五何逊《日夕望江赠鱼司马》，卷九《汉成帝时童谣歌二首（并序）》《汉桓帝时童谣歌二首》及《晋惠帝时童谣歌一首》。

1. 张衡《四愁诗》

《玉台新咏》卷九张衡《四愁诗》曰：

> 一思曰：我所思兮在太山，欲往从之梁甫艰，侧身东望涕沾翰。美人赠我金错刀，何以报之英琼瑶。路远莫致倚逍遥，何为怀忧心烦劳！
>
> 二思曰：我所思兮在桂林，欲往从之湘水深，侧身南望涕沾襟。美人赠我琴琅玕，何以报之双玉盘。路远莫致倚惆怅，何为怀忧心烦快！

---

① 参见张蕾《情在"闺房"之外——〈玉台新咏〉录诗别调论析》，《河北师范大学学报》2006 年第 6 期，第 104—109 页；又见张蕾《〈玉台新咏〉论稿》，人民出版社 2007 年版，第 80—97 页。

三思曰：我所思兮在汉阳，欲往从之陇阪长，侧身西望涕沾裳。美人赠我貂襜褕，何以报之明月珠。路远莫致倚踟蹰，何为怀忧心烦纡！

四思曰：我所思兮在雁门，欲往从之雪纷纷，侧身北望涕沾巾。美人赠我锦绣段，何以报之青玉案。路远莫致倚增叹，何为怀忧心烦惋？[①]

纪氏注意到此诗在他处有张衡"自叙"，实际上，较《玉台新咏》成书稍早的《文选》所录此诗即录有这段"自叙"，《文选》卷二十九张衡《〈四愁诗〉序》云：

张衡不乐久处机密，阳嘉中，出为河间相。时国王骄奢，不遵法度，又多豪右并兼之家。衡下车，治威严，能内察属县，奸猾行巧劫，皆密知名，下吏收捕，尽服擒。诸豪侠游客悉惶惧逃出境，郡中大治。争讼息，狱无系囚。时天下渐弊，郁郁不得志，为《四愁诗》。屈原以美人为君子，以珍宝为仁义，以水深雪雾为小人。思以道术相报，贻于时君，而惧谗邪不得以通。[②]

后世有学者认为此序出于伪托，并非张衡手笔。但此序既然在《文选》中已有收录，说明即使为伪造，在南朝之前也已经出现，徐陵无疑是可以见到这篇序文的；至于此序所言张衡创作《四愁诗》的背景则向无异议。然则，考虑到徐陵编撰《玉台新咏》时的个人免官遭遇，我们认为，此诗所以选入，是因为诗中所表达的"忧谗畏讥"思想反映了徐陵当时的心境。然而，由于这种情绪涉及对当权者的不满，不宜明言，而序文比较直白地交代了诗作本旨，为了隐晦其义，

---

① （南朝陈）徐陵编，（清）吴兆宜注，程琰删补：《玉台新咏笺注》，中华书局1985年点校本，第393—395页。

② （南朝梁）萧统编，（唐）李善、吕延济、刘良、张铣、吕向、李周翰注：《六臣注文选》，中华书局1987年版，第545页。

徐陵将序文删去只保留了正文。

2. 陆机《前缓声歌》

《玉台新咏》卷三录陆机《前缓声歌》云：

> 游仙聚灵族，高会层城阿。长风万里举，庆云郁嵯峨。宓妃
> 兴洛浦，王韩起泰华。北征瑶台女，南要湘川娥。肃肃霄驾动，
> 翩翩翠盖罗。羽旗栖琐鸾，玉衡吐鸣和。太容挥高弦，洪崖发清
> 歌。献酬既已周，轻轩垂紫霞。总辔扶桑枝，濯足旸谷波。清晖
> 溢天门，垂庆惠皇家。①

宋郭茂倩《乐府诗集》云："晋陆机《前缓声歌》曰：'游仙聚灵
族，高会曾城阿。'言将前慕仙游，冀命长缓，故流声于歌曲也。宋
谢惠连又有《后缓声歌》，大略戒居高位而为谗谄所蔽，与前歌之意
异矣。"② 可见这首诗实际是一首游仙诗，并非闺阁之作，所以纪氏认
为此诗只是"以'宓妃'等字而录"。

我们认为，当结合与之同组的另外两首作品考察此诗入选《玉台
新咏》的原因。《前缓声歌》在《玉台新咏》中与另两首诗歌以《乐
府三首》的组诗形式出现，为其二。其一为《艳歌行》：

> 扶桑升朝晖，照此高台端。高台多妖丽，洞房出清颜。淑貌
> 曜皎日，惠心清且闲。美目扬玉泽，蛾眉象翠翰。鲜肤一何润，
> 秀色若可餐。窈窕多容仪，婉媚巧笑言。暮春春服成，粲粲绮与
> 纨。金雀垂藻翘，琼佩结瑶璠。方驾扬清尘，濯足洛水澜。蔼蔼
> 风云会，佳人一何繁。南崖充罗幕，北渚盈帟轩。清川含藻景，

---

① （南朝陈）徐陵编，（清）吴兆宜注，程琰删补：《玉台新咏笺注》，中华书局1985
年点校本，第104—105页。

② （宋）郭茂倩编：《乐府诗集》，中华书局1979年版，第944—945页。

高岸被华丹。馥馥芳袖挥，泠泠纤指弹。悲歌吐清音，雅舞播幽兰。丹唇含九秋，妍迹凌七盘。赴曲迅惊鸿，蹈节如集鸾。绮态随颜变，澄姿无定源。俯仰纷阿那，顾步咸可欢。遗芳结飞飙，浮景映清湍。冶容不足咏，春游良可叹！①

其三为《塘上行》：

江蓠生幽渚，微芳不足宣。被蒙风雨会，移君华池边。发藻玉台下，垂影沧浪渊。沾润既已渥，结根奥且坚。四节逝不处，华繁难久鲜。淑气与时殒，余芳随风捐。天道有迁易，人理无常全。男欢智倾愚，女爱衰避妍。不惜微躯退，但惧苍蝇前。愿君广末光，照妾薄暮年。②

这三首诗中均涉及女子，从诗歌内容可知：其一描述了"妖丽"之美貌；其二"宓妃兴洛浦，王韩起泰华。北征瑶壹女，南要湘川娥"等句，交代了美女从仙人游的情节；其三则为一首弃妇诗，记述了女子被人谗害失宠后的幽怨。可见，徐陵选入《前缓声歌》，概欲以之与其一、其三两首诗歌配合，叙述女子因才受宠，由宠遭嫉，因嫉遭劾的过程，以暗示自己编书期间的遭遇。叙述顺序正与《〈玉台新咏〉序》的表意一致。

3. 陶渊明《拟古诗一首》

《玉台新咏》卷三陶潜《拟古诗一首》云：

日暮天无云，春风扇微和。佳人美清夜，达曙酣且歌。歌竟长叹息，持此感人多。明明云间月，灼灼叶中花。岂无一时好，

---

① （南朝陈）徐陵编，（清）吴兆宜注，程琰删补：《玉台新咏笺注》，中华书局 1985 年点校本，第 102—103 页。

② 同上书，第 105—106 页。

不久当如何?①

从内容上看,陶渊明在诗中表达了容颜易老、世事无常的感慨,末句"岂无一时好,不久当如何"更是以反问的形式,点出"荣乐不常"②的主题。诗歌主旨明确,并非宫体作品,所以纪容舒只能以诗中有"美人酬饮"之语来解释其入选。显然,这种解释并没有揭示本质,陶诗中所流露出的思想与徐陵免官后心境的契合,才是其得以入选的关键。

4. 何逊《日夕望江赠鱼司马》

《玉台新咏》卷五何逊《日夕望江赠鱼司马》云:

> 溢城带溢水,溢水萦如带。日夕望高城,耿耿青云外。城中多宴赏,丝竹常繁会。管声已流悦,弦声复凄切。歌黛惨如愁,舞腰疑欲绝。仲秋黄叶下,长风正骚屑。早雁出云归,故燕辞檐别。昼悲在异县,夜梦还洛汭。洛汭何悠悠,起望登西楼。的的帆向浦,团团日隐州。谁能一羽化,轻举逐飞浮。③

纪氏此诗"因'歌黛舞腰'字而录入"的说法值得商榷。显然,何诗的主旨为思乡念友,诗中表现的相思与惆望之情与徐陵心境的契合,当是其得以入选的关键,否则宫体诗中比"歌黛舞腰"艳丽几倍者不知几何,此类作品不见录于《玉台新咏》而流传至今者亦不在少数,缘何舍彼而取此?

---

① (南朝陈)徐陵编,(清)吴兆宜注,程琰删补:《玉台新咏笺注》,中华书局1985年点校本,第117页。
② (梁)萧统编,(唐)李善、吕延济、刘良、张铣、吕向、李周翰注:《六臣注文选》,中华书局1987年版,第578页下栏。
③ (南朝陈)徐陵编,(清)吴兆宜注,程琰删补:《玉台新咏笺注》,中华书局1985年点校本,第210—211页。

5.《汉时童歌谣一首》《汉成帝时童谣歌二首（并序）》《汉桓帝
　　时童谣歌二首》《晋惠帝时童谣歌一首》

我们将这几首诗列于一处，是因为它们属性相同：均为"童谣
歌"。《玉台新咏》卷一《汉时童歌谣一首》云：

> 城中好高髻，四方高一尺。城中好大眉，四方眉半额。城中
> 好广袖，四方用匹帛。①

纪氏认为此诗"以'广眉''半额'字而录"。《乐府诗集》录此
诗，诗题为《城中谣》，并引《后汉书》交代诗歌主旨："前世长安
《城中谣》，言改政移风，必有其本，上之所好，下必甚焉。"②《汉成
帝时童谣歌二首（并序）》云：

> 汉成帝赵皇后名飞燕，宠幸冠于后宫，常从帝出入。时富平
> 侯张放亦称佞幸，为期门之游。故歌云"张公子，时相见"也。
> 飞燕娇妒，成帝无子，故云"啄王孙"，华而不实。王莽自云代
> 汉者德土，色尚黄，故云"黄雀"。飞燕竟以废死，故"为人所
> 怜"者也。

> 燕燕尾殿殿。张公子，时相见。木门仓琅根，燕飞来，啄皇孙。

> 桂树华不实，黄雀巢其颠。昔为人所羡，今为人所怜。③

纪容舒认为，这两首诗歌因"'赵飞燕''张放'而录"。《汉桓帝
时童谣歌二首》云：

---

　　① （南朝陈）徐陵编，（清）吴兆宜注，程琰删补：《玉台新咏笺注》，中华书局1985
年点校本，第27页。
　　② （宋）郭茂倩编：《乐府诗集》，中华书局1979年版，第1223页。
　　③ （南朝陈）徐陵编，（清）吴兆宜注，程琰删补：《玉台新咏笺注》，中华书局1985
年点校本，第391页。

　　大麦青青小麦枯，谁当获者妇与姑，丈夫何在西击胡。吏买马，君具车。请为诸君鼓咙胡。

　　城上乌，尾毕逋。公为吏，儿为徒。一徒死，百乘车。车班班，至河间。至河间，娃女能数钱。钱为室，金为堂，户上春暏梁。暏梁之下有悬鼓，我欲击之丞相怒。①

　　纪氏认为，这两首诗歌是因"'丈夫何在'及'娃女数钱'二语而录"。《晋惠帝时童谣歌一首》云：

　　邺中女子莫千妖，前至三月抱胡腰。②

　　纪氏认为此诗则是"以'女子千妖'字而录"。上文已论，纪氏这种解释值得商榷。近年有学者认为，徐陵编撰《玉台新咏》时之所以选录这些作品，很可能寄寓着他对现实的深切关怀与忧思。③ 这种说法同样可疑。在《〈玉台新咏〉序》中，徐陵对《玉台新咏》所录诗歌格调的定位为"无参于《雅》《颂》，亦靡滥于风人"；对诗歌功用的定位则为"代彼皋苏，蠲兹愁疾"；至于《玉台新咏》一书的用途则描述为"永对玩于书帷，长循环于纤手"。考虑到徐陵对《玉台新咏》及书中所录诗歌的自评与定位，很难将此类诗歌入选的原因解释为其中寄寓了徐陵对现实关怀与忧思。

　　我们认为，这些诗歌的入选，当为徐陵个人情绪在书中的反映。"童谣"这种文学样式在汉魏六朝时期颇为流行，它是受谶纬影响而出现的，这些诗歌采用隐晦的写作手法，影射社会上发生的重要事件，里面往往使用隐语表达对时政的不满；徐陵在书中收入此类诗

---

① （南朝陈）徐陵编，（清）吴兆宜注，程琰删补：《玉台新咏笺注》，中华书局1985年点校本，第392—393页。
② 同上书，第409页。
③ 参见冷纪平《〈玉台新咏〉作品选录中寄寓的现实关怀》，《中国诗歌研究》（第六辑），2009年，第171—181页。

歌，当有用其表达遭劾后被当权者弃用的愤恨之意，这一点正与徐陵在《〈玉台新咏〉序》的表意相对应。以《汉童谣歌一首》为例，郭茂倩《乐府诗集》录此诗，诗题为《城中谣》，书中并引《后汉书》交代诗歌主旨为"前世长安《城中谣》，言改政移风，必有其本，上之所好，下必甚焉"①。可见，这首诗为一首政治讽谏之作，主要偏重从负面说明统治者对社会风气的影响。考虑到徐陵被免官一事得到统治者的首肯，或此诗主旨使徐陵心有戚戚，从而得以入选。《汉桓帝时童谣歌二首》《晋惠帝时童谣歌一首》与此相似，均为政治讽喻诗，它们的选入也当出于徐陵此意图。

最为明显的例子，则为《汉成帝时童谣歌二首（并序）》。此诗又见于《汉书》卷二十七中之上《五行志第七中之上》：

> 成帝时童谣曰："燕燕尾涎涎，张公子，时相见。木门仓琅根，燕飞来，啄皇孙，皇孙死，燕啄矢。"其后帝为微行出游，常与富平侯张放俱称富平侯家人，过阳阿主作乐，见舞者赵飞燕而幸之，故曰"燕燕尾涎涎"，美好貌也。张公子谓富平侯也。"木门仓琅根"谓宫门铜锾，言将尊贵也。后遂立为皇后。弟昭仪贼害后宫皇子，卒皆伏辜，所谓"燕飞来，啄皇孙，皇孙死，燕啄矢"者也。
>
> 成帝时歌谣又曰："邪径败良田，谗口乱善人。桂树华不实，黄爵巢其颠。故为人所羡，今为人所怜。"桂，赤色，汉家象。华不实，无继嗣也。王莽自谓黄象，黄爵巢其颠也。②

将此处所录诗歌与《玉台新咏》所录对比后不难发现，二者有两处显著的不同：一为《玉台新咏》所录第一首诗无"皇孙死，燕啄

---

① （宋）郭茂倩编：《乐府诗集》，中华书局1979年版，第1223页。
② （汉）班固：《汉书》，中华书局1962年标点本，第1395—1396页。

矢"句。于此清吴兆宜"疑为孝穆所删"①，考虑到《汉书》为更早的出处，加上此诗在后世的流行，这种猜测盖得其实；二为《玉台新咏》所录第二首诗无"邪径败良田，谗口乱善人"句。《玉台新咏》中无此句当同样出于徐陵的删削。徐陵借此诗概欲表达对弹劾者的愤恨与对当权者为人蒙蔽的不满；"皇孙"似为影射当权者，"燕"则似影射得宠而善嫉的弹劾者。然而，这种表达同样不能过于显露，所以徐陵没有按原文收录，而是删去了"皇孙死，燕啄矢"这句表示当权者无好下场之语；"邪径败良田，谗口乱善人"则为贤者遭遇谗害的直接表述，自然也不适合在此表述，亦删去。

除纪容舒所提及以上诗歌外，《玉台新咏》中尚有大量此类"别调"。如李充《嘲友人》、左思《娇女诗》等。

6. 李充《嘲友人》

《玉台新咏》卷三李充《嘲友人》云：

> 同好齐欢爱，缠绵一何深。子既识我情，我亦知子心。嬿婉历年岁，和乐如瑟琴。良辰不我俱，中阔似商参。尔隔北山阳，我分南川阴。嘉会罔克从，积思安可任。目想妍丽姿，耳存清媚音。修昼兴永念，遥夜独悲吟。逝将寻行役，言别涕沾襟。原尔降玉趾，一顾重千金。②

曹道衡说："此诗大约只是朋友之间的相思，与男女之情无关，不知何故亦选入《玉台新咏》。"③ 实际上，若不看诗题，此诗内容完全可以看作徐陵遭劾免官后痛苦失落与渴望再被宠信心境的反映，正

---

① （南朝陈）徐陵编，（清）吴兆宜注，程琰删补：《玉台新咏笺注》，中华书局 1985 年点校本，第 391 页。

② 同上书，第 115—116 页。

③ 曹道衡编著：《魏晋文学》，安徽教育出版社 2001 年版，第 211 页。

因如此，徐陵才会把这首与女性无关的作品收入《玉台新咏》。

7. 左思《娇女诗》

《玉台新咏》卷二所录左思《娇女诗》更能说明问题，其诗曰：

> 吾家有娇女，皎皎颇白晰。小字为纨素，口齿自清历。鬓发覆广额，双耳似连璧。明朝弄梳台，黛眉类扫迹。浓朱衍丹唇，黄吻澜漫赤。娇语若连琐，忿速乃明慧。握笔利彤管，篆刻未期益。执书爱绨素，诵习矜所获。其姊字惠芳，面目璨如画。轻妆喜楼边，临镜忘纺绩。举觯拟京兆，立的成复易。玩弄眉颊间，剧兼机杼役。从容好赵舞，延袖像飞翮。上下弦柱际，文史辄卷襞。顾眄屏风画，如见已指摘。丹青日尘暗，明义为隐赜。驰骛翔园林，果下皆生摘。红葩掇紫蒂，萍实骤抵掷。贪华风雨中，倏忽数百适。务蹑霜雪戏，重綦常累积。并心注肴馔，端坐理盘槅。翰墨戢闲案，相与数离逖。动为炉钲屈，屣履任之适。止为荼荚据，吹嘘对鼎䥯。脂腻漫白袖，烟熏染阿锡。衣被皆重地，难与沉水碧。任其孺子意，羞受长者责。瞥闻当与杖，掩泪俱向壁。[1]

此诗既非艳体，篇中字句又与闺帏无涉，左思在诗中只是描写了自己尚在童年的一双女儿的天真烂漫，按前人的观点去解释此诗为何入选《玉台新咏》，均显得扞格牵强。或许只有结合徐陵免官经历，才可做出合理解释。据《陈书》卷二十六《徐陵传》载：

> （徐陵）至德元年卒，时年七十七。[2]

---

① （南朝陈）徐陵编，（清）吴兆宜注，程琰删补：《玉台新咏笺注》，中华书局1985年点校本，第90—93页。

② （唐）姚思廉：《陈书》，中华书局1972年标点本，第334页。

至德元年为公元 583 年，以此逆推，知徐陵生于天监六年（公元507 年）。又据《陈书·徐陵传》附徐俭传：

> 侯景乱，陵使魏未反，俭时年二十一，携老幼避于江陵，梁元帝闻其名，召为尚书金部郎中。①

侯景之乱发生在梁太清二年（公元 548 年），据此上推，徐俭生于梁武帝大通二年（公元 528 年），这一年徐陵二十二岁。徐陵于中大通四年（公元 532 年）遭劾免官，此时徐俭五岁；《玉台新咏》成书于大同二年（公元 536 年）至大同三年（公元 537 年）间，此时徐俭十岁左右，正与左思诗中所描绘的爱女年龄相仿。我们认为，左思此诗之所以入选，概为苦闷中的徐陵从左诗入神的刻画中产生了天伦之乐的共鸣，与《〈玉台新咏〉序》中追求闲情生活的情绪相一致。

四 小结

学者在讨论《玉台新咏》录诗标准时，往往从对《〈玉台新咏〉序》的解说，或对《玉台新咏》中所录诗歌的分析归纳两方面入手，忽略了作为编者徐陵的主观因素在其中的重要作用。《玉台新咏》成书于中大同二年（公元 536 年）至大同三年（公元 537 年）间，徐陵在编撰此书之前遭遇弹劾而被免官，其消极情绪对《玉台新咏》录诗产生了较大影响。从《玉台新咏》收诗实际来看，无论是与女子相关的，表现爱情、相思、幽怨或闲情的常调诗歌的入选，还是与男女之情无涉，表现友情、亲情或一己之幽怨的别调诗歌的选入，都深深地

---

① （唐）姚思廉：《陈书》，中华书局 1972 年标点本，第 335 页。

打上了徐陵免官后消极情绪的印记。从这一角度来看，徐陵于中大通四年（公元 532 年）遭遇弹劾被免官后，其对往昔生活的追忆、对再被起用的渴望、思之不得的幽怨以及对仕途心灰意懒的消极情绪，是左右《玉台新咏》选诗的重要因素。对于某篇具体作品而言，其通篇或局部所表露的思想情绪能否与徐陵以上情绪相契合，使徐陵产生共鸣，则是其能否入选的关键。

第六章

《玉台新咏》书名异称、含义考述

一 《玉台新咏》书名异称

从《玉台新咏》各版本及其他材料的记述来看,《玉台新咏》一书计有五种不同称谓,如下所述。

1. 玉台新咏

此为《玉台新咏》最通行之名,明小宛堂覆宋本、五云溪馆活字本、明郑玄抚本《玉台新咏》中,其正文卷一至卷十卷卷端和卷尾所题书名均作"玉台新咏"。此名又广泛见于各时期编撰的各类典籍中,如唐欧阳询《艺文类聚》卷五十五收录《〈玉台新咏〉序》,其题名作"玉台新咏序"[①],表明欧阳询所据材料将该书书名题为"玉台新咏"。又检《艺文志二十种综合引得》可知,《隋书·经籍志》《旧唐书·经

---

① (唐)欧阳询:《艺文类聚》,上海古籍出版社 1965 年点校本,第 999 页。

籍志》《新唐书·艺文志》《宋史·艺文志》等史志目录收录此书时，书名亦题作"玉台新咏"。① 除官修史书外，私人藏书目录也多录此名，如《直斋书录解题》卷十五"总集类"著录云："《玉台新咏》十卷陈徐陵孝穆集。且为作序。"②

2. 玉台新咏集

此名不常见，就笔者所及见于四处：其一，明小宛堂覆宋本《玉台新咏》一书序言及其后所录陈玉父后叙中。该书开篇收录《〈玉台新咏〉序》，原题作"玉台新咏集并序"③；书后录陈玉父后叙曰：

> 右《玉台新咏集》十卷，幼时至外家李氏，于废书中得之，旧京本也。宋失一叶，间复多错谬，版亦时有刓者。欲求他本是正，多不获。④

其二，钱曾《读书敏求记》录其所藏《玉台新咏》，其解题曰：

> 《玉台新咏集》十卷是集缘本东朝事，先天监流俗本，妄增诗几二百首，遂至子山窜入北之篇，孝穆滥擘笺之曲，良可笑也。此本出自寒山赵氏，余得之于黄子羽（威按：黄圣翼，字子羽，常熟人，明末清初藏书家）。卷中简文尚称"皇太子"，元帝称"湘东王"，未改选录旧观。牧翁（威按：指钱谦益）云："凡古书一经庸妄手，纰缪百出，便应付蜡车覆瓿，不独此集。"披览之余，覆视牧翁跋语，为之掩卷怃然。⑤

---

① 参见洪业等编纂《艺文志二十种综合引得·Ⅰ》，上海古籍出版社 1986 年版，第 122 页。

② （宋）陈振孙：《直斋书录解题》，上海古籍出版社 1987 年版，第 437 页。

③ 参见（南朝陈）徐陵编《玉台新咏》，人民文学出版社 2010 年影印明小宛堂覆宋本，第 1 页。

④ 同上书，第 148 页。

⑤ （清）钱曾：《读书敏求记》，书目文献出版社 1984 年版，第 154 页。

从引文可知，钱氏所录即寒山赵氏所藏宋本《玉台新咏》，其所录题名当亦据该书序言部分而来。

其三，五云溪馆活字本《玉台新咏》序文部分。该版《玉台新咏》开篇录《〈玉台新咏〉序》，题作"玉台新咏集序"。[①] 据刘跃进研究，五云溪馆活字本《玉台新咏》与赵均小宛堂覆宋本一样，均来源于陈玉父刻本，[②] 所以这样题名当源于陈玉父宋刻本。

其四，宋李昉《文苑英华》中录有徐陵《〈玉台新咏〉序》，原题作"玉台新咏集序"[③]。

3. 玉台集

此称谓见于刘肃《大唐新语》"公直第五"：

> 梁简文帝为太子，好作艳诗，境内化之，浸以成俗，谓之宫体。晚年改作，追之不及，乃令徐陵撰《玉台集》，以大其体。永兴之谏，颇因故事。[④]

刘肃在追述简文帝萧纲命徐陵编书旧事时，称是书"玉台集"。又见唐林宝《元和姓纂》卷三"闻人"条：

> 《后汉书》，闻人敬伯，沛人，太仆。闻人生普，河东太守。普生袤，再为太尉。梁有闻人旧（威按：据校记当作"舊"），诗入《玉台集》。[⑤]

检《玉台新咏》，卷八录闻人倩《春日诗》一首，知林宝谓"《玉

---

① 参见（南朝陈）徐陵编《玉台新咏集》，《四部丛刊初编》，上海涵芬楼借无锡孙氏小绿天藏五云溪馆活字本影印。

② 参见刘跃进《玉台新咏研究》，中华书局2000年版，第42—47页。

③ 参见（宋）李昉等编《文苑英华》，中华书局1966年影印本，第3675页上栏。

④ （唐）刘肃：《大唐新语》，中华书局1984年点校本，第42页。

⑤ （唐）林宝撰，岑仲勉校记：《元和姓纂》，中华书局1994年版，第384页。

台集》"即《玉台新咏》。又见于宋严羽《沧浪诗话·诗体》：

> 《玉台集》乃徐陵所序，汉魏六朝之诗皆有之。或谓但谓纤
> 艳者为玉台体，其实则不然。[①]

严书同篇又云：

> 《玉台集》有此诗，苏伯玉妻作，写之盘中，屈曲成文也。[②]

署名苏伯玉妻的《盘中诗》见《玉台新咏》卷九，可见严羽所云"《玉台集》"即徐陵所编《玉台新咏》。

此外，宋陈振孙《直斋书录解题》卷十九"诗集类上"著录《刘孝绰集》一卷，其解题云：

> 梁秘书监彭城刘孝绰撰。宋仆射勔之孙。本传称文集数十万言，今所存止此。又言兄弟及群从子侄，当时有七十人，并能属文，近古未有。其三妹亦并有才学，适徐悱者，文尤清拔，所谓刘三娘者也。今《玉台集》中有悱妻诗。[③]

《玉台新咏》卷九收录徐悱妻刘氏杂诗一首，知陈振孙所云"《玉台集》"亦即《玉台新咏》。

4. 玉台

明胡应麟《诗薮》外编卷二"六朝"条云：

> 孝穆词人，然《玉台》但辑闺房一体，靡所事选。……《玉台》所集，于汉魏六朝无所诠择，凡言情则录之，自余登览宴

---

① （宋）严羽撰，郭绍虞校释：《沧浪诗话校释》，人民文学出版社 1983 年版，第 69 页。
② 同上书，第 100 页。
③ （宋）陈振孙：《直斋书录解题》，上海古籍出版社 1987 年版，第 556 页。

集，无复一首，通阅当自瞭然。①

孝穆为徐陵字，胡氏所云"玉台"即《玉台新咏》。又如清朱鹤龄《吴园次太守惠贻〈林蕙堂文集〉》诗首句云："徐陵《玉台》尚俳俪，文章流别日以兴。"② 诗中将《玉台新咏》称为"玉台"。今人詹锳在其《〈玉台新咏〉三论》一文中提及《玉台新咏》一书时有"《玉台》既已流传，亦不复有人详其始末"③ 之语，也将《玉台新咏》称作"玉台"。

5. 新咏

清罗振玉敦煌唐本《玉台新咏》叙录云：

> 敦煌唐写本《玉台新咏》，起张华情诗第五篇，讫王明君辞，存五十一行，前后尚有残字七行，不见书题，而诸诗皆在《玉台新咏》卷二之末，知即《新咏》矣。……《新咏》刊本以寒山赵氏重椠宋嘉定乙亥陈玉父本为最善，且有此失。昔石室所遗仅此五十余行，不获遍校，则又可憾耳。④

这篇叙录中提及《玉台新咏》时两次称"新咏"。梁启超《南陵徐氏覆小宛堂景宋本〈玉台新咏〉》序语云：

> 《隋志》总集百四十七部，今存者《文选》及《玉台新咏》而已。然《文选》之于诗，去取殊不当人意。《新咏》为孝穆承梁简文帝意旨所编，目的在专提倡一种诗风，即所谓言情绮靡之作是也。⑤

---

① （明）胡应麟：《诗薮》，中华书局 1958 年版，第 141、151 页。
② （清）朱鹤龄：《愚庵小集》，上海古籍出版社 1979 年版，第 120 页。
③ 詹锳：《语言文学与心理学论集》，齐鲁书社 1989 年版，第 21 页。
④ （清）罗振玉：《雪堂校刊群书叙录》卷下，国家图书馆编《国家图书馆藏古籍题跋丛刊》，北京图书馆出版社 2002 年版，第 24 册，第 137—140 页。
⑤ 转引自（南朝陈）徐陵编，（清）吴兆宜注，程琰删补《玉台新咏笺注》，中华书局1985 年点校本，第 551 页。

这里亦将《玉台新咏》称为"新咏"。

综上可见,《玉台新咏》一书,共有"玉台新咏""玉台新咏集""玉台集""玉台""新咏"五种称谓。那么,《玉台新咏》诸多称谓之间又是什么关系呢?

二 《玉台新咏》异称关系及致因

1. 书名异称关系

关于《玉台新咏》书名异称关系问题,前人已有所讨论,如《四库全书总目》在论及《玉台新咏》"玉台新咏""玉台集"二名时指出:

> 其书《大唐新语》称《玉台集》,《元和姓纂》亦称梁有闻人蒨诗载《玉台集》。然《隋志》已称《玉台新咏》,则《玉台集》乃相沿之省文。①

可见,四库馆臣认为"玉台集"为"玉台新咏"的省称。

刘跃进也对《玉台新咏》书名称谓问题进行过梳理,刘先生首先指出了上引四库馆臣观点的可商榷之处,认为"玉台新咏"与"玉台集"并非省文关系;因为如果二者是省文关系,就不应该再加"集"字。在此基础上,进一步并考察了"玉台新咏集""玉台新咏""玉台集"三者的关系,指出"玉台集""玉台新咏"当为"玉台新咏集"的省称,并解释道:"从中古文学总集的编纂情况来看,同一书名增加字数,多数情况下是加入作者名,如《文选》又称《昭明文选》。

① (清)永瑢等:《四库全书总目》,中华书局 1965 年版,第 1687 页栏中。

从这个时期的材料来看，在书名后增字似还不多见。因此，《玉台新咏集》很可能就是原名，而《玉台新咏》和《玉台集》并为其省文。"①

刘先生所陈"玉台新咏集"为全称，"玉台新咏""玉台集"为简称的观点可信。实际上，"玉台""新咏"二名与"玉台新咏""玉台集"一样，同样当为该书书名全称"玉台新咏集"的简称。然而，这五种称谓如何产生，一直以来并无人进行探讨。

2. 异称现象致因

我们认为，在书籍载体上抄写位置的差异及使用场合的不同，是造成《玉台新咏》有诸多不同称谓的主要原因。

《玉台新咏》编撰于南朝时期，此时的书籍制度正处于卷轴时期，我们通过对敦煌写卷的考察发现，卷轴古书书名主要题写于三处：卷首、卷尾、包首。相应地，可分别称为卷首题、卷尾题与包首题。

首先，卷首题与卷尾题的题写特点与关系为：卷首题中的书名往往为全称，卷尾题中的书名一般为省称，且带有随意性。以敦煌文献《般若波罗蜜多心经》为例，P.3045②、P.3448、Φ105③ 三卷卷首题均为"般若波罗蜜多心经"，而 P.3045 的卷尾题为"佛说多心经一卷"，P.3580 的卷尾题则作"般若波罗蜜多心经一卷"，P.3820、Φ224 的卷尾题则作"多心经一卷"，北大 D023④ 卷尾题作"般若蜜多心经"。可见，此类文献只要保留了首题，其中的书名均写"般若波罗蜜多心经"，为书名的全称。与之相较，保留了尾题的卷轴中，书名的题写就比较复杂多样，卷尾题中的书名多采用省称，从实例中可

---

① 刘跃进：《玉台新咏研究》，中华书局 2000 年版，第 92—94 页。
② P 为法藏敦煌文献，即法藏敦煌文献第 3045 号，下均仿此。
③ Φ 为俄藏敦煌文献，下均仿此。
④ 即北大藏敦煌文献第 023 号。

以看出，缩略方式并无严格标准，只要能从中识别出为某书即可，但书名全称中没有出现的文字，一般不会出现在简称当中。其次，卷轴古书常题写书名的另一位置为包首。所谓包首，是指在卷轴时期，为了防止暴露于卷轴外侧的卷端受到磨损，会在某些卷子正文前端接一空白纸作为保护页，这张保护页被称作"包首"。由于卷轴古书在收卷后，包首位于整个卷轴的外侧，古人出于检索书籍方便的考虑，一般也会在包首上题有书名，即"包首题"。包首题一般位于包首背面左上方边缘，竖排抄写，其模式与特点则与卷尾题一致，即其中的书名一般为省称。如上图053①《佛说解百怨家陀罗尼经》一卷，该卷首题作"佛说解百怨家陀罗尼经"，卷尾题作"佛说解百生怨家经"，卷包首题与尾题同；又如Φ132卷首题作"金光明最胜王经舍身品第廿六"，卷尾题作"金光明最胜王经卷第十"，包首题与卷尾题同。

《玉台新咏》成书于南朝，历经唐代一直流传到今日。南朝至唐代这一历史时期，书籍的主要装帧形式即为卷轴，所以《玉台新咏》书名异称之间的差异，很可能最初体现在书籍载体上抄写位置的不同。"玉台新咏集"为书名全称，寒山赵氏小宛堂覆宋本《玉台新咏》卷首标题作"玉台新咏集并序"、五云溪馆活字本《玉台新咏》卷首标题及《文苑英华》所录《〈玉台新咏〉序》亦作"玉台新咏集序"，保留了书名原貌。小宛堂覆宋本《玉台新咏》陈玉父跋、钱曾《读书敏求记》"玉台新咏集"的著录，实际也是对卷端序文处所录标题的著录。

"玉台新咏"作为"玉台新咏集"的简称则可能为题于卷尾或包首处的标题。"玉台新咏"一名最早见于《隋书·经籍志》，《隋志》书名多录简称是其通例。《隋书·经籍志》编撰于唐代，收书下限为

---

① 即上海图书馆藏敦煌文献第053号。

隋大业十四年（公元 618 年），故《隋书·经籍志》著录书籍为卷轴装古书，在卷轴时期，针对实际典藏进行编目工作时，由于当时书籍普遍存在卷首题与卷尾题两个题目，在著录书名时就存在甄选的问题。从上文所述卷首题、卷尾题的特点来看，常将书名题写为简称的卷尾题显然更适合于目录著录，尤其是针对某些书名较长的典籍时，卷尾题无疑更适合目录书简洁整齐的著录要求。因为目录书在著录书名时，使人明了所录为何书即可，并非要用全名。不但如此，如果书名较长时仍使用全称，于抄录者和读者均有所不便。《隋书·经籍志》录书时书名即多用省称，如《说文解字》作《说文》，《白虎通义》作《白虎通》，《晋中经簿》作《晋中经》，等等。在书籍进入册页时期以后，这一标题被题写在书卷正文的首、尾处，而作为全称的"玉台新咏集"仅保留在全书开篇的序文处，今日所见小宛堂《玉台新咏》中，书名即采用了这种题写方式。

"玉台集"则为《玉台新咏》另一省称。魏晋南北朝时期，无论是个人别集还是编撰的总集，绝大多数均喜欢以"某某集"的形式为名，"玉台新咏集"作为全称稍长，在抄录或称呼此书时将其省为"玉台集"是极可能的。这方面的一个佐证为："玉台集"之名与唐代一部诗歌总集《瑶池集》之名颇为类似。《瑶池集》全称为《瑶池新咏集》，发现于俄藏敦煌文献中，标号为 Дx6654[①]＋6722v。该书卷首题作"瑶池新咏集"，卷尾题缺，首页前贴纸条题"瑶池集"，当为封面题名，相当于卷轴装的包首题，《瑶池新咏集》作《瑶池集》与《玉台新咏集》作《玉台集》之省称方式完全相同。

"玉台""新咏"亦为省称，但这两种称谓仅偶见于前人称引，大概只是人们为了行文方便，或在诗文创作中追求声律和谐随机而称，并非正式书名，也没有得到公认。上引朱鹤龄诗中称"玉台"便属于

---

① Д亦为俄藏敦煌文献的编号。

追求格式与声律和谐而省称之例；又据罗振玉与梁启超语，二人在各自的文章中均同时使用了"玉台新咏"与"新咏"两种称谓，无疑这是二人追求行文方便，分别自行对书名进行缩减的结果。

综上所述，书名在书籍载体上的题写位置与使用场合的不同，是《玉台新咏》产生诸多异称的两个因素。"玉台新咏集"为书名全称，所以被题写于全书开篇的序文处。为了卷轴书的卷尾、包首处题写方便，作为书名简称于是出现了"玉台新咏""玉台集"。为了行文中称引方便或诗文创作中追求句式与声律上的和谐，于是又出现了"玉台""新咏"两种称谓。

三 《玉台新咏》书名含义

1. "玉台"含义前说

《玉台新咏》虽有五种称谓，但由于"玉台新咏集"为全称，其他为简称，无本质差别，所以后人在讨论该书书名含义时，往往以使用最为广泛的"玉台新咏"为考察对象，其焦点则集中在"玉台"一词，而此词在书名中的含义实际也是分歧所在。如清吴兆宜云："王逸《九思》、登太乙兮玉台。晋陆机《塘上行》：发藻玉台下。注：玉台，以喻妇人之贞。"① 吴氏引王逸《九思》，陆机《塘上行》诗句并引述《文选》刘良语作注，意在表明"玉台"与女性相关。

近人高步瀛对吴兆宜的注释提出质疑。高先生引用张衡《西京赋》"西有玉台，联以昆德"句，薛综"皆殿与台名"之注；《汉书·

---

① （南朝陈）徐陵编，（清）吴兆宜注，程琰删补：《玉台新咏笺注》，中华书局 1985年点校本，第 11 页。

礼乐志·郊祀歌》"游间阖，观玉台"句，应劭"上帝之所居"之注；
王逸《九思·伤时》"登太乙兮玉台"之语等大量例证，证明"玉台"
乃宫中台名，并认为《文选》刘良注"玉台"为喻妇人之贞的观点，
不免望文生义。① 朱晓海则更进一步将此语所指具体化，认为"玉台"
当指建业宫城的殿馆，与《西府新文》的"西府"一致，乃标明编
撰这本集子的受命出处。② 许逸民亦据张衡《西京赋》薛综注"皆殿
与台名"注语，认为"玉台"本为汉台观名，此处指东宫；但许先生
同时也没有完全否认"玉台以喻妇人之贞"的观点，认为其"可聊备
一说"。③

受吴兆宜"喻妇人之贞"注语的启发与影响，持"玉台"一词与
女性相关学者亦不在少数。如许云和认为《玉台新咏》是一部"撰妇
人事"以给后宫的女性读物，属《隋书·经籍志》著录的南朝编撰的
诸多备后宫讽览的《妇人集》一类典籍。以此为基础，指出"玉台"
为妇女所居之地，借指后宫妇女，意在表明《玉台新咏》为妇人集的
属性。④ 胡大雷则以《玉台新咏》为梁元帝徐妃所编为前提，引用吴
兆宜"玉台"一词的注语，指出"玉台"正反映出徐妃的苦闷与
哀伤。⑤

综合以上意见，可知前人关于"玉台"一词的含义主要有两种观
点：一指宫殿，具体可指宫廷或太子所居东宫；二为化用陆机《塘上

---

① 参见高步瀛选注《南北朝文举要》，中华书局 1998 年点校本，第 614—615 页。
② 参见朱晓海《论徐陵〈玉台新咏序〉》，《中国诗歌研究》（第四辑），2006 年，第
13 页。
③ （南朝陈）徐陵撰，许逸民校笺《徐陵集校笺》，中华书局 2008 年版，第 224 页。
④ 参见许云和《解读〈玉台新咏序〉》，《烟台师范学院学报》2005 年第 2 期，第 49 页。
⑤ 参见胡大雷《〈玉台新咏〉为梁元帝徐妃所"撰录"考》，《文学评论》2005 年第 2
期，第 56 页。威按：胡大雷在《〈玉台新咏〉编撰研究》一书对《玉台新咏》书名用字
"玉台""新""咏"均做了细致的梳理与讨论。其中，胡先生搜集了关于"玉台"的几种含
义：玉台，或指玉镜台，或喻妇人之贞，或指传说中的天帝的居所，或专指女性所居宫殿
台阁；最后指出"所谓'玉台'，无论从哪个方面讲，都是与女性联系在一起的"。与此处观
点略有差异。参见胡大雷《〈玉台新咏〉编撰研究》，人民文学出版社 2013 年版，第 75—
78 页。

行》之语，用"玉台"表明此集与女子相关，或有"喻妇人贞"的一层含义。

2. "玉台"的双重含义

我们认为，徐陵在使用"玉台"一词命书时或已考虑到该词的双重含义，用以表达其公、私两方面的编撰意图。

其一，"玉台"指宫廷，具体当指太子所居之东宫，意在表明自己编书是太子指派的任务。

据刘肃《大唐新语》之语，徐陵编撰《玉台新咏》的直接动因，是受到时为太子的萧纲的委托而编书。从徐陵的生平看，萧纲的做法是有其充分理由的。据《梁书》卷三十《徐摛传》载：

> 摛幼而好学，及长，遍览经史。属文好为新变，不拘旧体。起家太学博士，迁左卫司马。会晋安王纲出戍石头，高祖谓周舍曰："为我求一人，文学俱长兼有行者，欲令与晋安游处。"舍曰："臣外弟徐摛，形质陋小，若不胜衣，而堪此选。"高祖曰："必有仲宣之才，亦不简其容貌。"以摛为侍读。后王出镇江州，仍补云麾府记室参军，又转平西府中记室。王移镇京口，复随府转为安北中录事参军，带郯令，以母忧去职。王为丹阳尹，起摛为秣陵令。普通四年，王出镇襄阳，摛固求随府西上，迁晋安王咨议参军。大通初，王总戎北伐，以摛兼宁蛮府长史，参赞戎政，教命军书，多自摛出。王入为皇太子，转家令，兼掌管记，寻带领直。①

从引文可知，徐摛得周舍举荐，早年即得追随萧纲。在萧纲入主东宫成为皇太子之后，徐摛为其身边的核心人物，亦成为萧纲文学主

---

① （唐）姚思廉：《梁书》，中华书局1973年标点本，第446—447页。

张的倡导者,《梁书》本传"'宫体'之号,自斯而起"的记述表明,徐摛在"宫体"诗风形成过程中具有重要作用与核心地位。徐陵受其父徐摛荫护,未及弱冠便进入仕途。据《陈书》卷二十六《徐陵传》载:

> 梁普通二年,晋安王为平西将军、宁蛮校尉,父摛为王咨议,王又引陵参宁蛮府军事。①

"普通二年",中华书局标点本《陈书》校勘记云:"梁普通二年晋安王为平西将军宁蛮校尉按《梁书·简文帝纪》,晋安王萧纲为平西将军宁蛮校尉在梁武帝普通四年。"② 徐陵生于梁武帝天监六年(公元507年),若按普通二年(公元521年)计,徐陵在十五岁时已追随萧纲在其府中担任官职。即使《陈书》此处为"普通四年"(公元523年)之讹,徐陵其时也仅有十七岁。③ 又据《周书》卷四十一《庾信传》:

> 时肩吾为梁太子中庶子,掌管记。东海徐摛为左卫率。摛子陵及信,并为抄撰学士。父子在东宫,出入禁闼,恩礼莫与比隆。既有盛才,文并绮艳,故世号为徐、庾体焉。当时后进,竞相模范。每有一文,京都莫不传诵。④

从"文并绮艳"的评价可知,在徐摛、庾肩吾之后,二人之子徐陵、庾信继承发扬了乃父的文学主张,年少而负盛名。《玉台新咏》编成于大同二年(公元536年)至大同三年(公元537年)间(参本

---

① (唐)姚思廉:《梁书》,中华书局1973年标点本,第325页。
② 同上书,第339页。
③ 威按:刘跃进将此事定在普通四年(公元523年)。参见刘跃进《玉台新咏研究》,中华书局2000年版,第280—281页。
④ (唐)令狐德棻等:《周书》,中华书局1971年标点本,第733页。

书"第四章《玉台新咏》成书时间订补"），此时徐陵三十岁左右，虽年龄不大，但由于其十五（或十七）岁时即参与到萧纲文学集团当中，从资历上看却可视为其中的核心人物，萧纲指派其编书正得其用。

徐陵编书是得到萧纲的授意而为，这一点从《玉台新咏》所录诗歌中可得到佐证。首先，《玉台新咏》录有大量萧纲的诗作，以寒山赵氏小宛堂覆宋本《玉台新咏》为依据，据学者统计，书中共收录萧纲诗76首[①]，为是书所录诗人之最。萧纲作为当时东宫文学集团的领袖，如授意徐陵编撰诗集，其所创作的诗作大量入选为必然。其次，《玉台新咏》所选诗歌符合萧纲的文学主张。萧纲为太子时曾给湘东王写信表明其文学主张，其文曰：

> 吾辈亦无所游赏，止事披阅，性既好文，时复短咏。虽是庸音，不能阁笔，有惭伎痒，更同故态。比见京师文体，懦钝殊常，竞学浮疏，争为阐缓。玄冬修夜，思所不得，既殊比兴，正背《风》《骚》。若夫六典三礼，所施则有地，吉凶嘉宾，用之则有所。未闻吟咏情性，反拟《内则》之篇；操笔写志，更摹《酒诰》之作；迟迟春日，翻学《归藏》；湛湛江水，遂同《大传》。
>
> 吾既拙于为文，不敢轻有掎摭。但以当世之作，历方古之才人，远则杨、马、曹、王，近则潘、陆、颜、谢，而观其遣辞用心，了不相似。若以今文为是，则古文为非；若昔贤可称，则今体宜弃，俱为盍各，则未之敢许。又时有效谢康乐、裴鸿胪文者，亦颇有惑焉。何者？谢客吐言天拔，出于自然，时有不拘，是其糟粕；裴氏乃是良史之才，了无篇什之美。是为学谢则不届其精华，但得其冗长；师裴则蔑绝其所长，惟得其所短。谢故巧不可阶，裴亦质不宜慕。故胸驰臆断之侣，好名忘实之类，方分

---

① 参见张蕾《〈玉台新咏〉论稿》，人民出版社 2007 年版，第 46 页。

肉于仁兽，逞郐克于邯郸，入鲍忘臭，效尤致祸。决羽谢生，岂三千之可及；伏膺裴氏，惧两唐之不传。故玉徽金铣，反为拙目所嗤；《巴人》《下里》，更合郢中之听。《阳春》高而不和，妙声绝而不寻，竟不精讨锱铢，核量文质，有异《巧心》，终愧妍手。是以握瑜怀玉之士，瞻郑邦而知退；章甫翠履之人，望闽乡而叹息。诗既若此，笔又如之。徒以烟墨不言，受其驱染；纸札无情，任其摇襞。甚矣哉，文之横流，一至于此！

至如近世谢朓、沈约之诗，任昉、陆倕之笔，斯实文章之冠冕，述作之楷模。张士简之赋，周升逸之辩，亦成佳手，难可复遇。文章未坠，必有英绝，领袖之者，非弟而谁。每欲论之，无可与语，思吾子建，一共商搉。辨兹清浊，使如泾、渭；论兹月旦，类彼汝南。朱丹既定，雌黄有别，使夫怀鼠知惭，滥竽自耻。譬斯袁绍，畏见子将；同彼盗牛，遥羞王烈。相思不见，我劳如何。①

萧纲在这篇文章中系统地阐释了自己的文学主张，将之与《玉台新咏》所录诗歌比对，可知《玉台新咏》的编撰可视为萧纲文学观念之实践。最为明显的例子为，萧纲在文章中提到了若干作家并褒贬了他们的创作活动，如指出"谢客吐言天拔，出于自然，时有不拘，是其糟粕。裴氏乃是良史之才，了无篇什之美"，可见萧纲并不完全认同谢灵运、裴子野的文学成就；"是为学谢则不届其精华，但得其冗长；师裴则蔑绝其所长，惟得其所短。谢故巧不可阶，裴亦质不宜慕"之语则明确指出，二人的作品不具可师法的典型特点。这一点与《玉台新咏》收诗情况保持一致：谢灵运在南朝时期是影响颇大的诗人，其作品在《文选》中录有 41 首②，而《玉台新咏》中则仅录《东阳溪中赠答二首》两首；裴子野为《文选》的实际编撰者，其作品在

---

① （唐）姚思廉：《梁书》，中华书局 1973 年标点本，第 690—691 页。
② 参见张蕾《〈玉台新咏〉论稿》，人民出版社 2007 年版，第 46 页。

《玉台新咏》则无收录。与二人相比，萧纲所欣赏的文人，如谢朓、沈约、任昉、陆倕、曹植等人，作品在《玉台新咏》中往往收录较多。以上现象表明，《玉台新咏》实际反映的是萧纲的文学主张与取向。刘肃《大唐新语》、李康成《〈玉台后集〉序》中涉及《玉台新咏》编撰之语的表述虽有前后龃龉之处，但二书均认为徐陵编书是出于萧纲的授意，考虑到以上所论两个现象，概为空穴来风。既然如此，徐陵在给书籍命名时，意图通过书名反映"东宫"这一概念就很好理解了。

其二，我们认为，《玉台新咏》书名中"玉台"一词，即典出陆机《塘上行》"发藻玉台下，垂影沧浪渊"句；但此词的使用并非有些学者所说，为表明《玉台新咏》女性相关属性之语，而是与《〈玉台新咏〉序》所用隐语意图一致，即以"妇人"自比，以喻自己之"贞"。

陆机《塘上行》"发藻玉台下，垂影沧浪泉"句，"玉台"一词，刘良注曰"玉台，以玉饰台；沧浪，取其清，以喻妇人清贞"[1]。甚是。故吴兆宜引之为注，认为"玉台新咏"中的"玉台"即为此意，用意为"以喻妇人之贞"；清许梿《六朝文絜》亦曰："玉台以喻妇人之贞。"[2] 结合徐陵编书时的遭劾经历，考察陆机《塘上行》及《塘上行》古辞意旨，可知徐陵使用"玉台"一词，为以妇人遭馋自喻，表明自己之"清贞"，遭劾免官实为冤枉。

《玉台新咏》卷三陆机《塘上行》曰：

> 江蘺生幽渚，微芳不足宣。被蒙风雨会，移居华池边。发藻玉台下，垂影沧浪渊。沾润既已渥，结根奥且坚。四节游不处，繁华难久鲜。淑气与时殒，余芳随风捐。天道有迁易，人理无常全。男欢智倾愚，女爱衰避妍。不惜微躯退，但惧苍蝇前。愿君

---

① （南朝梁）萧统编，（唐）李善、吕延济、刘良、张铣、吕向、李周翰注：《六臣注文选》，中华书局 1987 年版，第 526 页。
② （清）许梿评选，黎经诰笺注：《六朝文絜笺注》，上海古籍出版社 1982 年版，第142 页。

广末光，照妾薄暮年。①

此诗《文选》亦载，张铣言其主旨曰："言妇人衰老失宠，行于塘上为歌也。"② 甚是。陆机此诗以生于幽渚的江蓠起兴，记述的是女子从微贱到被赏识，由赏识到被恩宠，再由恩宠到色衰爱弛被抛弃的遭遇，为女子失宠后的幽怨之词。"但惧苍蝇前"之语则表明在失宠过程中还有小人谗害的因素。

《玉台新咏》卷二亦录甄皇后《塘上行》古辞③，表意与陆诗一致，其辞曰：

> 蒲生我池中，其叶何离离。傍能行仁义，莫若妾自知。众口铄黄金，使君生别离。念君去我时，独愁常苦悲。想见君颜色，感结伤心脾。念君常苦悲，夜夜不能寐。莫以贤豪故，弃捐素所爱。莫以鱼肉贱，弃捐葱与薤。莫以麻枲贱，弃捐菅与蒯。出亦复苦愁，入亦复苦愁。边地多悲风，树木何修修。从君致独乐，延年寿千秋。④

郭茂倩《乐府诗集》录曰：

> 《邺都故事》曰："魏文帝甄皇后，中山无极人。袁绍据邺，与中子熙娶后为妻。后太祖破绍，文帝时为太子，遂以后为夫

---

① （南朝陈）徐陵编，（清）吴兆宜注，程琰删补：《玉台新咏笺注》，中华书局 1985 年点校本，第 105—106 页。

② （南朝梁）萧统编，（唐）李善、吕延济、刘良、张铣、吕向、李周翰注：《六臣注文选》，中华书局 1987 年版，第 526 页。

③ 威按：此诗作者存争议，但于此处结论得出无影响。《文选》卷二十八陆机《塘上行》李善注引《歌录曰》："《塘上行》古辞，或云甄皇后造，或云魏文帝，或云武帝。歌曰：'蒲生我池中，叶何一离离。'"参见（南朝梁）萧统编，（唐）李善、吕延济、刘良、张铣、吕向、李周翰注《六臣注文选》，中华书局 1987 年版，第 526 页。

④ （南朝陈）徐陵编，（清）吴兆宜注，程琰删补：《玉台新咏笺注》，中华书局 1985 年点校本，第 56—57 页。

人。后为郭皇后所谮，文帝赐死后宫。临终为诗曰：'蒲生我池中，绿叶何离离。岂无兼葭艾，与君生别离。莫以贤豪故，弃捐素所爱。莫以麻枲贱，弃捐菅与蒯。莫以鱼肉贱，弃捐葱与薤。'"《歌录》曰："《塘上行》，古辞。或云甄皇后造。"《乐府解题》曰："前志云：晋乐奏魏武帝《蒲生篇》，而诸集录皆言其词文帝甄后所作，叹以谗诉见弃，犹幸得新好，不遗故恶焉。若晋陆机'江蓠生幽渚'，言妇人衰老失宠，行于塘上而为此歌，与古辞同意。"①

可见，这首诗的写作背景为甄皇后为人所谮，作诗以抒发人老色衰失宠后的幽怨之情。

陆机《塘上行》与甄后《塘上行》古辞均见录于《玉台新咏》，徐陵显然熟稔二诗。徐陵在书名中使用"玉台"一词，其意图当为通过典故委婉表意，借用陆机诗意及《塘上行》本事，以暗示自己是被谗害之意。

四　小结

《玉台新咏》一书共有五种称谓，分别为"玉台新咏集""玉台新咏""玉台集""玉台""新咏"。其中，"玉台新咏集"为全称，其他均为简称，"玉台新咏"为是书最常用之名。书名在典籍载体上题写位置不同或使用场合的不同，是造成该书有诸多异称的重要原因。学者在考察该书书名含义时，分歧之处集中于"玉台"一词的含义。前人对此词含义有诸多解说：一为指宫殿，具体指宫廷、东宫或后宫；

---

① （宋）郭茂倩编：《乐府诗集》，中华书局 1979 年版，第 521—522 页。

二为化用陆机《塘上行》之语，用"玉台"表明此集与女子相关，有
"喻妇人贞"的含义。从《玉台新咏》所录诗歌呈现出的一些特征看，
徐陵编撰此书有得到萧纲授意的可能，所以"玉台"有暗指东宫的含
义；同时，就徐陵个人的编书目的而言，"玉台"一词当化用陆机
《塘上行》"发藻玉台下，垂影沧浪泉"一句，此句中"玉台"有喻妇
人之贞正的含义，目的是借此表明自己被弹劾免官之冤枉。

第七章

《玉台新咏》不见载于《梁书》
《陈书》释疑

一 《玉台新咏》不见于《梁书》《陈书》原因前说

《玉台新咏》为徐陵所编，但此事在《陈书》徐陵本传中并没有记载，使人颇感疑惑。日本学者冈村繁就指出，此事"无论是《梁书》和《南史》中的《简文帝纪》，或者《陈史》和《南史》中的《徐陵传》，皆未有片言只字提及"①。对于这一现象，也有学者试图给出解释。如詹锳说："《陈书·徐陵传》云：'自有陈创业，文檄军书，及禅授诏策，皆陵草之。'孝穆晚岁文章典重，与少年艳丽之作大异。陈后主喜为侧艳之辞，'一日为文示陵，云他日（威按：当为人）所作，陵嗤之曰：都不成辞句，后主衔之。'（见《南史·陵传》）盖入陈以来，陵已悔其少作。《玉台》一书，有好事者为之流传，而陵耻

---

① ［日］冈村繁：《文选之研究》，陆晓光译，《冈村繁全集（第二卷）》，上海古籍出版社 2002 年版，第 99 页。

居其名，故《陈书》及《南史》本传俱不著录也。"① 可见，詹先生认为《玉台新咏》为徐陵年少时所编，入陈后耻居其名，故不见录于史书。曹道衡、沈玉成认为："徐陵编选《玉台新咏》一事不见于《陈书》本传，正如《文选》之名不见《梁书·昭明太子传》一样，本不足怪。"② 刘跃进赞同两位先生的观点，也认为这一现象"似不足为奇，因为史书不可能对史传人物的所有著述记载无遗"③。也就是说，三人都认为此现象是出于修史者的遗漏，至于为有意还是无心则均没有提及。李建栋则通过对《陈书》体例的考察指出，姚思廉在《陈书》中除了对昔日的老编委顾野王及其父姚察的著述记载甚详外，对他人之著述几无详述。徐陵编《玉台新咏》事不见于《陈书》，为囿于姚氏父子修史体例规范的原因。④

我们认为，以上三种解说均有可商榷之处。首先，即便如詹先生所言，徐陵入陈后悔其少作，耻居《玉台新咏》编者之名，但《陈书》《南史》实为姚思廉入唐以后所编，其时徐陵业已作古，并无法左右二书的内容。决定《玉台新咏》是否见录于《梁书》《陈书》的关键人物，不是徐陵而是姚思廉。

其次，此现象出于遗漏的可能性很小。《梁书》《陈书》均为纪传体断代史书，"以人统事"是纪传体史书的特点，与编年体史书侧重事件记载明显不同，纪传体侧重对人物生平经历的记述，如果所传之人为学者，学术活动在其生平中无疑占有重要地位，所以对这类人物著述的记录历来较为重视，尤其是对传主影响较大的著述更是如此。《玉台新咏》之于徐陵，概属此类。据《陈书》卷二十六《徐陵传》载：

> 自有陈创业，文檄军书及禅授诏策，皆陵所制，而《九锡》尤

① 詹锳：《语言文学与心理学论集》，齐鲁书社 1989 年版，第 25 页。
② 曹道衡、沈玉成编著：《南北朝文学史》，中国社会科学出版社 2007 年版，第 211 页。
③ 刘跃进：《玉台新咏研究》，中华书局 2000 年版，第 90 页。
④ 参见李建栋《论〈玉台新咏〉之"撰录者"》，《江淮论坛》2006 年第 5 期，第 142 页。

美。为一代文宗，亦不以此矜物，未尝诋诃作者。其于后进之徒，接引无倦。世祖、高宗之世，国家有大手笔，皆陵草之。其文颇变旧体，缉裁巧密，多有新意。每一文出手，好事者已传写成诵，遂被之华夷，家藏其本。后逢丧乱，多散失，存者三十卷。[①]

可见，虽然徐陵文名显著，著述颇丰，但由于"后逢丧乱"，其著述在姚思廉撰《陈书》时已多散佚。所以，在姚氏撰史之时，将《玉台新咏》的编撰视为徐陵文学活动的主要成就殆不为过。而从宫体诗在南朝的流行影响，以及徐、姚两家的密切关系来看（详下），姚思廉不会不知徐陵编书一事。基于以上两点考虑，姚氏在撰史时将此事"遗漏"的可能性极小。

最后，将此现象归因于受编撰体例的制约同样存在问题。因为，一方面，《陈书》并非仅对顾野王、姚察著述记载详细而对他人之著述几无详述。据《陈书》卷三十三《儒林传·沈文阿传》载：

文阿所撰《仪礼》八十余卷，《经典大义》十八卷，并行于世，诸儒多传其学。[②]

同卷《戚衮传》载：

衮于梁代撰《三礼义记》，值乱亡失，《礼记义》四十卷行于世。[③]

同卷《沈不害传》载：

不害治经术，善属文，虽博综坟典，而家无卷轴。每制文，

---

① （唐）姚思廉：《陈书》，中华书局 1972 年标点本，第 335 页。
② 同上书，第 436 页。
③ 同上书，第 440 页。

操笔立成，曾无寻检。仆射汝南周弘正常称之曰："沈生可谓意圣人乎！"著治《五礼义》一百卷，《文集》十四卷。①

可见《陈书》对传人著述颇为看重，在体例上并不存在对传主的著述情况不重视的情况。

另一方面，即使姚思廉在撰史时有仅详述诸如顾野王、姚察等与之有亲密关系之人的著述，而对他人著述情况不甚留意的特点，以徐、姚两家的家世渊源（详下），其著述也应该在详述之列而不应略而不载。

我们认为，徐陵编撰《玉台新咏》不见于《梁书》《陈书》的现象，从表面看虽显可怪，但若结合初唐文学观念与修史背景来考察这一现象，却可以找到合理的解释，以下尝试之。

二 《玉台新咏》与初唐文学评价体系

初唐文坛是一个文学观念与文学活动实际相抵牾的矛盾体。② 唐朝建立之初，唐太宗及群臣出于统治的需要，认识到南朝绮靡文风对国家治理的负面影响，明确提出一系列文学主张，大力提倡一种新文风，试图扭转这种局面。对于此种努力，在当时所编史书中有显著体现，作为政治领袖的唐太宗，曾亲自参与史书的修撰过程，其所撰写的内容涉及人物评价与文学风气的批判。如《晋书》卷五十四《陆机

---

① （唐）姚思廉：《陈书》，中华书局 1972 年标点本，第 448 页。
② 此部分关于初唐文学观念的问题参考了唐雯、陈飞两位学者的观点。参见唐雯《〈艺文类聚〉与〈初学记〉与唐初文学观念》，《西安联合大学学报》2003 年第 1 期，第 77—80 页；陈飞《唐代文学概念的确立与实现——以早期史学为中心》，《文学遗产》2005年第 1 期，第 86—96 页。

传》中的"制曰",即为太宗亲撰,其文曰:

> 古人云:"虽楚有才,晋实用之。"观夫陆机、陆云,实荆衡
> 之杞梓,挺珪璋于秀实,驰英华于早年,风鉴澄爽,神情俊迈。
> 文藻宏丽,独步当时;言论慷慨,冠乎终古。高词迥映,如朗月
> 之悬光;叠意回舒,若重岩之积秀。千条析理,则电拆霜开;一
> 绪连文,则珠流璧合。其词深而雅,其义博而显,故足远超枚
> 马,高蹑王刘,百代文宗,一人而已。①

这里太宗对陆机的文学成就给予了极高的评价,认为其"远超枚
马,高蹑王刘",为"百代文宗"。显然,对陆机"词深而雅,其义博
而显"的评价,可视为唐太宗文学主张的间接表达。

不但如此,太宗在史书中更有其文学主张的直接表述,如《北
史》卷八十三《文苑传》之"序"与"论"亦为太宗亲撰,在这里他
鲜明地提出了一系列问题与主张,对南朝梁大同以前的文学成就予以
肯定的同时,又对大同以后的文学创作活动予以彻底否定:

> 梁自大同之后,雅道沦缺,渐乖典则,争驰新巧。简文、湘
> 东,启其淫放,徐陵、庾信,分路扬镳。其意浅而繁,其文匿而
> 彩,词尚轻险,情多哀思,格以延陵之听,盖亦亡国之音也。②

同样的表述亦见于《隋书》卷七十六《文学传》:

> 梁自大同之后,雅道沦缺,渐乖典则,争驰新巧。简文、湘
> 东,启其淫放,徐陵、庾信,分路扬镳。其意浅而繁,其文匿而
> 彩,词尚轻险,情多哀思。格以延陵之听,盖亦亡国之音乎!③

---

① (唐)房玄龄等:《晋书》,中华书局 1974 年标点本,第 1487 页。
② (唐)李延寿:《北史》,中华书局 1974 年标点本,第 2782 页。
③ (唐)魏徵、令狐德棻:《隋书》,中华书局 1973 年标点本,第 1730 页。

作为最高统治者,太宗在诸史中的"制",对修史群臣无疑具有方向性指导作用。《隋书·经籍志》中的此段表述,绝不能单纯地认为是魏徵或某个修史执笔者的个人观点,而是出于国家治理的需要,对以太宗为首的统治阶层意愿的表达,带有极大的政治功利性。鉴于此,这段与上引《北史·文苑传》太宗之"制",竟仅有一字之爽(文末虚词"也"与"乎")的表述,便不足为奇了。

事实上,唐初所修诸史《文学(苑)传》、各家传纪中涉及对作家、作品以及文学大势变迁等问题的评介时,也是以此为矩矱的。如《隋书》卷三十五《经籍志四》曰:

> 梁简文之在东宫,亦好篇什,清辞巧制,止乎衽席之间,雕琢蔓藻,思极闺闱之内。后生好事,递相放习,朝野纷纷,号为宫体。流宕不已,迄于丧亡。陈氏因之,未能全变。①

《梁书》卷六《敬帝纪》载魏徵史评曰:

> 太宗(威按:简文帝萧纲庙号)聪睿过人,神彩秀发,多闻博达,富赡词藻。然文艳用寡,华而不实,体穷淫丽,义罕疏通,哀思之音,遂移风俗,以此而贞万国,异乎周诵、汉庄矣。②

《陈书》卷二十七《江总传》曰:

> 总笃行义,宽和温裕。好学,能属文,于五言七言尤善;然伤于浮艳,故为后主所爱幸。③

《周书》卷四十一《庾信传》曰:

---

① (唐)魏徵、令狐德棻:《隋书》,中华书局 1973 年标点本,第 1090 页。
② (唐)姚思廉:《梁书》,中华书局 1973 年标点本,第 151 页。
③ (唐)姚思廉:《陈书》,中华书局 1972 年标点本,第 347 页。

然则子山之文，发源于宋末，盛行于梁季。其体以淫放为本，其词以轻险为宗。故能夸目侈于红紫，荡心逾于郑、卫。昔扬子云有言："诗人之赋，丽以则；词人之赋，丽以淫。"若以庾氏方之，斯又词赋之罪人也。[1]

正是在这种官方思想的指引与约束下，才会有虞世南以"上之所好，下必随之"的理由制止太宗写作艳诗的行为。据《唐会要》卷五十六"秘书省"载：

> 上（威按：指唐太宗）谓侍臣曰："朕因暇日，每与秘书监虞世南商量今古。朕一言之善，虞世南未尝不悦；有一言之失，未尝不怅恨。尝戏作艳诗，世南进表谏曰：'圣作虽工，体制非雅。上之所好，下必随之。此文一行，恐致风靡。轻薄成俗，非为国之利。赐令继和，辄申狂简，而今之后，更有斯文，继之以死，请不奉诏旨。'群臣皆若世南，天下何忧不治？"因顾谓世南曰："朕更有此诗，卿能死否？"世南曰："臣闻诗者，动天地，感鬼神；上以风化下，下以俗承上。故季札听《诗》，而知国之兴废。盛衰之道，实基于兹。臣虽愚诚，愿不奉诏。"[2]

虞世南认为太宗"戏作艳诗"的行为会导致"轻薄成俗"，认为一旦形成风气，对国家的治理非常不利。在唐代，对齐梁间诗歌创作持否定态度的人不在少数，如陈子昂在《〈修竹篇〉（并序〉》中曾指出：

> 文章道弊五百年矣。汉、魏风骨，晋、宋莫传，然而文献有可征者。仆尝暇时观齐、梁间诗，彩丽竞繁，而兴寄都绝。每以永叹，思古人常恐逶迤颓靡，风雅不作，以耿耿也。[3]

---

[1] （唐）令狐德棻等：《周书》，中华书局1971年标点本，第744页。
[2] （宋）王溥：《唐会要》，中华书局1955年标点本，第1124页。
[3] 《陈子昂集》，中华书局1960年点校本，第15页。

作为初唐诗人，陈子昂有"齐、梁间诗，彩丽竞繁，而兴寄都绝"的感慨，并有意识地在诗歌创作实践中反对这种文风，与官方提倡、与宣扬文学思想的影响当不无关系。

初唐人在观念上虽有此种认识，太宗及群臣付诸正史的"制"与"论"在一定程度上带有法令性质，并产生了一些积极影响，但"法制似刚，而实脆薄，风俗似柔，而实坚韧。其蚀法制，如水啮堤，名虽具存，实必潜变，而并其名而不克保者，又不知凡几也"①，欣赏南朝绮靡文风习俗之变，殆非一时之功。虽然唐初统治当局极力贬斥齐、梁绮靡文风，但时人对其持欣赏态度的还是主流，一时无法摆脱这种风气也是事实。此点在两方面得以体现：

其一，唐初所编两部类书——《艺文类聚》和《初学记》。编撰类书主要是为了备查与学习之用，但其中我们可以更客观地窥见当时人们的真实文学喜好。虽然太宗在《北史》卷八十三《文苑传》中说"梁自大同以后，雅道沦缺"，其间作品属"亡国之音"，评价诗人则云"简文、湘东启其淫放；徐陵、庾信，分路扬镳"，但是从两部类书所反映的情况来看，这种表述并不能代表时人对宫体诗的态度。

《艺文类聚》为欧阳询所编，成书于唐初。据学者统计，其中所收文学作品情况如下：梁简文帝 310 篇、沈约 228 篇、曹植 200 篇、梁元帝 175 篇、庾信 114 篇、陆机 113 篇、郭璞 101 篇，其他收诗较多的诗人有庾肩吾 96 篇、江总 83 篇、曹丕 80 篇、傅玄 80 篇、谢灵运 71 篇、谢朓 67 篇、江淹 66 篇、潘岳 60 篇、鲍照 60 篇、徐陵 59 篇、李尤 58 篇、刘孝绰 56 篇、刘孝威 54 篇、任昉 53 篇、王粲 51 篇、傅咸 51 篇，等等。②

如上所引，仅就所列《艺文类聚》收诗情况来看，即使排除沈

---

① 吕思勉：《隋唐五代史》，上海古籍出版社 1984 年版，第 1115 页。
② 参见唐雯《〈艺文类聚〉与〈初学记〉与唐初文学观念》，《西安联合大学学报》2003 年第 1 期，第 77 页。

约、任昉二位梁初的诗人，活动于南朝大同以后的诗人就有简文帝萧纲、梁元帝萧绎、庾信①、庾肩吾、江总、徐陵、刘孝绰、刘孝威。其诗作占 2276 首中的 937 首，占所列诗人作品总数的 41%。从这一点上来看，初唐人对南朝诗歌的喜爱是显而易见的。

从另一部编于唐初的类书——《初学记》来看，这种风气直到玄宗朝仍无转变。《初学记》为玄宗初年所编，编者为徐坚等人。据《大唐新语》卷九"著述第十九"载：

> 玄宗谓张说曰："儿子等欲学缀文，须检事及看文体。《御览》之辈，部帙即大，寻讨稍难。卿与诸学士撰集要事并要文，以类相从，务取省便。令儿子等易见成就也。"说与徐坚、韦述等编此进上，诏以《初学记》为名。赐修撰学士束帛有差。其书行于代。②

从引文可知，玄宗授意张说、徐坚等人编撰《初学记》的初衷为指导皇子写作，选录的文章皆具有范文的作用。

《初学记》中收诗较多的诗人多见于《艺文类聚》，依次如：沈约 55 篇、简文帝 47 篇、庾信 36 篇、曹植 34 篇、李尤 32 篇、江总 30 篇、张正见 30 篇、梁元帝 27 篇、傅玄 26 篇、庾肩吾 24 篇、郭璞 19 篇、鲍照 18 篇、谢灵运 17 篇、刘孝绰 15 篇。③ 可见，宫体诗人及作品在《初学记》中仍占有极大比重。对于给皇子进行习文练习的教材，其中所体现的统治者实际的文学取向便一览无遗了。

---

① 今天学界主流的观点认为，庾信入北后文风有一个明显的转变，不应完全归入宫体诗人之列。但唐初时视其为南朝绮靡文风的代表则无问题，《北史·文苑传》及《隋书·文学传》言"徐陵、庾信，分路扬镳"，《周书·庾信传》言"然则子山之文，发源于宋末，盛行于梁季。其体以淫放为本，其词以轻险为宗"，是其证。

② （唐）刘肃：《大唐新语》，中华书局 1984 年点校本，第 137 页。

③ 参见唐雯《〈艺文类聚〉与〈初学记〉与唐初文学观念》，《西安联合大学学报》2003 年第 1 期，第 77—78 页。

其二，唐初诗人的创作实践。唐初人们对宫体诗风的喜好，不仅可以从唐初所编类书中得以窥见，在时人的创作实践中同样清楚地反映了这一事实。

检《全唐诗》初唐诗人作品，不脱六朝绮靡之气者占大多数。"初唐四杰"一般被认为是开启盛唐诗风的一派，他们的理论主张及创作实践为盛唐诗风先导，"但'四杰'诗风亦属'当时体'，并没有完全摆脱当时流行的宫廷诗风的影响。他们的一些作品，讲究对偶声律，追求词采的工丽和韵调的流转，不免有雕琢繁缛之病"①。"初唐四杰"诗文的这种特征已被视为常识，写入文学史类著作中，而这种诗风实为南朝余绪。作为新文风提倡者的唐太宗，也为后人评价为没有逃脱前代绮靡文风的人物。如宋欧阳修在其《苏氏文集序》中说：

> 予尝考前世文章政理之盛衰，而怪唐太宗致治几乎三王之盛，而文章不能革五代之余习。后百有余年，韩、李之徒出，然后元和之文始复于古。②

"不能革五代之余习"是欧阳修对太宗文章的概括式评价；宋王应麟在《困学纪闻》卷十四"史考"条则借他人之口，有类似欧阳修语但更为细致的评价：

> 郑毅夫谓："唐太宗功业雄卓，然所为文章纤靡浮丽，嫣然妇人小儿嘻笑之声，不与其功业称。甚矣，淫辞之溺人也。"神宗圣训亦云："唐太宗英主，乃学庾信为文。"（原注：《温泉铭》《小山赋》之类可见）③

---

① 袁行霈主编：《中国文学史》（第二卷），高等教育出版社 2003 年版，第 242 页。
② 《欧阳修全集》，中华书局 2001 年点校本，第 614 页。
③ （宋）王应麟撰，（清）翁元圻等注：《困学纪闻》（全校本），上海古籍出版社 2008 年点校本，第 1590 页。

　　从王氏的引述可知，"纤靡浮丽""学徐庾为文"为人们对太宗文章的评价；且据上文已知，太宗甚至有过"戏作艳诗"的经历，这种有意为之的行为，足以反映出他对六朝作品的喜爱。

　　总之，虽然唐初时人们在观念上认清了齐梁文风的弊端，并在批判中建立了一种新的文学理念，但在实际创作与欣赏中仍蹈袭旧文风不能自拔，在旧习俗与企图改变文学风气观念的冲突中，导致了初唐人对宫体诗及宫体诗人表里不一的态度。《玉台新咏》作为一部文学总集，流传至唐代，就无可避免地要纳入当时的文学评判体系中，而时人在当时文学观念的影响下，对主要收录宫体诗的诗集——《玉台新咏》的态度，当与对待宫体诗的态度具有一致性：一方面，因其中所收多为时人所喜闻乐见的宫体诗作，私下为人们所喜爱；另一方面，迫于舆论压力，公开谈论时对《玉台新咏》又应大力贬斥。

三　《玉台新咏》与史书之"曲笔"

　　既然唐初修史体现的是官方的意识形态，并非撰史者观点的自由表达，那么假设在修史时涉及《玉台新咏》，以时人对待宫体诗的特殊态度，对《玉台新咏》如何评价实际已有定论，即应对其进行批判。庾信因诗文风格浮艳被讥为"词赋之罪人"，而对于徐陵这种不仅写作艳诗，还专门从事搜集传播的做法是尤应予以否定的，因为这无异于公开鼓励、提倡这种文风，在唐初是"罪莫大焉"的行为。姚氏撰史时之所以没有提及徐陵编撰《玉台新咏》之事，当是受这种观念的无形制约。进而言之，徐陵编书之事不见于《梁书》《陈书》，为姚思廉不愿在传于后世的史书中对徐陵进行批评，从而采取回避的态度来对待此问题，是为徐陵曲笔隐讳的结果。

中国撰史历来有"曲笔"一说，所谓"曲笔"，是指修史者在撰写史书的过程中为当权者或有私交者，有意隐瞒、曲折历史真相的做法。《梁书》《陈书》是初唐大修前代史的产物，对于唐初修史的利弊，稍后的唐代史学家刘知几对其已有清醒认识，其《史通》卷七《曲笔》篇云：

> 自梁、陈已降，隋、周而往，诸史皆贞观年中群公所撰。近古易悉，情伪可求。至如朝廷贵臣，必父祖有传，考其行事，皆子孙所为，而访彼流俗，询诸故老，事有不同，言多爽实。①

这是唐初所修诸史成书的大环境，虽然姚氏二史以其语言洗练为后世史评者称赏，但也没有摆脱此种弊端。姚思廉所撰二史多曲笔，已为后世学者诟病。就《梁书》而言，清赵翼《廿二史札记》卷九"《梁书》悉据国史立传"条曾直言不讳地指出：

> 《梁书》本姚察所撰，而其子思廉续成之。（原注：说见前。）今细阅全书，知察又本之梁之国史也。各列传必先叙其历官，而后载其事实，末又载饰终之诏，此国史体例也。有美必书，有恶必为之讳。如昭明太子以其母丁贵嫔薨，武帝葬贵嫔地不利于长子，昭明听墓工言，埋蜡鹅等物以厌之，后事发，昭明以忧惧而死（原注：见《南史》及《通鉴》），而本传不载。临川王宏统军北伐，畏魏兵不敢进，军政不和，遂大溃，弃甲投戈，填满山谷，丧失十之八九。此为梁朝第一败衄之事，（原注：见《南史》及《通鉴》。）而本传但云征役久，有诏班师，遂退还，绝无一字及溃败之迹。他如郗皇后之妒，徐妃之失德，永兴公主之淫逆，

---

① （唐）刘知几撰，（清）浦起龙释：《史通通释》，上海古籍出版社1978年版，第198页。

一切不载。①

关于《陈书》，《廿二史札记》卷九则有"陈书多避讳"条专揭此弊：

> 《陈书》于武帝之进公爵，封十郡，加九锡，进王爵，封二十郡，建天子旌旗，以及梁帝禅位逊于别官，陈武奉梁主为江阴王，行梁正朔，次年，江阴王薨，丧葬如礼，一一特书，绝不见有逼夺之迹。此固仿照前史格式，当时国史本是如此，姚察父子固不能特变其体也。第本纪所讳者，恃有列传散见其事。乃衡阳王昌，本武帝子，陷于周未回，武帝崩，从子文帝即位，而昌始归，文帝使侯安都往迎，而溺之于江。（原注：见《南史》）本纪既但书衡阳王昌薨。而《昌传》亦但书济江，中流船坏，以溺薨，即《侯安都传》亦但云昌济汉而薨，（原注：《南史·昌传》则谓，济江于中流陨之，使以溺告。）初不见有被害之迹也。始兴王伯茂乃废帝伯宗之弟，与伯宗同居宫中，伯宗为宣帝所废，伯茂出就第，宣帝遣盗殒之于途。《陈书·伯茂传》但谓路遇盗，殒于车中，亦隐约其词，不见被害之迹也。不特此也，刘师知为陈武害梁敬帝，入宫诱帝出，帝觉之，绕床而走，曰："师知卖我。"师知执帝衣，行事者加刃焉。（原注：见《南史》）此则师知弑逆之罪上通于天，何得曲为之讳。乃《陈书·师知传》绝无一字及之，但叙其议大行灵前侠御不宜吉服一疏，并载沈文阿、徐陵、谢岐、蔡景历、刘德藻等各议，共三千余字，敷演成篇，以见师知议礼之独精，此岂非曲为回护邪？又如虞寄本梁臣，侯景之乱，遁回乡里，流寓晋安，陈宝应厚待之，梁元帝除寄中书侍郎，宝应留不遣。后陈武代梁，宝应有异志，寄惧祸及，不受

---

① （清）赵翼撰，王树民校证：《廿二史札记校证》，中华书局1984年版，第192页。

其官，尝居东山，著居士服。此不过知几能远害耳，其于陈武未尝有君臣之分也。若以报韩为心，正应佐宝应拒陈武，乃反为书劝宝应臣于陈武，书中并称陈武曰主上，曰今上，以自托于班彪《王命论》。试思彪本汉臣，故宜归心于汉，寄非陈臣，何必预附于陈？当其不仕宝应，尚不失为洁身远害，及其推戴陈武，适形其望风迎合而已。而《陈书》专以此为寄立传，且详载其书千余字，欲以见其卓识高品。亦思寄之于陈武有何分谊，而汲汲推奉耶？盖姚察父子本与刘师知及寄兄荔同官于陈，入隋又与荔之子世基、世南同仕，遂多所瞻徇，而为之立佳传也。《南史》于《师知》传明书其事，洵为直笔；而《寄传》亦全载其劝宝应之书，又无识甚矣。①

赵翼在分析《梁书》《陈书》多避讳的原因时指出，这里不但有承袭旧文、囿于国史体例的客观原因；在"陈书多避讳"中更是结合姚氏父子的身世，指出还可能有出于私交主动为传者回护的主观因素。赵氏将《陈书》回避刘师知弑君事，以及虞寄传记多溢美之词的原因归为"姚察父子本与刘师知及寄兄荔同官于陈，入隋又与荔之子世基、世南同仕，遂多所瞻徇，而为之立佳传"，是非常有说服力的。

姚思廉的父亲姚察曾与徐陵同朝为官，两家有着深厚的家世渊源。据姚思廉《陈书》卷二十七《姚察传》追述：

> 永定初，拜始兴王府功曹参军，寻补嘉德殿学士，转中卫、仪同始兴王府记室参军。吏部尚书徐陵时领著作，复引为史佐，及陵让官致仕等表，并请察制焉，陵见叹曰："吾弗逮也。"②

---

① （清）赵翼撰，王树民校证：《廿二史札记校证》，中华书局1984年版，第197—198页。

② （唐）姚思廉：《陈书》，中华书局1972年标点本，第348页。

知徐陵作为姚思廉父亲姚察的上级，对乃父有提携之恩。《姚察传》又载：

> （姚察）迁尚书祠部侍郎。此曹职司郊庙，昔魏王肃奏祀天地，设宫县之乐，八佾之舞，尔后因循不革。梁武帝以为事人礼缛，事神礼简，古无宫县之文。陈初承用，莫有损益。高宗欲设备乐，付有司立议，以梁武帝为非。时硕学名儒、朝端在位者，咸希上旨，并即注同。察乃博引经籍，独违群议，据梁乐为是，当时惊骇，莫不惭服，仆射徐陵因改同察议。①

姚思廉记述此事，意在标榜其父姚察的才华与能力，却间接地透露了徐陵对姚察的欣赏，表明了作为上下级，二人关系较为和睦。仍据《姚察传》：

> 徐陵名高一代，每见察制述，尤所推重。尝谓子俭曰："姚学士德学无前，汝可师之也。"尚书令江总与察尤笃厚善，每有制作，必先以简察，然后施用。总为詹事时，尝制登宫城五百字诗，当时副君及徐陵以下诸名贤并同此作。徐公后谓江曰："我所和弟五十韵，寄弟集内。"及江编次文章，无复察所和本，述徐此意，谓察曰："高才硕学，庶光拙文，今须公所和五百字，用偶徐侯章也。"察谦逊未付，江曰："若不得公此制，仆诗亦须弃本，复乖徐公所寄，岂得见令两失。"察不获已，乃写本付之。②

此段记述表明，徐陵与姚察不特为上下级关系，徐陵还对姚察的人品学问褒奖有加，而且与之私下过往甚密。从引文中记述江总在编

---

① （唐）姚思廉：《陈书》，中华书局 1972 年标点本，第 349 页。
② 同上书，第 354 页。

辑自己诗集时，执意要把姚察与徐陵的唱和之作一并收入的情况来看，徐、姚二人在文学创作上亦有交集。

在姚思廉所撰的篇幅不长的《姚察传》中，徐陵作为与姚察父子有关联之人凡三现，这些直接或间接的记述足以揭示两家的密切关系，作为晚辈的姚思廉，对父辈的徐陵定也是尊敬有加的。姚氏父子所编《梁》《陈》二史既有为有利害关系之人曲笔立传的特点，在撰史时对他的一些不光彩的行为隐而不书亦属自然。事实上，《陈书》的记载已清楚地呈现了姚思廉的这种倾向性，具体表现如下。

其一，姚思廉对徐陵两次遭遇弹劾经历的书写。

徐陵在梁代曾有被弹劾的经历，据《陈书》卷二十六《徐陵传》载：

> （徐陵）出为上虞令，御史中丞刘孝仪与陵先有隙，风闻劾陵在县赃污，因坐免。[①]

以姚、徐两家的关系，姚思廉应对此事的来龙去脉有所了解，然而此处却一笔带过，对事件细节无所交代，其起因则说成"刘孝仪与陵先有隙"，意为刘孝仪因私人恩怨而弹劾徐陵，话语倾向性明显偏向于徐陵。

此外，徐陵在陈代还有一次被弹劾的经历。据《南史》卷六十一《陈庆之传》附"陈暄传"载：

> 陈天康中，徐陵为吏部尚书，精简人物，缙绅之士皆响慕焉。暄以玉帽簪插髻，红丝布裹头，袍拂踝，靴至膝，不陈爵里，直上陵坐。陵不之识，命吏持下。暄徐步而出，举止自若，竟无怍容。作书谤陵，陵甚病之。[②]

---

① （唐）姚思廉：《陈书》，中华书局1972年标点本，第325页。
② （唐）李延寿：《南史》，中华书局1975年标点本，第1503页。

徐陵曾就此事写信向人倾述：

> 吾伏事天朝，本非旧隶，殿下殊恩，远垂荐拔。故常战战慄慄，甘心痛谨，庶其愚老，无负明据。近者既据台辖，唯务奉公。去年正月十五日，尚书官大朝，元凯既集，丞郎肃然。忽有陈庆之儿陈暄者，帽簪钉额，绦布裹头，虏袍通踝，胡靴至膝，直来郎座，遍相排抱。或坐或立，且歌且咏。吾即呼舍吏责列，不答而走，反为憾恚，妄相陷辱。至六月初，遂作盲书，便见诬谤，圣朝明鉴，悉知虚罔。唯云吾取徐枢为台郎，南司检问，了不穷推，承训劾为信言，致成堕免。此事冤枉，天下所无。①

此段文字为徐陵《与顾记室书》中的内容，据许逸民先生考察，篇题中的"顾记室"为顾野王，徐陵在信中痛陈其与陈暄结怨经过及被诬告免职的来龙去脉，其时顾为鄱阳王陈伯山记室，徐陵写信的目的是希望通过顾氏转请鄱阳王在皇帝面前为自己洗刷冤屈。② 从徐陵的自述来看，这件事确曾发生无疑，《南史》所载灼然可信；然而《陈书》徐陵本传却对此事只字未提。

南朝社会对个人声誉极为看重，如若遭遇弹劾，无论是否属实，对个人声誉都是一种破坏，从而影响仕途的发展，甚至造成更为严重的后果。关于这一点，我们已在本书第二章中详细论述，兹不复述。这种观念概在唐代仍有延续，所以姚思廉在处理徐陵的两次遭遇时，一次避重就轻，以私人恩怨为由一笔带过，另一次则干脆避而不提。

其二，对徐陵谥号的记述。

《陈书》卷二十六《徐陵传》记述了徐陵死后得谥一事，其文曰：

> （徐陵）至德元年卒，时年七十七。诏曰："慎终有典，抑乃旧

---

① （南朝陈）徐陵撰，许逸民校笺：《徐陵集校笺》，中华书局 2008 年版，第 936 页。
② 同上书，第 934—936 页。

> 章，令德可甄，谅宜追远。侍中、安右将军、左光禄大夫、太子少傅、南徐州大中正建昌县开国侯陵，弱龄学尚，登朝秀颖，业高名辈，文曰词宗。朕近岁承华，特相引狎，虽多卧疾，方期克壮，奄然殒逝，震悼于怀。可赠镇右将军、特进，其侍中、左光禄、鼓吹、侯如故，并出举哀，丧事所须，量加资给。谥曰章。”①

据姚思廉所记，徐陵死后赐谥曰“章”，据宋苏洵《谥法》载：“法度明大曰章。敬慎高亢曰章。出言有文曰章。”② 可知“章”为美谥。然而，同一事在《南史》则有不同的记述，据《南史》卷六十二《徐摛传》附“徐陵传”载：

> （徐陵）至德元年卒，年七十七，诏赠特进。初，后主为文示陵，云他人所作。陵嗤之曰：“都不成辞句。”后主衔之，至是谥曰章伪侯。③

李延寿指出，徐陵死后所得谥号为“章伪”。据郑樵《通典》卷四十六《谥略第一》：

> 下谥法：野、夸、躁、伐、荒、炀、戾、刺、虚、荡、墨、僁、亢、千、褊、专、轻、苛、介、暴、虐、愎、悖、凶、慢、忍、毒、恶、残、奰、攘、顽、昏、骄、酗、湎、侥、狃、侈、惑、靡、溺、伪、妄、讟、谄、诬、诈、谲、讻（威按：或为“讪”之讹）、诡、奸、邪、慝、蛊、危、圮、懦、挠、覆、败、戮、疵、饕、费——右六十五谥，用之歼夷焉，用之小人焉。④

---

① （唐）姚思廉：《陈书》，中华书局1972年标点本，第334页。

② （宋）苏洵：《谥法》，曾枣庄、舒大刚主编《三苏全书》，语文出版社2001年版，第293页。

③ （唐）李延寿：《南史》，中华书局1975年标点本，第1525页。

④ （宋）郑樵编：《通志》，中华书局1987年版，第604页下栏。

在《谥略》篇中，郑樵将谥法用字分为"上谥法""中谥法""下谥法"，其中"伪"为"下谥法"六十五个用字之一，并明确指出为"用之奸夷""用之小人"之字。其后，郑樵进一步解释说：

> 取其诒，取其伪，取其譑，取其妄，取其诬，取其诈，取其谤，取其讪，取其诡，取其奸，取其邪，取其慝，取其蛊，所以待奸回。①

认为"伪"字为"奸回"之人的谥法用字。从以上两段引文可知，作为谥法，"伪"为恶谥无疑。李延寿《南史》梁、陈部分主要参照《梁书》《陈书》删削而成，如果没有可靠材料，李延寿当不会贸然做出这样的修改。去世后皇帝以恶谥赐之，在中国古代是极为不光彩之事，概姚氏不欲彰显此事，所以在《陈书》本传中略去"伪"字仅载徐氏谥号曰"章"，亦为替徐陵隐恶的结果。

其三，对待徐陵与其他宫体诗人的态度。

受初唐修史大环境的影响，姚思廉对宫体作品是持批评态度的，对宫体诗人也多有批评之语。如《梁书》卷四《简文帝纪》"史臣曰"：

> 太宗幼年聪睿，令问凤标，天才纵逸，冠于今古。文则时以轻华为累，君子所不取焉。②

姚氏认为萧纲的文章风格"轻华"，为"君子所不取"，语带讥讽。姚思廉在《陈书》中对江总的文学创作也进行了评价，《陈书》卷二十七《江总传》云：

> 总笃行义，宽和温裕。好学，能属文，于五言七言尤善；然伤于

---

① （宋）郑樵编：《通志》，中华书局 1987 年版，第 605 页上栏。
② （唐）姚思廉：《梁书》，中华书局 1973 年标点本，第 109 页。

浮艳，故为后主所爱幸。多有侧篇，好事者相传讽玩，于今不绝。①

姚思廉认为，江总的文学创作"伤于浮艳"。实际上，与二人相比，徐陵文学创作这方面的属性有过之而无不及。据《周书》卷四十一《庾信传》载：

> 摛子陵及信，并为抄撰学士。父子在东宫，出入禁闼，恩礼莫与比隆。既有盛才，文并绮艳，故世号为徐、庾体焉。当时后进，竞相模范。每有一文，京都莫不传诵。②

据引文，徐摛、徐陵、庾肩吾、庾信四人的文学创作，由于"文并绮艳"而闻名于世，被世人称为"庾信体"，在当时极具影响力，而这种"绮艳"的作品当属于宫体诗范畴。

据姚思廉《陈书》卷二十六《徐陵传》的记载，徐陵的作品"后逢丧乱，多散失，存者三十卷"③，说明徐陵诗文在姚氏修史前虽有大量亡佚，但仍可见者有三十卷。《隋书·经籍志》载"陈尚书左仆射《徐陵集》三十卷"④，《旧唐书·经籍志》载"《徐陵集》三十卷"⑤，《新唐书·艺文志》载"《徐陵集》三十卷"⑥，这些著录表明，隋唐时期徐陵诗文仍存三十卷，姚氏所记属实。北宋王尧臣《崇文总目》卷五《别集类一》载"《徐陵文集》二卷"⑦；南宋陈振孙《直斋书录解题》卷十九《诗集类上》录"《徐孝穆集》一卷"，解题云："陈太子太傅东汉徐陵孝穆撰。本传称其文丧乱散失，存者二十卷（威按：今

---

① （唐）姚思廉：《陈书》，中华书局 1972 年标点本，第 347 页。
② （唐）令狐德棻等：《周书》，中华书局 1983 年标点本，第 733 页。
③ （唐）姚思廉：《陈书》，中华书局 1972 年标点本，第 335 页。
④ （唐）魏徵、令狐德棻：《隋书》，中华书局 1973 年标点本，第 1080 页。
⑤ （后晋）刘昫：《旧唐书》，中华书局 1975 年标点本，第 2072 页。
⑥ （宋）欧阳修、宋祁：《新唐书》，中华书局 1975 年标点本，第 1596 页。
⑦ （宋）王尧臣等编次，（清）钱东垣等辑释：《崇文总目》，《丛书集成初编》本，第 341 页。

本《陈书·徐陵传》作'三十卷')。今惟诗五十余篇。"① 据上可知，《徐陵集》三十卷在五代宋初已亡失殆尽，王尧臣编《崇文总目》所见《徐陵文集》二卷，陈振孙所见《徐孝穆集》一卷，当为后人裒辑而来；今日所见徐陵作品集，则为明清以后学者抄撮群书、重新搜集的辑佚之作。② 以诗歌为例，逯钦立《先秦汉魏晋南北朝诗》中仅辑有徐陵诗 42 首，就存世数量而言，今日所见与南朝，乃至隋唐时期已不可同日而语。即便如此，据学者统计，在徐陵存世的这 42 首诗歌当中，仍有 30％为艳体诗③。例如《乌栖曲二首》其一云：

　　卓女红妆期此夜，胡姬沽酒谁论价。风流荀令好儿郎，偏能傅粉复薰香。④

其二：

　　绣帐罗帏隐灯烛，一夜千年犹不足。唯憎无赖汝南鸡，天河未落犹争啼。⑤

又如《杂曲》：

　　倾城得意已无俦，洞房连阁未消愁。宫中本造鸳鸯殿，为谁新起凤凰楼。绿黛红颜两相发，千娇百态情无歇。舞衫回袖胜春风，隔扇当窗似秋月。碧玉宫妓自翩妍，绛树新声最可怜。张星旧在天河上，从来张姓本连天。二八年时不忧度，旁边得宠谁相妒。立春历日自当新，正月春幡底须故。流苏锦帐挂香囊，织成

---

① （宋）陈振孙：《直斋书录解题》，上海古籍出版社 1987 年版，第 556 页。
② 关于徐陵诗文集的流传情况，参考了许逸民《徐陵集校笺》的研究成果。参见（南朝陈）徐陵撰，许逸民校笺《徐陵集校笺·前言》，中华书局 2008 年版，第 13 页。
③ 周建渝：《也评"宫体诗"和〈玉台新咏〉》，《四川师范大学学报》1987 年第 4 期，第 71 页。
④ （南朝陈）徐陵撰，许逸民校笺：《徐陵集校笺》，中华书局 2008 年版，第 57 页。
⑤ 同上。

罗幔隐灯光。只应私将琥珀枕，暝暝来上珊瑚床。①

以上三首都是典型的宫体诗作。实际上，徐陵在《玉台新咏》卷七中收录的自己的四首诗歌，从风格上也均可视为宫体之作。四首诗歌除上文已引《为羊兖州家人答饷镜》外，尚有《走笔戏书应令》：

此日乍殷勤，相嫌不如春。今宵花烛泪，非是夜迎人。舞席秋来卷，歌筵无数尘。曾经新代故，那恶故迎新。片月窥花簟，轻寒入帔巾。秋来应瘦尽，偏自著腰身。②

又有《奉和咏舞》：

十五属平阳，因来入建章。主家能教舞，城中巧但妆。低鬟向绮席，举袖拂花黄。烛送边影，衫传铃里香。当关好留客，故作舞衣长。③

以及《和王舍人送客未还闺中有望》：

倡人歌吹罢，对镜览红颜。拭粉留花称，除钗作小鬟。绮灯停不灭，高飞掩未关。良人在何处？惟见月光还。④

在这种情况下，由于徐陵诗歌在隋唐以前存世较今日为多，其诗作的宫体属性无疑比今天体现得更为明显。然而，姚思廉在《陈书·徐陵传》中语及徐陵文学创作风格时，仅以"颇变旧体，缉裁巧密"⑤一语概过，对其写作并提倡宫体诗的行为视若无睹，更无一字批评之

① （南朝陈）徐陵撰，许逸民校笺：《徐陵集校笺》，中华书局 2008 年版，，第 73 页。
② （南朝陈）徐陵编，（清）吴兆宜注，程琰删补：《玉台新咏笺注》，中华书局 1985 年点校本，第 356 页。
③ 同上。
④ 同上书，第 357 页。
⑤ （唐）姚思廉：《陈书》，中华书局 1972 年标点本，第 335 页。

语；姚氏对徐陵的态度与对待其他宫体诗人的态度迥异，为徐陵回护的痕迹明显。

种种迹象表明，姚思廉确有因私人关系，在其所修史书中有意为徐陵曲笔隐恶之嫌。

四 小结

《玉台新咏》为何不见于姚思廉所撰《梁书》《陈书》，一直以来是困扰学者的一个问题。若将此现象放在初唐修史与文学活动大环境中，结合徐陵与姚思廉两家的家世渊源去考察其形成原因，似可得到合理的解释。

初唐文学观念与文学实践是一个对立统一的矛盾体，在这一时期，人们私下喜爱六朝绮靡文风；但时人在公开谈论这种文风时，又须持批评态度。《玉台新咏》所为一部宫体诗集，若将其纳入唐初文学评判视野，必然是要对其进行批评的。在这种情况下，如果姚思廉在其修撰的《梁书》《陈书》中提及徐陵编书一事，必然要对其从事搜集、传播宫体诗的行为进行批判。姚氏对徐陵的文章可以笼统地给予"颇变旧体，缉裁巧密"的好评；但《玉台新咏》作为一部主要收录宫体诗的文学总集，从唐初修史思想导向上看，其性质是不容改变的，纳入史书评价体系中，对它及其编者要持批评的态度也是必然。这是与徐陵有着极深家世渊源、作为其晚辈的姚思廉所不愿意做的。因此，姚思廉在编撰《梁书》《陈书》时，出于为徐陵隐恶的目的，为之曲笔而故意回避其编撰《玉台新咏》一事。

第八章

《玉台新咏》收录、失录诗人
难解现象索解

《玉台新咏》成书于梁代，为徐陵所编。然而，从书中收录或失录的某些诗人的情况看，上述结论似乎难以成立。为研究者所注意到的有：其一，既然《玉台新咏》为徐陵所编，徐陵为何在该书卷八自己诗作署名上自称字作"徐孝穆"？其二，既然徐陵为此书的编者，其父徐摛又为宫体诗的代表性人物，徐陵为何在《玉台新咏》中对自己父亲的作品一篇不录？其三，既然徐陵曾被刘孝仪弹劾，以南朝遭人弹劾的严重后果及影响看，徐陵又为何在《玉台新咏》中收录其仇人刘孝仪的诗作？正因为存在以上诸多疑点，学者或据之否定徐陵对《玉台新咏》的编著权，或以之怀疑《玉台新咏》的成书时间，造成了很大的混乱。

我们认为，结合《玉台新咏》为徐陵遭劾免官后所编这一历史背景去考察以上问题，这三处颇难索解的现象似均可得到合理解释，以下尝试为之。

一 《玉台新咏》徐陵署名"徐孝穆"解

《玉台新咏》卷八录徐陵诗歌四首,其目录署作"徐孝穆杂诗四首",正文诗作之前署名"徐孝穆"。"孝穆"为徐陵字,按古人称谓习惯,由于称字有表敬之意,自称时一般不使用。既然《玉台新咏》为徐陵所编撰,那么此现象就属于徐陵自称其字。因此,这一署名成为困扰古今学者的问题。对此学界一般的解释为,"徐孝穆"的署名为后人所改题;至于原因,曹道衡解释为"称字不称名,以示尊重之意"①,这一解说也代表了大多数学者的观点。但笔者对此表示怀疑,因为诚如是说,《玉台新咏》卷十何曼才《为徐陵伤妾诗》对徐陵称名不称字的前后不一的做法,就无法得到合理解释了。我们认为,既然这一现象涉及古人称谓,欲解决问题也应从古人称谓的用法与习惯入手。

1. 称字的一般用法与特殊用法

字,东汉徐慎《说文解字》曰:"字,乳也,从子在宀下,子亦声。"②"乳"字,许慎则解释为"人及鸟生子曰乳"③。可见,"字"的本义为生育、孕育之义。"字"被用作人物称谓的指称词,大概是因字有衍生之意而取形象的说法,意为"字"为古人成年后由名衍生出的另一谓称。据《礼记·曲礼上》载:

---

① 曹道衡:《关于〈玉台新咏〉的版本及编者问题》,人民文学出版社古典文学编辑室编《中国古典文学论丛》(第二辑),人民文学出版社 1985 年版,第 309 页。

② (汉)许慎撰,(宋)徐铉校订:《说文解字》,中华书局 1963 年版,第 310 页。

③ 同上书,第 246 页。

男子二十，冠而字。父前子名，君前臣名。女子许嫁，笄而字。①

说明男子成人、女子出嫁时就应有字了。一般认为，"字"在周代已开始使用，但最初大概只限于贵族和知识分子中间，后来逐渐普及平民阶层，成为古代社会生活中极为常用的称谓，并在人际交往中发挥着重要作用。

那么，"字"又是在什么情况下使用呢？《仪礼·士冠礼》曰："冠而字之，敬其名也。"②据《仪礼》所记，人在成年以后加字，目的是要"敬其名"。《仪礼》作为记述社会典章规范的最重要的儒家经典，一直以来被古人奉为约束行为规范之圭臬，所以这一礼制一直为后人所遵守并逐渐严格起来。后世学者多有对《仪礼》所记规范阐释发挥者，如东汉郑玄在解释《礼记·冠义》"已冠而字之，成人之道也"句时说："字，所以相尊也。"③唐孔颖达在解释《礼记·檀弓上》"幼名，冠字"一句时，更是详尽地解释了称字表敬的原因："'幼名冠字'者，名以名质，生若无名，不可分别，故始生三月而加名，故云'幼名'也。'冠字'者，人年二十，有为人父之道，朋友等类不可复呼其名，故冠而加字。"④孔氏在交代名与字的关系的同时，指出称字的适用人群为"朋友等类"。唐颜师古《匡谬正俗》卷六"名字"条则有详尽的论述：

名以正体，字以表德。《礼》云："子生三月，父始孩而名

---

① （汉）郑玄注，（唐）孔颖达等正义：《礼记正义》，（清）阮元校刻《十三经注疏》，中华书局1980年版，第13页下栏。

② （汉）郑玄注，（唐）贾公彦疏：《仪礼注疏》，（清）阮元校刻《十三经注疏》，中华书局1980年版，第14页下栏。

③ （汉）郑玄注，（唐）孔颖达等正义：《礼记正义》，（清）阮元校刻《十三经注疏》，中华书局1980年版，第451页下栏。

④ 同上书，第58页中栏。

之""男子二十冠而字"，故知先名而后字也。又云："父前子名，君前臣名，子于父母则自名。"据此益知常所称者是名，非举字也。孔子大圣，言必称名，"丘闻有国有家者""丘亦耻之""丘未达""不如丘之好学也"，此盖与弟子等言，未有称仲尼者。其七十弟子及春秋卿大夫固并称名，亦不可胜载。至如汉高祖之潜丰沛，人皆谓之"刘季"，项羽之都彭城，举俗呼为"项羽"，若其自称，则云："今邦之业所就孰与仲多？""皆将相诸君与籍力也。"爰种说其季父盎云："丝能日饮。"霍显令淳于衍杀许后云："我亦欲报少君。"此皆举字以相崇尚，名则其自称也。历观古人通人高士，言辞著于篇籍，笔迹存乎纸素。在身自述，必皆称名；他人褒美，则相呼字。《传》曰："周人以讳事神，名，终将讳之。"不言讳字也。王父字或以为族，不得用名也，考诸典故，称名为是。①

结合前人关于名与字的论述，古人在使用名和字时的一般规律可归纳为：古人在同辈之间相互称字，有表示尊敬对方的含义；相应地，如果对同辈或长辈尊者指名道姓，或直呼其名则被视为无礼之举；自称时一般称名不称字，即使是长辈对晚辈、上级对下级或尊者对卑者也是如此。名与字的这种使用规则为古人广泛遵守，史料记载中俯拾即是，极为普遍。如《陈书》卷二十六《徐陵传》载：

> 史臣曰："徐孝穆挺五行之秀，禀天地之灵，聪明特达，笼罩今古。及缔构兴王，遭逢泰运，位隆朝宰，献替谋猷，盖亮直存矣。"②

这里的"史臣"为姚思廉，作为徐陵的晚辈，他在称呼徐陵时不

---

① （唐）颜师古：《匡谬正俗》，《丛书集成初编》本，第73—75页。
② （唐）姚思廉：《陈书》，中华书局1972年标点本，第339页。

称名而称其字作"徐孝穆"的做法，属于称字表敬的用法。刘勰《文心雕龙》、钟嵘《诗品》在论及诗人时往往多称其字，也属于这种用法。然而，除了"称字表敬"这种普遍用法外，"字"还有一种特殊用法，打破了这一规律，值得我们注意。

与称字通常用法相矛盾的是，长辈对晚辈、自称时也可以称字。这种用法虽然稀见，但在文献中也偶见记载，并可从材料中归纳出这一用法的特殊功用：当一个人处于某种激烈的情绪状态时，可以采用称对方字（长辈对晚辈）或自称字来宣泄这种情绪。如《三国志》卷一《魏书·武帝纪》注引《魏武故事》载曹操建安十五年（公元210年）令文曰：

> 孤祖父以至孤身，皆当亲重之任，可谓见信者矣，以及子桓兄弟，过于三世矣。[1]

"子桓"为曹丕字，曹操作为父辈称之有标榜曹氏兄弟之意。又同书卷三十六《蜀书·关张马黄赵传第六》载：

> 先主背曹公依袁绍、刘表。表卒，曹公入荆州，先主奔江南。曹公追之，一日一夜，及于当阳之长阪。先主闻曹公卒至，弃妻子走，使飞将二十骑拒后。飞据水断桥，瞋目横矛曰："身是张益德也，可来共决死！"敌皆无敢近者，故遂得免。[2]

"益德"为张飞字，他在断桥之上情绪亢奋，这时自称字兼有自我标榜与愤怒之意。

又如《世说新语》卷上《德行第一》载：

> 陈元方子长文，有英才，与季方子孝先各论其父功德，争之

---

① （晋）陈寿：《三国志》，中华书局1959年标点本，第33页。
② 同上书，第943页。

不能决。咨之太丘，太丘曰："元方难为兄，季方难为弟。"①

陈寔子陈纪字元方、侄陈谌字季方，他们的儿子在陈寔面前争论父亲功德，他很不高兴，这时称子、侄之字有责备他们疏于教子之意。又同书卷中《方正第五》载：

> 王文度为桓公长史时，桓为儿求王女，王许咨兰田。既还，兰田爱念文度，虽长大，犹抱著膝上。文度因言桓求已女婚。兰田大怒，排文度下膝，曰："恶见文度已复痴，畏桓温面，兵，那可嫁女与之！"②

王述（字兰田）在训斥儿子王坦之（字文度）时称其字表达了他的愤怒之情。

再如《历代名画记》卷一《叙画之兴废》载：

> 侯景之乱，太子纲数梦秦皇更欲焚天下书，既而内府图画数百函，果为景所焚也。及景之平，所有画皆载入江陵，为西魏将于谨所陷，元帝将降，乃聚名画法书及典籍二十四万卷，遣后阁舍人高善宝焚之，帝欲投火俱焚，宫嫔牵衣得免。吴越宝剑，并将斫柱令折，乃叹曰："萧世诚至于此。儒雅之道，今夜穷矣！"③

萧绎字世诚，此时自称字表达了自己绝望、痛苦的心情。

通过以上的实例我们发现，采用自称字来表达个人激烈的情绪时，其具体用法为：称晚辈字时有标榜、责备对方之意；自称时则为绝望、愤怒、郁闷等情绪的表达。这种称字的用法虽较为特殊，但也

---

① （南朝宋）刘义庆撰，徐震堮校笺：《世说新语校笺》，中华书局 1984 年版，第 6 页。
② 同上书，第 189 页。
③ （唐）张彦远撰，俞剑华注释：《历代名画记》，上海人民美术出版社 1964 年版，第 8—9 页。

并非没有根源。从上述例子可以看出，其概为"称字表敬"用法的反用和引申，即由于称字表敬，称晚辈字或自称字自然可用于标榜别人或自己，从而表达某种激烈的情绪。从现存史料来看，称字的这种用法使用并不广泛，但作为一种确实存在的称谓方式，了解此点对解决本节问题具有关键作用。

2. 自称字与徐陵免官经历

由于称字为表敬的含义，在古人称谓中，自称一般用谦称，而不用敬称。徐陵作为《玉台新咏》的编者，如果在目录及正文中将自己称谓署为"徐孝穆"，实际为自称字，这与称字的一般用法不符，以致学者对这一现象存在疑问。然而，如上所论，自称字有其特殊的用法与含义。如果我们从这一角度来考虑此问题，《玉台新咏》卷八徐陵称字、卷十何曼才《为徐陵伤妾诗》却称名的做法，便可做出合理解释了。

《玉台新咏》卷八徐陵作"徐孝穆"当出于徐陵自署，其用意即我们所说"为表达某种激烈的情绪而自称字"。前文已详，徐陵在编撰《玉台新咏》之前曾遭遇弹劾免官事件，此事徐陵在《〈玉台新咏〉序》、"玉台新咏"书名含义等处已屡次暗示。此处则为徐陵又一次对不满情绪的隐晦宣泄，是在用自称字的方式表达自己的郁闷之情；而书中所收《为徐陵伤妾诗》由于为他人作品，是他人对自己的称呼，就不存在这一层含义，所以徐陵没有改为己字。

二 《玉台新咏》不录徐摛诗解

徐陵所编撰的《玉台新咏》为一部以收录宫体诗为主的文学总集。徐摛为宫体诗风的引领者，同时又是徐陵的父亲，正常来说徐陵在编撰《玉台新咏》时应当收录其诗作。然而，实际的情况却是，徐摛诗在该书中曾不一见，让人颇感疑惑。兴膳宏就感慨道："《玉台》不选录徐摛的诗仍然是一个奇妙的问题。"① 有学者试图对这一现象给出解释，如刘跃进认为《玉台新咏》成书于陈代，由于徐摛的文集很可能在江陵之乱的两次毁书中消亡，徐陵编辑《玉台新咏》时已无从收录，所以只能付之阙如，并认为"这是此集不收徐摛诗歌唯一可能的解释"。② 刘先生所说"江陵之乱"指西魏攻陷江陵、梁元帝被杀之事，此事发生在梁元帝承圣三年（公元 554 年）。上文已论，《玉台新咏》成书于大同二年（公元 536 年）至大同三年（公元 537 年）间，也就是说，徐陵编书时此事尚未发生，所以我们认为这一说法难以成立。

也有学者认为，徐陵这一做法是受"宫体事件"影响而为。此事见《梁书》卷三十《徐摛传》：

> 摛文体既别，春坊尽学之，"宫体"之号，自斯而起。高祖闻之怒，召摛加让，及见，应对明敏，辞义可观，高祖意释。因问《五经》大义，次问历代史及百家杂说，末论释教。摛商较纵横，应答如响，高祖甚加叹异，更被亲狎，宠遇日隆。领军朱异不说，谓所亲曰："徐叟出入两宫，渐来逼我，须早为之所。"遂承间白高祖曰："摛年老，又爱泉石，意在一郡，以自怡养。"高祖谓摛欲之，乃召摛曰："新安大好山水，任昉等并经为之，卿为我卧治此郡。"中大通三年，遂出为新安太守。③

傅刚指出，《梁书·徐摛传》记载梁武帝曾因徐摛的宫体诗创作

① ［日］兴膳宏：《〈玉台新咏〉成书考》，董如龙、骆玉明译，复旦大学中文系古典文学教研室和文学研究所文学批评史研究室合编《中国古典文学丛考》（第一辑），复旦大学出版社 1985 年版，第 358 页。
② 参见刘跃进《玉台新咏研究》，中华书局 2000 年版，第 84—86 页。
③ （唐）姚思廉：《梁书》，中华书局 1973 年标点本，第 447 页。

迁怒于他，后虽对徐摛的应答很满意，但不久仍把他调离宫城。这件事似乎是对萧纲的警告，所以萧纲让徐陵编《玉台新咏》以张大其体。据此可以推测，是萧纲和徐陵为避免武帝怪罪，故不收徐摛的作品。① 此外，丁功谊也认为此现象与徐摛"宫体事件"有关，《玉台新咏》不收徐摛作品，是因为"徐陵很有可能把这次外放原因归咎于父亲写作'宫体'之声名""《玉台新咏》编选标准是宫体性质的'艳歌'，故不选取其诗，以塞时人之口"。② 然而，正如傅先生对自己推理所提出的疑问：首先，《玉台新咏》所收作家非常广泛，梁武帝的诗作都已收录，为何单单避开徐摛？其次，中大通六年（公元 534年）萧纲让萧绎编《法宝连璧》，徐摛以外官参与其事，说明并没有受到太大影响。最后，徐摛在中大通六年（公元 534 年）后已回到京城，其时正是徐陵编《玉台新咏》的时间，为何还要回避其父亲的诗作？③ 因此，这一观点同样值得怀疑。

我们认为，结合中国古代避讳现象，从徐陵个人主观因素角度来考察这一现象，或许可为问题的解决提供另外一种思路。

1. 古人避讳的一般规律

对于避讳现象，陈垣说："民国以前，凡文字上不得直书当代君主或所尊之名，必须用其他方法以避之，是之谓避讳。避讳为中国特有之风俗，其俗起于周，成于秦，盛于唐宋，其历史垂二千年。"④ 历代避讳的范围并无统一规定，但基本上沿用了《春秋公羊传·闵公元年》"为尊者讳、为亲者讳、为贤者讳"⑤ 的原则。从陈垣对避讳所下

---

① 参见傅刚《〈玉台新咏〉研究二题》，《古典文学知识》2004 年第 3 期，第 92—94 页。
② 参见丁功谊《论〈玉台新咏〉成书年代——兼及〈玉台新咏〉不收徐摛诗原因》，《广西师范大学学报》2005 年第 1 期，第 48—51 页。
③ 参见傅刚《〈玉台新咏〉研究二题》，《古典文学知识》2004 年第 3 期，第 92—94 页。
④ 陈垣：《史讳举例·序》，上海书店出版社 1997 年版，第 1 页。
⑤ （晋）范宁注，（唐）杨士勋疏：《春秋穀梁传注疏》，（清）阮元校刻《十三经注疏》，中华书局 1980 年版，第 50 页。

的定义可知，这一现象主要存在于人物称谓中，具体表现为：当称呼一个人时，如果这个人的名与尊者、亲者或贤者的讳字相同或相近，出于对这些人物的尊重或畏忌，就要采取一定的手段避免直呼其讳字。

避讳常用的方法有改字、代字、缺笔等。改字之例如《史记》卷六《秦始皇本纪第六》载：

> 二十三年，秦王复召王翦，强起之，使将击荆。取陈以南至平舆，房荆王。秦王游至郢陈。荆将项燕立昌平君为荆王，反秦于淮南。二十四年，王翦、蒙武攻荆，破荆军，昌平君死，项燕遂自杀。①

唐张守节正义曰："秦号楚为荆者，以庄襄王名子楚，讳之，故言荆也。"② 可见引文中屡次出现的"荆"即"楚"。属于因避讳而改国名例。又如汉代著作《四民月令》至唐代改为《四人月令》，为避讳唐太宗李世民讳而改书名例。

代字之例如《史记》卷十《孝文本纪第十》载：

> 子某最长，纯厚慈仁，请建以为太子。③

这里的"某"实际当为汉景帝名"启"字，因避讳而以"某"代之。又如百衲本《南齐书》卷二十二《豫章文献王传》载：

> 前侍幸讳（原注：梁文帝也）宅，臣依常乘车至仗后，监伺不能示臣可否，便互竞启闻，云臣车逼突黄屋麾旌。④

---

① （汉）司马迁：《史记》，中华书局 1959 年标点本，第 234 页。
② 同上。
③ 同上书，第 420 页。
④ （南朝梁）萧子显：《南齐书》，《百衲本二十四史》。

这里"讳"字实际当为"顺之"二字，指梁武帝父亲萧顺之，亦即小字注释"梁文帝"，因《南齐书》作者萧子显为梁人，不欲直乎尊者名，故采用这种方式避讳。

缺笔之例如清康熙帝姓名为爱新觉罗·玄烨，乾隆帝姓名为爱新觉罗·弘历。在乾隆年间所修的《四库全书》中，为了避清康熙帝讳，书中凡"玄"字均作"玄"；为避乾隆帝讳，书中凡"弘"字均作"弘"。

实际上，除以上几种常用方法外，称字也是避讳的重要方法之一。在提及的人名中如有需讳之字，可以用称字的方法避免称其名。这其实也属于称字的特殊用法，与上文所述称字一般用法不同，这时称字没有同辈之间、晚辈对长辈的限制，很多时候也无表敬的含义。如《后汉书》卷六十七《党锢列传第五十七》载：

> 因此流言转入太学，诸生三万余人，郭林宗、贾伟节为其冠，并与李膺、陈蕃、王畅更相褒重。①

郭林宗名泰，字林宗，范晔此处称其字而不称名，乃因其父名泰，避其家讳故。又如《新唐书》卷一百三十二《刘子玄传》载：

> 刘子玄名知几，以玄宗讳嫌，故以字行。②

知唐代著名史学家刘知几因避玄宗李隆基之讳字"基"，在唐代以字行世，时人称刘子玄。

为了避讳甚至可以改姓、改名。因避讳改姓之例，宋郑樵《通志》卷三十《氏族略第六》"避讳第八"有集中记载：

> 宋以武公名司空，改为司功氏。

---

① （南朝宋）范晔撰，（唐）李贤等注：《后汉书》，中华书局1965年标点本，第2186页。
② （宋）欧阳修、宋祁：《新唐书》，中华书局1975年标点本，第4519页。

晋以傿侯名司徒，改为司城氏。

籍氏避项羽讳，改为席氏。

奭氏避汉元帝讳，改为盛氏。

庄氏避汉明帝讳，改为严氏。

庆氏避汉安帝父讳，改为贺氏。

师氏避晋景帝讳改，改为帅氏。

姬氏避唐明皇讳，改为周氏。

弘氏避唐明皇讳，改为洪氏。

淳于氏避唐宪宗讳，改为于氏。

啖氏避唐武宗讳，改为澹氏。

敬氏避宋讳，改为文氏，又为恭氏。

恒氏避宋讳，改为常氏。①

改名之例如《南齐书》卷三十八《萧景先传》载：

景先本名道先，乃改避上讳。②

萧景先本名萧道先，因避齐高帝萧道成讳字"道"而改名。

2. 南朝避讳风气与《玉台新咏》不录徐摛诗

南朝虽然避讳之风盛行，但此现象与《玉台新咏》不录徐摛诗又有何关系呢？我们认为，徐陵在《玉台新咏》即采用了避讳的方式避免直呼尊者名讳。明小宛堂覆宋本《玉台新咏》卷七卷端录有"皇太子圣制四十三首"③；卷九卷端目录有"皇太子圣制一十六首"④；卷

---

① （宋）郑樵编：《通志》，中华书局 1987 年版，第 484 页下栏。

② （南朝梁）萧子显：《南齐书》，中华书局 1972 年标点本，第 662 页。

③ （南朝陈）徐陵编：《玉台新咏》，人民文学出版社 2010 年影印明小宛堂覆宋本，第 81 页。

④ 同上书，第 111 页。

十卷端目录有"皇太子圣制二十一首"①。以上三处引文中的"皇太子"均指萧纲。萧纲为徐陵及其父徐摛长期追随之人，所以在提到他时并没有像《玉台新咏》中收录其他人物一样，直接署其姓名。仍以卷七卷端目录为例，除萧纲外，此卷目录中尚录有"邵陵王纶诗三首""湘东王绎诗七首""武陵王纪诗三首"，这里均直署各王之名，与对待萧纲的做法不同，说明徐陵在《玉台新咏》中确实为了避免直呼萧纲之名而称其为"皇太子"。

不但如此，南朝齐梁时期，避家讳的习俗尤为严重，已可视为一种社会风尚。这一点颜之推《颜氏家训》"风操第六"载之颇详：

> 梁世谢举，甚有声誉，闻讳必哭，为世所讥。又有臧逢世，臧严之子也，笃学修行，不坠门风；孝元经牧江州，遣往建昌督事，郡县民庶，竞修笺书，朝文辐辏，几案盈积，书有称"严寒"者，必对之流涕，不省取记，多废公事，物情怨骇，竟以不办而退，此并过事也。②

同篇又云：

> 今人避讳，更急于古。凡名子者，当为孙地。吾亲识中有讳襄、讳友、讳同、讳清、讳和、讳禹，交疏造次，一座百犯，闻者辛苦，无憀赖焉。③

在如此风气下，如果徐陵在《玉台新咏》中收录自己父亲徐摛的诗作，必然要采用避讳的方式避免提到徐摛的名讳。上文已述，避讳

①（南朝陈）徐陵编：《玉台新咏》，人民文学出版社 2010 年影印明小宛堂覆宋本，第133 页。

②（北齐）颜之推撰，王利器集解：《颜氏家训集解》（增补本），上海古籍出版社1993 年版，第 61 页。

③ 同上书，第 69 页。

可以采用很多种方式，如称字就是比较合适的做法：一方面，可以避免提及父亲的名讳，且容易识别；另一方面，由于称字有表敬的含义，这样亦包含对父亲的尊敬。

然而，即便是这种看似最为合理的处理方式，实际上也不适用于《玉台新咏》。因为徐陵编撰《玉台新咏》虽出自萧纲授意，但尚有其私人动机，即为了发泄与排遣遭劾免官的不满。徐陵自大地在卷中自称字则为一例。以隐讳的手法表露遭劾后的消极情绪，也许外人并不容易读出，但作为父亲的徐摛对其中隐情当有所了解。试想，一部为发泄不满所编的诗集，其中又自大地称了自己的字，在父亲了解其编书意图的情况下，如果再把他的名字、诗作列入其中，岂非对父亲的大不敬。这在重视私讳的南朝是极不应该的举动。徐陵编撰《玉台新咏》的特殊背景和目的，决定了其对父亲的诗作只能付之阙如，是为自己父亲避讳的结果。

三 《玉台新咏》收录刘孝仪诗解

《玉台新咏》不录徐摛诗，给学者带来了困扰。类似地，书中收录有刘孝仪的诗作同样让学者感到疑惑，因为据《陈书·徐陵传》记载，徐陵与刘孝仪间存在矛盾，正是遭到刘孝仪的弹劾，徐陵才被罢免了官职。据《颜氏家训》卷二《风操第六》载：

> 梁世被系劾者，子孙弟侄，皆诣阙三日，露跣陈谢；子孙有官，自陈解职。子则草屩粗衣，蓬头垢面，周章道路，要候执事，叩头流血，申诉冤枉。若配徒隶，诸子并立草庵，于所署门，不敢宁宅，动经旬日，官司驱遣，然后始退。江南诸宪司弹

人事，事虽不重，而以教义见辱者，或被轻系而身死狱户者，皆
为怨仇，子孙三世不交通矣。到洽为御史中丞，初欲弹刘孝绰，
其兄溉先与刘善，苦谏不得，乃诣刘涕泣告别而去。①

这里提及洽为御史中丞时弹劾刘孝绰一事。此事《梁书》卷三十
三《刘孝绰传》有载：

> 初，孝绰与到洽友善，同游东宫。孝绰自以才优于洽，每于
> 宴坐，嗤鄙其文，洽衔之。及孝绰为廷尉卿，携妾入官府，其母
> 犹停私宅。洽寻为御史中丞，遣令史案其事，遂劾奏之，云：
> "携少妹于华省，弃老母于下宅。"高祖为隐其恶，改"妹"为
> "姝"。坐免官。孝绰诸弟，时随藩皆在荆、雍，乃与书论共洽不
> 平者十事，其辞皆鄙到氏。又写别本封呈东宫，昭明太子命焚
> 之，不开视也。②

结合《颜氏家训》与《梁书》对此事的记述可知：其一，到洽兄
到溉与刘氏交好，知到洽欲弹劾孝绰时曾苦劝其弟，后不得已含泪向
刘孝绰道别；其二，刘氏兄弟因到洽弹劾刘孝绰，曾联合起来写信非
议到氏；其三，此事一直牵涉到皇帝及太子。弹劾之事在当时的影响
与严重性可见一斑。

如果徐陵在上虞令任上遭人弹劾为刘孝仪所为，参照刘、到两家
的情况，很难想象徐陵在编撰《玉台新咏》时还要收录他的作品。然
而，实际情况却是，现存各版本《玉台新咏》卷十中均录有刘孝仪
《咏织女》《咏石莲》两首诗歌；明寒山赵氏小宛堂覆宋本、五云溪馆
活字本、明郑玄抚本等均如是，当非后人掺入。考虑到梁代弹劾一事

---

① （北齐）颜之推撰，王利器集解：《颜氏家训集解》（增补本），上海古籍出版社
1993年版，第120页。
② （唐）姚思廉：《梁书》，中华书局1973年标点本，第480—481页。

的严重后果，这是非常奇怪的现象。

学者傅刚首先留意到这一现象，并将其用作考察《玉台新咏》成书时间的佐证。傅先生通过对《梁书·元帝本纪》及《陈书·徐陵传》相关材料的考察后认为，刘孝仪弹劾徐陵之事发生在梁大同五年（公元 539 年）七月之前；而《玉台新咏》成书于梁中大通四年（公元 532 年）至大同元年（公元 535 年），也就是说，徐陵编书时，弹劾事件尚未发生。① 然而，由于《陈书》对徐陵遭劾一事的细节记载有误，使得这一考证值得商榷（详下文），有必要重新审视这一问题。

1. 《陈书》所载徐陵遭劾事件辩误

《陈书》载徐陵在梁代曾遭御史中丞刘孝仪弹劾免官，此为徐陵生平经历中的重大事件。此事见于《陈书》卷二十六《徐陵传》：

> 中大通三年，王立为皇太子，东宫置学士，陵充其选。稍迁尚书度支郎。出为上虞令，御史中丞刘孝仪与陵先有隙，风闻劾陵在县赃污，因坐免。久之，起为南平王府行参军，迁通直散骑侍郎。②

又见于《南史》卷六十二《徐摛传》附"徐陵传"：

> 王立为皇太子，东宫置学士，陵充其选。稍迁尚书度支郎。出为上虞令。御史中丞刘孝仪与陵先有隙，风闻劾陵在县赃污，因坐免。久之，为通直散骑侍郎。③

此处与《陈书》所记内容基本一致而稍简。由于《南史》是以南朝四史为蓝本删增而作，其文概承袭姚思廉的《陈书》而来。然而，

---

① 参见傅刚《〈玉台新咏〉编纂时间再讨论》，《北京大学学报》2002 年第 3 期，第 61 页。
② （唐）姚思廉：《陈书》，中华书局 1972 年标点本，第 325—326 页。
③ （唐）李延寿：《南史》，中华书局 1975 年标点本，第 1522—1523 页。

姚思廉记载此事时在细节上实则有误，而《南史》沿袭了这一错误。兹以《陈书》所记为据辨正于下。

据《陈书》所记，徐陵入东宫充学士在中大通三年（公元531年）。《南史》虽不载具体时间，但据《梁书》卷四《简文帝纪》载：

> （中大通）三年四月乙巳，昭明太子薨。五月丙申，诏曰："……晋安王纲，文义生知，孝敬自然，威惠外宣，德行内敏，群后归美，率土宅心。可立为皇太子。"①

知萧纲于中大通三年（公元531年）五月丙申被立为皇太子。《陈书》此处所记属实。其后，据本书第二章"《玉台新咏》成书前后徐陵履历稽补"，徐陵于中大通三年（公元531年）至中大通五年（公元533年）的任职履历为：中大通三年（公元531年）任东宫学士，同年迁任尚书度支郎；中大通四年（公元532年）八月后出为上虞令，并旋即于同年遭到弹劾而被免官；中大通五年（公元533年）二三月被重新起用为南平王府行参军，同年三月，南平王萧伟去世后迁为通直散骑侍郎。

然则，《陈书》所载徐陵遭御史中丞刘孝仪弹劾免官一事可疑。据《梁书》卷四十一《刘潜传》载：

> 王立为皇太子，孝仪服阕，仍补洗马，迁中舍人。②

刘潜字孝仪，以字行世。这里的"王"则指晋安王萧纲。上文已知，萧纲于中大通三年（公元531年）被立为太子，所以刘孝仪补太子洗马的时间亦在此年。又据《广弘明集》卷二十录梁简元帝《〈法宝联璧〉序》载：

---

① （唐）姚思廉：《梁书》，中华书局1973年标点本，第104页。
② 同上书，第594页。

洗马权兼太舟卿，彭城刘孝仪，年四十九，字子（威按：当为"孝"之讹）仪。①

《法宝联璧》是萧纲敕纂的一部佛教类书，其序为萧绎所撰，据序文"今岁次摄提，星在监德"的记述，此序当作于中大通六年（公元534年）一月②。该序后附有三十八名编书者信息，据此可知，刘孝仪在中大通六年（公元534年）一月尚任太子洗马，而非御史中丞。

刘孝仪任御史中丞的时间可考。据《梁书》卷四十一《刘潜传》载：

> 大同三年，（孝仪）迁中书郎，以公事左迁安西咨议参军，兼散骑常侍。使魏还，复除中书郎。顷之，权兼司徒右长史，又兼宁远长史、行彭城琅邪二郡事。累迁尚书左丞，兼御史中丞。在职弹纠无所顾望，当时称之。③

又据《南史》卷七《梁本纪中》载：

> （大同四年）秋七月癸亥，诏以东冶徒李胤之降象牙如来真形，大赦。戊辰，使兼散骑常侍刘孝仪聘于东魏。④

知孝仪于大同四年（公元538年）使魏，还梁后曾任御史中丞。然而，即使以孝仪使魏当年即还并任御史中丞计，徐陵遭其弹劾也须在大同四年（公元538年）后；而徐陵遭劾免官在中大通四年（公元

---

① （唐）释道宣撰：《广弘明集》，《四部丛刊》影印明刊汪道昆本。

② ［日］兴膳宏：《〈玉台新咏〉成书考》，董如龙、骆玉明译，复旦大学中文系古典文学教研室和文学研究所文学批评史研究室合编《中国古典文学丛考》（第一辑），复旦大学出版社1985年版，第344页。

③ （唐）姚思廉：《梁书》，中华书局1973年标点本，第594页。

④ （唐）李延寿：《南史》，中华书局1975年标点本，第213页。

532 年），距此时已七年左右，故《陈书》所载徐陵在梁代曾遭人弹劾
免官之事虽属实，但并非御史中丞刘孝仪所为，《陈书》所载细节
有误。

2.《陈书》误记徐陵遭劾事的三种假设

我们认为，《陈书》之误载存在三种可能：一为弹劾之事子虚乌
有；二为刘孝仪弹劾徐陵时不为御史中丞；三为弹劾徐陵之御史中丞
另有其人。

假设为第一种情况。征之《陈书》徐陵本传，其任职经历支持仕
途有波动的说法。本书第二章"《玉台新咏》成书前后徐陵履历稽补"
已证，梁代官职品阶分为十八班，徐陵免官前所任尚书度支郎为五
班，南平王府行参军为三班，通直散骑侍郎为六班。说明徐陵在任尚
书度支郎与南平王府行参军之间，确曾遭遇仕途波折。所以这种假设
成立的可能性极小。

假设为第二种情况。《陈书》言徐陵遭"御史中丞刘孝仪""风闻
劾陵在县赃污"，据洪迈《容斋四笔》卷十一"御史风闻"条云：

> 御史许风闻论事，相承有此言，而不究所从来，以予考之，
> 盖自晋、宋以下如此。齐沈约为御史中丞，奏弹王源曰："风闻
> 东海王源。"苏冕《会要》云："故事，御史台无受词讼之例，有
> 词状在门，御史采状有可弹者，即略其姓名，皆云风闻访知。其
> 后疾恶公方者少，递相推倚，通状人颇雍滞。开元十四年，始定
> 受事御史，人知一日劾状，遂题告事人名，乖自古见闻之义。"
> 然则向之所行，今日之短券是也。①

《文献通考》卷五十三《职官考七》"御史台"条亦曰：

---

① （宋）洪迈：《容斋随笔》，中华书局 2005 年点校本，第 768 页。

旧例，御史台不受诉讼，有通辞状者，立于台门候御史，御史竟往门外收采之，可弹者略其姓名，皆云："风闻访知。"①

《陈书》徐陵本传中所谓"风闻"，指御史中丞可略去检举者姓名，对当事人进行弹劾的做法。在晋、宋以下至唐开元前，御史中丞有此特权。既然如此，若彼时刘孝仪不为御史中丞，便不会发生此事。因此这种假设同样难以成立。

与之相较，我们认为第三种情况的可能性最大。据《梁书》卷三十四《张缅传》载：

大通元年，征（缅）为司徒左长史，以疾不拜，改为太子中庶子，领羽林监。俄迁御史中丞，坐收捕人与外国使斗，左降黄门郎，兼领先职，俄复为真。缅居宪司，推绳无所顾望，号为劲直。高祖乃遣画工图其形于台省，以励当官。

中大通三年，迁侍中，未拜，卒，时年四十二。诏赠侍中，加贞威将军，侯如故。赙钱五万，布五十匹。高祖举哀。②

从此段记述可知，张缅于中大通三年（公元531年）迁侍中，未拜而卒于官，时任御史中丞。又据《梁书》卷四十二《臧盾传》：

（臧盾）服阕，除丹阳尹丞，转中书郎，复兼中书舍人，迁尚书左丞，为东中郎武陵王长史，行府州国事，领会稽郡丞。还除少府卿，领步兵校尉，迁御史中丞。盾性公强，居宪台甚称职。

中大通五年二月，高祖幸同泰寺开讲，设四部大会，众数万

① （元）马端临：《文献通考》，中华书局1986年版，第483页中栏。
② （唐）姚思廉：《梁书》，中华书局1973年标点本，第492页。

人，南越所献驯象，忽于众中狂逸，乘舆羽卫及会皆骇散，惟盾与散骑郎裴之礼巍然自若，高祖甚嘉焉。俄有诏，加散骑常侍，未拜，又诏曰："总一六军，非才勿授。御史中丞、新除散骑常侍盾，志怀忠密，识用详慎，当官平允，处务勤恪，必能缉斯戎政。可兼领军，常侍如故。"大同二年，迁中领军。①

从引文记述可知，臧盾于中大通五年（公元533年）二月前已担任御史中丞一职，概继张缅卒于御史中丞任上后，臧盾为其继任者。又据《隋书》卷二十六《百官志上》载：

> 御史台，梁国初建，置大夫，天监元年，复曰中丞。置一人，掌督司百僚。②

知梁代御史中丞设一人。然则，在中大通四年（公元532年）担任御史中丞者即臧盾。既然徐陵在梁代遭人弹劾一事属实，且梁代仅御史中丞有风闻奏人的权利，所以在梁代弹劾徐陵者当为御史中丞臧盾。

3. 风闻劾人与刘孝仪诗作的入选

既然中大通四年（公元532年）弹劾徐陵者为御史中丞臧盾，是否意味着此事与刘孝仪无关，且《玉台新咏》收录其诗为正常之举呢？我们认为，实际情况并非如此，刘孝仪在此处事件中很可能充当的是"通辞状者"的角色。上章已述，姚、徐两家有着深厚的家世渊源，姚思廉对徐陵的生平经历当是非常熟悉的。然则，姚思廉在严肃的正史——《陈书》当中对刘孝仪弹劾徐陵一事言之凿凿，当为空穴来风。

然而，既然在此事件中弹劾徐陵者为御史中丞臧盾而非刘孝仪，

---

① （唐）姚思廉：《梁书》，中华书局1973年标点本，第600页。
② （唐）魏徵、令狐德棻：《隋书》，中华书局1973年标点本，第723页。

那么刘孝仪在这次事件中又是充当了什么角色呢？结合当时风闻奏事的程序，以及《陈书》徐陵遭"风闻"免官的记载，我们认为，刘孝仪概为"通辞状者"。当时的情况很可能为：刘孝仪向御史中丞臧盾提交讼状，举报徐陵在上虞令任上有贪污行为，臧盾隐去举报者姓名上奏弹劾，以致徐陵被免官。

如果以上推理成立，徐陵编撰《玉台新咏》收录刘孝仪诗就不足为奇了。徐陵受萧纲意旨编书，刘孝仪作为萧纲文学集团的重要人物，即使如《陈书》所说，刘孝仪与徐陵之间存在矛盾（"刘孝仪与陵先有隙"），如果矛盾没有被公开，按常理也应收入他的诗作。但如果徐陵知道自己被弹劾事件中刘孝仪为递交诉状者，以南朝此类事件的严重后果看，很难想象徐陵在编书时还能收录其诗。然而，按照当时风闻奏事的惯例，由于刘孝仪作为通辞状者被隐去了姓名，《玉台新咏》又编撰于徐陵被免后较短的一段时间之内，所以当时徐陵应还不清楚刘孝仪在此事件中的角色，因而在编书时收录了他的诗作。

至于姚思廉为何会误记此事细节，概因刘孝仪与徐陵免官一事有关渐为人所知，与徐陵关系密切的姚察、姚思廉父子亦有听闻；因修撰《陈书》时距此事年代久远，刘孝仪又曾在梁代担任御史中丞一职，故姚思廉凭记忆追记而误。

四 小结

《玉台新咏》为徐陵编于梁代，然而，此书内部却存在看似与这一结论相矛盾之处。如为何卷八徐陵署名"徐孝穆"？又如徐陵为何对自己父亲的作品一篇不录？再如为何书中录徐陵仇人刘孝仪的诗作？针对以上疑问，我们结合《玉台新咏》为徐陵遭劾免官后所编这一历史背景进行了考察。

首先，《玉台新咏》卷八徐陵称字作"徐孝穆"，并非如大多数学者所说，是后人改题的结果。因为这一说法无法同时解释该书卷十何曼才《为徐陵伤妾诗》，徐陵称名而不称字的现象。这一现象实际涉及称谓问题。在古人称谓中，有一种以称字来表达标榜、责备、绝望、愤怒或郁闷等激烈情绪的特殊用法。徐陵正是利用自称字的这种功用，隐晦地宣泄了其遭劾后的郁闷与不满之情。

其次，《玉台新咏》为何不录徐摛诗，并非学者所说，是由于徐摛的文集在江陵之乱的两次毁书中消亡。因为《玉台新咏》成书于梁大同二年（公元 536 年）至大同三年（公元 537 年）间，也就是说，此时两次毁书事件尚未发生。同时，此现象也不是受"宫体事件"影响的结果。因为此事对徐摛并无太大影响，而《玉台新咏》中梁武帝诗都已收录，并无须回避徐摛。

事实上，由于徐陵编撰《玉台新咏》的个人目的为排遣遭劾后的郁闷之情，作为父亲的徐摛当对此有所了解；徐陵又在书中自大地称了自己的字，而南朝避家讳之风盛行，徐陵是考虑为父亲避讳的原因，才没有将徐摛的诗作收入。

最后，徐陵编书时收录其仇人刘孝仪的诗作，也并非学者所说，是因为徐氏编书发生在弹劾事件之前。因为徐陵于中大通四年（公元 532 年）遭劾免官，而徐陵在遭劾后才开始编撰《玉台新咏》。南朝时期，御史中丞有风闻劾人的特权，所谓"风闻"即御史中丞接受诉讼人讼状，而隐去讼人姓名进行弹劾的行为。《陈书》徐陵本传对徐陵遭劾一事细节记载有误，在此事件中，弹劾徐陵者为御史中丞臧盾，刘孝仪充当的则是"通辞状者"的角色。由于刘孝仪作为通辞状者被隐去了姓名，《玉台新咏》又编撰于徐陵被免后较短的一段时间之内，所以当时徐陵应不清楚刘孝仪在此事件中的角色，因而在编书时收录了他的诗作。

结　　语

在近代中国文学研究领域中，很少有一部典籍在成书问题上像《玉台新咏》这样，存在如此多的问题与争论。自 20 世纪 80 年代始，便有曹道衡、隽雪艳、穆克宏、沈玉成、詹锳、兴膳宏等中外学者撰文讨论这一话题，所涉内容包括：《玉台新咏》的成书时间、编撰动机、录诗标准，以及《玉台新咏》为何不见录于《梁书》《陈书》，徐陵为何在书中署名称字等方面。其后，不断有相关研究成果陆续问世，并一直持续至今。学者傅刚、胡大雷、刘跃进、张蕾等人在这方面都有重要的研究成果发表。他们在对前人所提出的问题加以讨论的同时，进一步拓展了研究范围，讨论的问题延伸到《玉台新咏》诸版本优劣，《玉台新咏》为何不收徐摛诗，为何收录徐陵仇人刘孝仪的诗作，以及《〈玉台新咏〉序》的解读等问题。需特别指出的是，2004 年章培恒撰文对徐陵为《玉台新咏》编撰者这一已成为文学常识的观点提出质疑，引起巨大反响。在章先生提出《玉台新咏》为张丽华编撰而非徐陵的观点后，学者纷纷撰文予以回应，这些或支持或反对或受其启发另辟蹊径的文章在表明态度的同时，又对《玉台新咏》成书其他问题进行了重新审视，将研究推向了高潮。时至今日，《玉台新咏》成书问题仍是学界关注的热点。

针对这一热点，我们以具体问题为纲，将《玉台新咏》成书问题划分为七个话题。在每个话题中，我们均首先从研究争议处入手，力求全面反映研究现状，并在此基础上给出自己的意见。考虑话题之间的内部关联，我们将这七个话题，亦即本书的主体以八章正文和一个附录的形式呈现。各部分内容、结论及章节间的关系如下：

《玉台新咏》编者为谁是近年《玉台新咏》成书问题讨论的热点与核心。我们认为，新近出现的"张丽华编撰说"及"梁元帝徐妃编撰说"等异说均难以成立。由于传统的"徐陵编撰说"有目录、版本与史料三方面的坚实证据，仍不可动摇；"《玉台新咏》为徐陵所编撰"也是本书展开论证前提与基础。述第一章"《玉台新咏》编者异说质疑"。

徐陵曾于中大通四年（公元 532 年）遭遇弹劾免官事件，《玉台新咏》即编撰于此事件发生后不久。因此，徐陵编撰《玉台新咏》虽可能起因于萧纲的授意，但其中同时包含徐陵借编书排遣遭劾郁结的个人动机，而此点一直为前人所忽视。述第二章"《玉台新咏》编撰动机新证"。

《〈玉台新咏〉序》不仅为六朝骈文典范，而且是《玉台新咏》成书研究的重要材料。由于其表意模糊、歧义纷出，我们以第二章结论为基础，由词至篇分四部分对此序做了解读。我们认为，序文所用典故多指向徐陵自身遭劾免官遭遇；序中"丽人"为徐陵自托；此序首句用隐语暗示了徐陵免官之冤枉；此文通篇为徐陵描述自身免官遭遇、心情及遭劾后借编书排遣郁结之语。述第三章"《〈玉台新咏〉序》解词通释"。

关于《玉台新咏》的成书时间，学界有"梁代说"与"陈代说"两种。由于二说均涉及《玉台新咏》原貌问题，而现存《玉台新咏》诸版本均经过后人不同程度的窜改。因此，能否绕开对《玉台新咏》版本问题、编排体例的纠缠，去考察此书的成书时间值得期待。徐陵于中大通四年（公元 532 年）遭劾免官，《玉台新咏》即编撰于其后不久，结合书中所录最早作于大同二年（公元 536 年）的《同萧长史看妓》诗，知此书成书于大同二年（公元 536 年）至大同三年（公元 537 年）间。述第四章"《玉台新咏》成书时间订补"。

关于《玉台新咏》的收诗标准，传统"辑闺房一体""非词关帷闼者不收"类似的结论固然不确，近年研究者仍试图采用对《玉台新咏》所录诗歌进行分类，从中抽绎徐陵选录诗歌标准的研究方法，由于忽视了编书者徐陵个人喜好、情绪在其中的重要作用，同样值得商榷。我们认为，由于徐陵编书时仍沉浸于遭劾免官的负面情绪中，所见诗歌能否让其产生共鸣，使这一情绪得到一定程度的释放，是这些作品能否入选的关键。述第五章"《玉台新咏》录诗标准异说"。

《玉台新咏》一书计有"玉台新咏集""玉台新咏""玉台集""玉台""新咏"五种称谓。其中，"玉台新咏集"为全称，其他为省称，"玉台新咏"为最常用之名。造成此书一书多名现象的原因，概为书名在典籍载体上题写位置不同，或是使用场合的不同。此书书名含义的分歧则集中在"玉台"一词，清吴兆宜有"喻妇人之贞"说，近人则提出"玉台"一词为宫廷、东宫、后宫等观点。据《大唐新语》《玉台后集》关于徐陵编书事的记载，"玉台"一词或有暗指东宫的含义；同时此词又暗用陆机《塘上行》及甄皇后《塘上行》本意，透露了徐陵遭劾的经历。述第六章"《玉台新咏》书名异称、含义考述"。

徐陵编撰《玉台新咏》一事不见于《梁书》《陈书》，并非出于徐陵耻居其名或出于修史者的遗漏，亦非受二部史书编撰体例所限而产生；而是姚思廉作为与徐陵关系密切的晚辈，不欲在史书中批判徐陵提倡、传播绮靡文风的行为，是出于为徐陵隐恶的目的，是为之曲笔的结果。述第七章"《玉台新咏》不见载于《梁书》《陈书》释疑"。

《玉台新咏》卷八徐陵署名"徐孝穆"，书中不录徐摛诗而收录徐陵仇人刘孝仪诗作，此为《玉台新咏》成书后内部存在的三个可疑现象。针对以上疑问，我们结合《玉台新咏》为徐陵遭劾免官后所编这一历史背景进行了考察。我们认为，"徐孝穆"为徐陵自题，目的是利用自称字可表达愤怒不满情绪的特殊用法，宣泄其遭劾后的负面情绪；《玉台新咏》不录徐摛诗，则因徐陵在书中自大地称了自己的字，南朝避家讳之风又极盛，出于避父讳的目的才没有收录徐摛的诗作；徐陵编书时收录其仇人刘孝仪的诗作，则因刘孝仪在徐陵遭劾事件中是匿名通辞状者，《玉台新咏》又编撰于徐陵被免后较短的一段时间之内，由于不明情况而收录了他的诗作。述第八章"《玉台新咏》收录、失录诗人难解现象索解"。

最后尚需说明的是，"《〈玉台新咏〉序》汇校笺注"部分对《〈玉台新咏〉序》做了校勘与注释两方面的工作，实际属于对《〈玉台新咏〉序》的研究；之所以将其作为附录独立列出而没有与第三章合并，主要是考虑到此部分研究成果不局限此章，而是全书展开的重要依据与参考，同时兼顾了篇章结构平衡问题。

附　录

《〈玉台新咏〉序》汇校笺注

　　徐陵《〈玉台新咏〉序》为骈文佳作，清谭献评其云："无字不工。四六之上驷，峭蒨丽密。"[①] 清孙梅评曰："美意泉流，佳言玉屑。其烂熳也，若蛟蜃之嘘云；其鲜新也，如兰苕之集翠。洵足仰苞前哲，附范来兹矣。"[②] 高步瀛评论道："秾丽极矣，而骨格自峻。许叔夏称为六朝之渤澥，梁代之津梁，谅哉！"[③] 可以说，在骈体文学史上，《〈玉台新咏〉序》是无法忽视的作品，此为古今学者所共识。不但如此，在《玉台新咏》成书诸问题研究中，《〈玉台新咏〉序》更有着至关重要的史料价值，学者在讨论《玉台新咏》的编撰者、成书动机、成书时间等问题时均要涉及此序。因此，无论从以上哪方面看，对此序进行细致整理以方便阅读研究，都是非常必要的。

　　《〈玉台新咏〉序》在诸版《玉台新咏》中均可见，此外，《艺文类聚》《文苑英华》为较早收录此序的典籍，其后诸多文章选集，如

---

　　① （清）李兆洛编，谭献评：《骈体文钞》，陆费逵、高野侯等编《四部备要》，中华书局 1920 年版，第 205 页下栏。

　　② （清）孙梅：《四六丛话》卷三，小说业报社 1922 年版，第 11 页。

　　③ 高步瀛选注：《南北朝文举要》，中华书局 1998 年点校本，第 626 页。

明王志坚《四六法海》、清许梿《六朝文絜》、清李兆洛《骈体文钞》等书均有收录。由于不同出处的序文在文字上多有差异，清纪容舒在《〈玉台新咏〉考异》中有针对此序的校勘成果。然而，从该书校语可知，纪氏校勘时以宋本《玉台新咏》所存序文为底本，仅以《艺文类聚》《文苑英华》等所录序文参校，无法全面反映异文情况。该序最早的注释成果则见于清吴兆宜《徐孝穆集笺注》①，四库馆臣对是书有"主于捃拾字句，不甚考订史传"②的批评之语。《〈玉台新咏〉序》作为此书的一部分自然也避免不了上述弊端，在典故出处的考订上略不致意且间有失误。虽然今人高步瀛《南北朝文举要》③、许逸民《徐陵集校笺》④等著作均对《〈玉台新咏〉序》做过校释工作，且在很大程度上弥补了前人在校注上存在的缺憾，但无论是在异文去取，还是典故释义方面，仍然存在着一些问题，有重新整理之必要。兹发凡如下。

其一，据刘跃进研究，《玉台新咏》版本可分为两大流传系统：一为陈玉父刻本系统，后世流传较广的小宛堂覆宋本即属于此系统；二为明郑玄抚刻本系统。两种版本的主要差异包括以下几点：第一，就收录篇数而言，陈本六百五十四篇，较郑本八百一十七篇似更接近于原貌。第二，就作者而言，陈本共一百一十二人，郑本一百二十七人，多十五人。第三，就编排次第而言，郑本从第五卷开始以梁武帝居首，以下依次为皇太子、诸王及王公大臣，这较之陈本似更合情理。第四，就具体篇目收录而言，两本各有所长。⑤在诸多的版本中，一般认为，寒山赵氏小宛堂覆宋本（以下简称"赵本"）为目前所存

---

① （南朝陈）徐陵撰，（清）吴兆宜注：《徐孝穆集笺注》，《文渊阁四库全书》，台湾商务印刷馆1986年版，集部，第1064册，第871—875页。

② （清）永瑢等：《四库全书总目》，中华书局1965年版，第1276页下栏。

③ 高步瀛选注：《南北朝文举要》，中华书局1998年点校本，第614—627页。

④ （南朝陈）徐陵撰，许逸民校笺：《徐陵集校笺》，中华书局2008年版，第223—260页。

⑤ 参见刘跃进《玉台新咏研究》，中华书局2000年版，第42—61页。

最接近《玉台新咏》原貌的版本。①《四库全书总目》即云："（《玉台新咏》）明代刻本，妄有增益。故冯舒疑庾信有入北之作，江总滥厕笺之什。茅元祯本，颠倒改窜更甚。此本为赵宦光（威按：赵灵均父）家所传宋刻，有嘉定乙亥永嘉陈玉父重刻《跋》，最为完善。"②故此次整理仍以赵本所录《〈玉台新咏〉序》为底本，校以明郑玄抚刊本（以下简称"郑本"）、四部丛刊影印明五云溪馆活字本（以下简称"活字本"）以及《艺文类聚》（以下简称"《类聚》"）、《文苑英华》（以下简称"《英华》"）所收此序。

其二，此次校勘中，诸校本凡与底本有差异处均出校；底本讹误处则以"（）"标示，并在其后"［］"中勘正。以便研究者参考。

其三，此序在写作中大量用典，故此次注释侧重揆度本事与征引典实，如所释内容可明确出典处，则先概括说明之，其后征引原文；若有歧说则罗列之，但以首则材料为笔者所认同观点；若采纳他人观点则明确标示。

其四，纪容舒《〈玉台新咏〉考异》（简称"《考异》"）是此序校勘最重要的成果，故全文收录；间采他人校注成果则以人名标示所出，具体包括：清吴兆宜《徐孝穆集笺注》、清许梿《六朝文絜》、高步瀛《南北朝文举要》、许逸民《徐陵集校笺》、章培恒《〈玉台新咏〉为张丽华"撰录"考》等。

其五，底本原不分段，为行文方便，今按文意断为五段，以大写数字一至五标示，并加新式标点；校注成果附于每段末，校勘顺序编号以"［一］［二］［三］……"标示，注释顺序编号以"①②③……"标示。

---

① 参见本书第 93 页注释①。
② （清）永瑢等：《四库全书总目》，中华书局 1965 年版，第 1687 页上栏。

玉台新咏集并序[一]①

陈尚书左仆射太子少傅东海徐陵字孝穆撰[二]

【校记】

[一]玉台新咏集并序：郑本、《类聚》作"玉台新咏序"，活字本、《英华》作"玉台新咏集序"。

[二]陈尚书左仆射太子少傅东海徐陵字孝穆撰：郑本作"陈尚书左仆射太子少傅东海徐陵撰"。《考异》："冯氏曰：《大唐新语》云：'梁简文为太子，好作艳诗，境内化之，晚年欲改作，追之不及，乃令徐陵撰《玉台集》以大其体。'检此，则是书之撰，实在梁朝，署名如是，明是后人所加也。"

【注释】

① 玉台：《文选》卷二十八陆机《塘上行》："发藻玉台下，垂影沧浪泉。"刘良注："藻，花也。玉台，以玉饰台。沧浪，取其清，以喻妇人之清贞。"又同书卷一张衡《西京赋》："朝堂承东，温调延北。西有玉台，联以昆德。"薛综注："皆殿与台名也。"威按："玉台"一词今日主要有二说：吴兆宜、许梿在解释此词时以前一则材料为据，认为"玉台以喻妇人之贞"。以后一则材料为据者，高步瀛认为"玉台为宫中台名"；许逸民则曰："'玉台'本为汉台观名，此处当指宫廷，亦即东宫"。

一

夫[一]凌[二]云概日①，由余之所未窥②；千门万户，张衡之所曾赋③。周王璧台之上④，汉帝金屋之中⑤，玉树以珊瑚作枝，珠帘以玳瑁为押[三]⑥。其中有丽人焉。其人[四]五陵豪族⑦，充选掖庭⑧；四姓⑨良家，驰名永巷⑩。亦有颍川⑪、新市⑫，河间[五]⑬、观津[14]。本号娇娥[六][15]，曾名巧笑[16]。楚王宫里[七]，无不推其细腰[17]；卫国佳人[八]，俱言讶其纤手[18]。阅[九]诗敦[十]礼[19]，岂[一一]东邻之自媒[20]；婉约风流，异[一二]西施之被教[21]。弟兄[一三]协律，生[一四]小学歌[22]；少长[一五]河阳，由来能舞[23]。琵琶新曲，无待石崇[24]；箜篌杂引[一六]，非关[一七]曹植[25]。传鼓瑟于杨家[26]，得吹箫于秦女[27]。至若[一八]宠闻长乐[28]，陈后知而不平[29]；画出天仙[一九]，阏氏览而遥妒[30]。

【校记】

[一] 夫：郑本、《类聚》《英华》无。《考异》："《艺文类聚》《文苑英华》皆无'夫'字。"

[二] 凌：郑本、《类聚》《英华》皆作"陵"。威按："陵"与"凌"字通。

[三] 押：郑本作"柙"，《英华》作"匣"。《考异》："白珠为帘，以玳瑁押之，见于《汉武故事》，则作'匣'为非。"高步瀛曰："《文苑》'柙'作'匣'。严本及《法海》原刻作'柙'，是。他本作'押'者俗字。朱骏生《说文通训定声》四曰：'柙，假借为抑。柙、抑双声。'"威按：《太平御览》卷八〇三引《汉武故事》："上起神屋，以白珠爲簾，瑇瑁爲柙。"结合高氏之语，知"柙"为正字，"押"为俗体，作"匣"误。

[四] 其人：据《类聚》《英华》，此后脱一"也"字。郑本、活字本同底本。《考异》："宋刻误脱'也'字，据《艺文类聚》补。"

[五] 间：《郑本》《英华》误作"涧"。从"亦有颍川"至"纤手"《类聚》脱。《考异》："间，《文苑英华》作'涧'。案'河间'指钩弋夫人，作'涧'为误。"

[六] 号：《英华》误作"大家"。《考异》云："本号，《文苑英华》作'大家'，于对句不相俪偶。又对句用段巧笑事，乃魏文帝宫

人。见马缟《中华古今注》。娇娥则未详所出，疑为婕娥之误。事见《前汉书·外戚列传》。"

［七］里：郑本、《英华》作"内"。

［八］佳：《英华》误作"家"。《考异》云："案掺掺女手，语本《魏风》，则'卫'当为'魏'。然'手如柔荑'，固亦《卫风》之语。未敢遽断其误。考《艺文类聚》亦作'卫'。《文苑英华》作'家'，误。"威按：纪氏言《艺文类聚》亦作"卫"，未知所据何本，南宋绍兴刻本《艺文类聚》无此句。

［九］阅：《类聚》作"说"。

［十］敦：《类聚》《英华》作"明"。《考异》："《艺文类聚》作'说诗明理'。"

［一一］岂：郑本、《英华》误作"非直"。《考异》："《文苑英华》'岂'字作'非直'二字，'异'字上多一'无'字。案'阅诗'二句，言其礼法自持，'婉约'二句，言其慧姿天赋，若作'非直''无异'，乃正与本意相反，检《艺文类聚》亦与宋刻相同，是《英华》误衍也。"

［一二］异：郑本、《英华》误作"无异。"威按：参上条《考异》语。

［一三］弟兄：《类聚》作"兄弟"。威按：弟兄，一少一长，盖与下文"少长河阳"相应，故当以"弟兄"为是，《类聚》误。

［一四］生：郑本、《英华》作"自"，活字本作"少"。《考异》："自，《艺文类聚》作'生'。"威按：纪氏所据底本作"自"，故有此语。

［一五］少长：活字本作"长生"。威按：少长，与上文"弟兄"相应，故活字本当误。

［一六］引：《类聚》误作"句"。《考异》："引，《艺文类聚》作'句'，误。"威按：曹植有乐府诗《箜篌引》，《类聚》误。

[一七]关：郑本、《英华》作"因"。《考异》："关，《艺文类聚》作'因'。"威按：检南宋绍兴本《类聚》作"关"而不作"因"，概纪氏将《英华》误记为《类聚》，或另有所本。

[一八]至若：《英华》作"且如"，《类聚》无二字。《考异》："'以至'二字，《艺文类聚》无之，宋刻作'至若'，又与下'至如'相复，今从《文苑英华》。"威按：纪氏校勘所据底本作"以至"，其说或可从。

[一九]天仙：《考异》："'天仙'字诸本并同，然无意义，疑为'天山'之讹。"威按："天仙"以譬美女，非无意义，纪说非是。

【注释】

① 凌云概日：此词要有二说，一说指观阙高耸，遮蔽云日。《周书》卷六《武帝纪》建德六年诏："伪齐叛涣，窃有漳滨，世纵淫风，事穷雕饰。或穿池运石，为山学海，或层台累构，概日凌云。"陈张正见《帝王所居篇》："两宫分概日，双阙并凌虚。"一说凌云、概日为二台名。晋王嘉《拾遗记》卷七："魏明帝起凌云台。"又同书卷四："燕昭王坐握日之台，参云，上可扪日。"威按：后说非是。一则概日台史料无载，以"握日之台"为概日台，颇为牵强。二则据《拾遗记》，即便"握日之台"即概日台，此台为燕昭王（公元前335年—公元前279年）时物，凌云台为魏明帝（公元204年—公元239年）所建，而由余为秦穆公（公元前682年—公元前621年）时人，是二台均建于由余身后，为其"所未窥"，固其宜也。故此处非实指甚明。徐陵《为陈武帝作相时与北齐广陵城主书》云："槊动风霜，弩穿金石，高楼大舰，概日凌云。"以"概日凌云"极言船舰之伟，句式与上引《武帝纪》同，是徐陵以此词泛指雄伟事物之佐证。

② 由余：用穆公与由余事。《史记》卷五《秦本纪第五》："戎王使由余于秦。由余。其先晋人也，亡入戎，能晋言。闻缪公贤，故使

由余观秦。秦缪公示以宫室、积聚。"《文选》卷三张衡《东京赋》："由余以西戎孤臣，而恮穆公于宫室。"李善注："《史记》曰：由余本晋人，亡入西戎，相戎王，使来聘秦，观秦之强弱。穆公示以宫室，引之登三休之台。由余曰：'臣国土阶三尺，茅茨不剪，寡君犹谓作之者劳，居之者淫。此台若鬼为之，则神劳矣，使人为之，则人亦劳矣。'于是穆公大惭。"高步瀛曰："此与《史记·秦本纪》不同。《韩非子·十过篇》《吕氏春秋·不苟篇》《韩诗外传》九、《新书·礼篇》载由余语，亦皆与此不同。惟《新书·退让篇》翟王使使至楚，楚王欲夸之，故飨客于章华之台上，上者三休而乃至其上云云，与善引略同。故张云璈《选学胶言》卷三，谓李氏参合诸书而误为《史记》耳。"

③ 千门万户句：化用张衡《西京赋》语。《文选》卷二张衡《西京赋》："长廊广庑，连阁云蔓。闳庭诡异，门千户万。"张铣注："门千户万，言多也。"张衡（公元78年—公元139年），西汉武帝时期人，字平子，善为文，尤善辞赋，《西京赋》《东京赋》为其代表作。《后汉书》卷五十九有传。

④ 周王璧台：用周穆王事。《穆天子传》卷六："甲戌，天子西北□姬姓也，盛栢之子也，天子（威按：指周穆王）赐之上姬之长，是曰盛门。天子乃为之台，是曰重璧之台。"郭璞注："言台状如垒璧。"周穆王，《史记》卷四《周本纪第四》："昭王之时，王道微缺，昭王南巡狩不返，卒于江上，其卒不赴告，讳之也。立昭王子满，是为穆王。穆王即位，春秋已五十矣。"其事迹见于《竹书纪年》《穆天子传》《史记·周本纪》。

⑤ 汉帝金屋：用汉武帝与陈皇后阿娇事。《艺文类聚》卷十六引《汉武故事》："初，武帝为太子时，长公主欲以女配帝，时帝尚小，长公主指女问帝曰：'得阿娇好不？'帝曰：'若得阿娇，以金屋贮之。'主大喜，乃以配帝。是曰陈皇后。阿娇，后字也。"又同书卷八

十三引《汉武故事》曰："帝年数岁，长公主遍指侍者曰：'与子作妇好否？'皆不用。后指陈后，帝曰：'若得阿娇，当作金屋贮之。'"汉武帝，刘彻（公元前 156 年—公元前 87 年），西汉第七位皇帝，《史记》卷十二有传。

⑥ 玉树句：用汉武帝事。《艺文类聚》卷六十一引《汉武故事》："上起神屋，铸铜为柱，黄金涂之，赤玉为阶，橼亦以金，刻玳瑁为禽兽，以薄其上，橼首皆作龙首，衔铃，流苏悬之。铸铜为竹，以赤白石脂为泥，椒汁和之，以火齐薄其上。扇屏悉以白琉璃作之，光照洞彻。以白珠为帘，箔玳瑁压之。以象牙为床，以琉璃、珠玉、明月、夜光杂错天下珍宝为甲帐，其次为乙帐。甲以居神，乙上自御之。前庭植玉树，珊瑚为枝，以碧玉为叶，或青或赤，悉以珠玉为之。子皆空其中，如小铃鎗鎗有声，霓标作凤皇，轩翥若飞状。"

⑦ 五陵豪族：家世显赫之谓。五陵，《文选》卷一班固《西都赋》："南望杜霸，北眺五陵。"李善注："《汉书》曰：宣帝葬杜陵，文帝葬霸陵，高帝葬长陵，惠帝葬安陵，景帝葬阳陵，武帝葬茂陵，昭帝葬平陵。"刘良注曰："宣帝杜陵，文帝霸陵在南，高、惠、景、武、昭帝此五陵皆在北。"豪族，《汉书》卷二十八下《地理志下》："汉兴，立都长安，徙齐诸田，楚昭、屈、景及诸功臣家于长陵。后世世徙吏二千石、高訾富人及豪桀并兼之家于诸陵。"

⑧ 充选掖庭：《后汉书》卷十上《后纪上》："汉法，常因八月算人，遣中大夫与掖庭丞及相工，于洛阳乡中阅视良家童女，年十三以上，二十以下，姿色端丽，合法相者，载还后宫，择视可否，乃用登御。"《文选》卷一班固《西都赋》："后宫则有掖庭、椒房后妃之室。"李善注："《汉书》曰：'诏掖庭养视。'应劭曰：'掖庭，宫人之宫。'《汉官仪》曰：'婕妤以下，皆居掖庭。'"吕向注："掖庭，宫名，在天子左右，如肘腋。"

⑨ 四姓良家：亦为出身高贵之意。四姓：《文选》卷二十八陆机

《吴趋行》："八族未足侈，四姓实名家。"李善注："张勃《吴录》曰：
'八族，陈、桓、吕、窦、公孙、司马、徐、傅也。四姓，朱、张、
顾、陆也。'"又《后汉书》卷二《明帝纪第二》："为四姓小侯开立学
校，置《五经》师。"李贤注："袁宏《汉纪》曰：'永平中崇尚儒学，
自皇太子、诸王侯及功臣子弟，莫不受经。又为外戚樊氏、郭氏、阴
氏、马氏诸子弟立学，号四姓小侯，置《五经》师。以非列侯，故曰
小侯。'"良家，《史记》卷一百九《李广传》："孝文帝十四年，匈奴
大入萧关，而广以良家子从军击胡。"司马贞索隐："案如淳云：'非
医、巫、商、贾、百工也。'"又《后汉书》卷九十六《陈蕃传》：
"初，桓帝欲立所幸田贵人为皇后。蕃以田氏卑微，窦族良家，争之
甚固。帝不得已，乃立窦后。"

⑩ 永巷：《后汉书》卷十上《马皇后纪》附《贾贵人》："及太后
崩，乃策书加贵人王赤绶，安车一驷，永巷宫人二百。"李贤注："永
巷，宫中署名也，后改为掖庭。永巷宫人，即宫婢也。"

⑪ 颍川：用晋明穆庾皇后事。《晋书》卷三十二《后妃下明穆庾
皇后》："明穆庾皇后，讳文君，颍川鄢陵人也。父琛，见外戚传。后
性仁惠，美姿仪。元帝闻之，聘为太子妃，以德行见重。"

⑫ 新市：未详所指。吴兆宜曰："《后汉书》：光烈阴皇后，南阳
新野人。帝常叹曰：'娶妻当得阴丽华。'按新市未详。"高步瀛曰：
"新市，未详。吴注引《后汉书·皇后纪》云：'光烈阴皇后，南阳新
野人。'殆欲改新市为新野，未知是否。"许逸民曰："所指未详。或
以为'新市'当作'新野'。"

⑬ 河间：用汉武帝钩弋夫人事。《史记》卷四十九《外戚世家·
钩弋夫人》："钩弋夫人，姓赵氏，河间人也。得幸武帝，生子一人，
昭帝是也。"司马贞索隐："《汉书》云：'武帝过河间，望气者言此有
奇女，天子亟使使召之。女两手皆拳，上自披之，手即伸，由是得
幸，号曰拳夫人。后居钩弋宫，号曰钩弋夫人。'《列仙传》云：'发

手得一玉钩，故号焉。'"

⑭ 观津：用汉窦太后事。《史记》卷四十九《外戚世家·窦太后》："窦太后，赵之清河观津人也。吕太后时，窦姬以良家子入宫侍太后。太后出宫人以赐诸王，各五人，窦姬与在行中。窦姬家在清河，欲如赵近家，请其主遣宦者吏：'必置我籍赵之伍中。'宦者忘之，误置其籍代伍中。籍奏，诏可，当行。窦姬涕泣，怨其宦者，不欲往，相强乃肯行。至代，代王独幸窦姬。生女嫖，后生两男，而代王王后生四男。先代王未入立为帝，而王后卒，后代王立为帝，而王后所生四男更病死。孝文帝立数月，公卿请立太子，而窦姬长男最长，立为太子，立窦姬为皇后，女嫖为长公主。"

⑮ 娇娥：古代女子人名常用二字。汉武帝陈皇后名阿娇（见上注⑤）。《玉台新咏》卷二晋左思《娇女诗》："我家有娇女，皎皎颇白皙。"《方言》卷二："秦、晋之间，美貌谓之娥。"

⑯ 巧笑：亦指人名。《古今注》卷下"杂注第七"："魏文帝宫人有绝所宠者，有莫琼树、薛夜来、陈尚衣、段巧笑四人，日夕在侧。琼树乃制蝉鬓，缥缈如蝉翼，故曰蝉鬓；巧笑姑以锦衣丝履作紫粉拂面；尚衣能歌舞；夜来善为衣裳，一时冠绝。"

⑰ 楚王宫里句：用楚灵王事。《韩非子》卷二《二柄》："故越王好勇，而民多轻死；楚灵王好细腰，而国中多饿人。"《后汉书》卷五十四《马援传》附《马廖传》："夫改政移风，必有其本，传曰：'吴王好剑客，百姓多创瘢；楚王好细腰，宫中多饿死。'"李贤注："《墨子》曰：'楚灵王好细腰，而国多饿人也。'"

⑱ 卫国佳人句：化用《诗经·卫风·硕人》语。《诗经·卫风·硕人》："手如柔荑，肤如凝脂。"一说语出《诗经·魏风·葛屦》，"卫"或疑作"魏"，参本段校记［八］。威按：《诗经·魏风·葛屦》："掺掺女手，可以缝裳。"毛传："掺掺，犹纤纤也。"然《诗经·邶风·静女》有"自牧归荑，洵美且异"句，毛传曰："荑，茅之始生

也。"是"柔荑"即柔弱之幼茅，亦下句所谓"纤手"，不必改作"魏"也。

⑲阅诗敦礼：宋玉《登徒子好色赋》："目欲其颜，心顾其义，扬《诗》守礼，终不过差。"《汉书》卷九十七下《外戚列传·孝成班倢伃传》："倢伃诵《诗》及《窈窕》《德象》《女师》之篇，每进见上疏，依则古礼。"

⑳东邻之自媒：《文选》卷十九宋玉《登徒子好色赋》："天下之佳人莫若楚国，楚国之丽者莫若臣里，臣里之美者莫若臣东家之子。臣东家之子，增之一分则太长，减之一分则太短，著粉则太白，施朱则太赤。眉如翠羽，肌如白雪，腰如束素，齿如含贝。嫣然一笑，惑阳城，迷下蔡。然此女登墙窥臣三年，至今未许也。"又《艺文类聚》卷十八"人部二"引司马相如《美人赋》："臣之东邻，有一女子，玄发丰艳，蛾眉皓齿，登垣而望臣，三年于兹矣，臣弃而不许。"《管子》卷一《形势第二》："自媒之女，丑而不信。"又《文选》卷三十七曹植《求自试表》："夫自炫自媒者，士女之丑行也。"

㉑西施之被教：用越女西施事。《吴越春秋》卷五《勾践阴谋外传第九》："十二年，越王谓大夫种曰：'孤闻吴王淫而好色，惑乱沈湎，不领政事。因此而谋，可乎？'种曰：'可破。夫吴王淫而好色，宰嚭佞以曳心，往献美女，其必受之。惟王选择美女二人而进之。'越王曰：'善。'乃使相工索国中，得苎萝山鬻薪之女，曰西施、郑旦，饰以罗縠，教以容步，习于土城，临于都巷，三年学服，而献于吴。"

㉒弟兄协律：用汉武帝李夫人事。《汉书》卷九十七上《外戚列传·李夫人》："孝武李夫人，本以倡进。初，夫人兄延年性知音，善歌舞，武帝爱之。每为新声变曲，闻者莫不感动。延年侍上起舞，歌曰：'北方有佳人，绝世而独立。一顾倾人城，再顾倾人国。宁不知倾城与倾国，佳人难再得。'上叹息曰：'善！世岂有此人乎？'平阳

主因言延年有女弟，上乃召见之，实妙丽善舞。由是得幸。"

㉓ 少长河阳：《汉书》卷九十七下《外戚列传·孝成赵皇后》："孝成赵皇后，本长安宫人。初生时，父母不举，三日不死乃收养之。及壮，属阳阿主家，学歌舞，号曰飞燕。成帝尝微行，出过阳阿主，作乐。上见飞燕而说之，召入宫，大幸。有女弟复召入，俱为婕妤，贵倾后宫。"颜师古注："阳阿，平原之县也。今俗书阿字作河，又或为河阳，皆后人所妄改耳。"威按："河阳"当为"阳阿"之讹。然据师古注，"河阳"之讹出现甚早，今见《〈玉台新咏〉序》此处均作"河阳"而无异文，盖徐陵所据亦为师古所谓"俗书"，原文如此，非后世妄改也。

㉔ 琵琶新曲句：用石崇作《王明君辞》事。晋石崇《王明君辞·序》："王明君者，本是王昭君，以触文帝讳改之。匈奴盛请婚于汉，元帝以后宫良家子昭君配焉。昔公主嫁乌孙，令琵琶马上作乐，以慰其道路之思。其送明君，亦必尔也。其造新曲，多哀怨之声，故叙之于纸云尔。"石崇（公元 249 年—公元 300 年），《文选》卷二十七《王明君辞》李善注："臧荣绪《晋书》云：'石崇，字季伦，渤海南皮人。早有智慧，稍迁至卫尉卿。初，崇与贾谧善，谧既诛，赵王伦专任孙秀。崇有妓曰绿珠，秀使人求之，崇不许。于是秀乃劝伦杀崇，遂遇害。'"今本《晋书》卷三十三有传。

㉕ 箜篌杂引句：用曹植作《箜篌引》事。《文选》卷二十七曹植《箜篌引》："置酒高殿上，亲友从我游。中厨办丰膳，烹羊宰肥牛。秦筝何慷慨，齐瑟和且柔。阳阿奏妙舞，京洛出名讴。乐饮过三爵，缓带倾庶羞。主称千金寿，宾承万年酬。惊风飘白日，光景驰西流。盛时不再来，百年忽我遒。生存华屋处，零落归山丘。"曹植（公元192 年—公元 232 年），沛国谯县（今安徽省亳州市）人，字子建，曹操第四子，有文才。封陈王，谥曰"思"。《三国志·魏志》卷十九有传。

㉖ 传鼓瑟于杨家：用杨恽事。《汉书》卷六十六《杨恽传》载恽报孙会宗书："家本秦也，能为秦声。妇，赵女也，雅善鼓瑟。奴婢歌者数人，酒后耳热，仰天拊缶，而呼乌乌。"

㉗ 得吹箫于秦女：用秦萧史事。《艺文类聚》卷四十四引《列仙传》曰："萧史者，秦穆公时人，善吹箫，能致孔雀、白鹤。穆公女弄玉好之，公妻焉。一旦随凤飞去。故秦楼作凤女祠，雍宫世有箫声云。"

㉘ 长乐：汉宫殿名。《三辅黄图》卷二："长乐宫，本秦之兴乐宫也。高皇帝始居栎阳。七年长乐宫成，徙居长安城。《三辅旧事》《宫殿疏》皆曰：'兴乐宫，秦始皇造，汉修饰之，周回二十里，前殿东西四十九丈七尺，两序中三十五丈，深十二丈。'长乐宫有鸿台，有临华殿，有温室殿，有信宫、长秋、永寿、永宁四殿。高帝居此宫，后太后常居之。"

㉙ 陈后知而不平：用汉武帝陈皇后阿娇事。《汉书》卷九十七上《外戚列传·孝武陈皇后》："孝武陈皇后，长公主嫖女也。曾祖父陈婴与项羽俱起，后归汉，为堂邑侯。传子至孙午，午尚长公主，生女。初，武帝得立为太子，长主有力，取主女为妃。及帝即位，立为皇后。擅宠骄贵，十余年而无子，闻卫子夫得幸，几死者数焉。"

㉚ 阏氏览而遥妒：用匈奴王皇后事。《史记》卷九十三《韩信传》："上出白登，匈奴骑围上，上乃使人厚遗阏氏。"张守节正义："阏，于连反，又音燕。氏，音支。单于嫡妻号，若皇后。"《汉书》卷一下《高帝纪下》："上自将，击韩王信于铜鞮，斩其将。信亡走匈奴，与其将曼丘、臣王黄共立故赵后赵利为王。收信散兵，与匈奴共距汉。上从晋阳连战，乘胜逐北，至楼烦，会大寒，士卒堕指者什二三。遂至平城，为匈奴所围，七日，用陈平秘计得出。"颜师古注："应劭曰：陈平使画工图美女，间遣人遗阏氏，云汉有美女如此，今皇帝困厄，欲献之。阏氏畏其夺己宠，因谓单于曰：'汉天子亦有神灵，得其土地，非能有也。'于是匈奴开其一角，得突出。郑氏曰：

'以计鄙陋,故秘不传。'师古曰:'应氏之说出桓谭《新论》,盖谭以意测之,事当然耳,非记传所说也。'"

二

至如^[一]东邻巧笑①,来^[二]侍寝于更衣②;西子微矉③,得^[三]横陈于甲帐④。陪游馺娑⑤,骋纤腰于结风⑥;长乐^[四]⑦鸳鸯⑧,奏新声于度曲⑨。妆^[五]鸣^[六]蝉之薄鬓⑩,照堕^[七]马之垂鬟⑪。反插金钿^[八]⑫,横抽宝^[九]树⑬。南都石黛⑭,最发双蛾^[一〇]⑮;北地燕支^[一一]⑯,偏开两靥。亦有岭上仙童⑰,分丸魏帝⑱;腰中宝凤⑲,授历轩辕^[一二]⑳。金星㉑将^[一三]婺女㉒争华,麝月㉓与^[一四]常娥^[一五]㉔竞爽。惊鸾冶^[一六]袖㉕,时飘韩掾之香㉖;飞燕长裾^[一七]㉗,宜结陈王之佩^[一八]㉘。虽非图画,入甘泉而不分㉙;言异神仙,戏阳台而无别㉚。真可谓倾国倾城,无对无双者也㉛。加以天(时)^[一九][情]开朗,逸思雕华,妙解文章,尤工诗赋。琉璃^[二〇]砚^[二一]匣㉜,终日随身;翡翠笔床㉝,无时离手。清文满箧,非惟芍药之花㉞;新制连篇,宁止蒲萄之树㉟。九日登高,时有缘情之作㊱;万年公主,非无累德^[二二]之辞^[二三]㊲。其佳丽也如彼,其才情也如此^[二四]。

【校记】

[一] 至如:《类聚》无二字,《英华》作"以至"。《考异》:"至,《文苑英华》作'且',误。"

[二] 来:《英华》作"唯"。

[三] 得:郑本、《英华》作"将"。"至如"至"甲帐"《类聚》脱。

[四] 长乐:《类聚》作"张乐"。

[五] 妆:郑本、《类聚》作"装"。

[六] 鸣:《英华》误作"明"。《考异》:"鸣,《文苑英华》作'明'。"

[七] 堕：《英华》误作"坠"。《考异》："堕，《文苑英华》作'坠'，误。"

[八] 钿：《类聚》《英华》作"莲"。《考异》："钿，《文苑英华》作'莲'。"

[九] 宝：活字本作"瑶"。

[一〇] 蛾：《类聚》作"娥"。

[一一] 燕支：郑本作"燕脂"。

[一二] 轩辕：《考异》："四句与下文不属，疑有脱落。"

[一三] 将：郑本、《类聚》《英华》作"与"。

[一四] 与：郑本、《英华》作"共"。

[一五] 常娥：郑本作"嫦娥"，《类聚》《英华》、活字本均作"姮娥"。

[一六] 冶：《英华》误作"治"。

[一七] 裾：《类聚》作"裙"。"真可"至"无对无双者也"《类聚》脱。

[一八] 珮：活字本、《英华》作"佩"。

[一九] 时：《类聚》作"情"，《英华》作"晴"。《考异》："情，《艺文类聚》、宋刻作'时'，《文苑英华》作'晴'。案《魏书·霍光传》曰：'天情冲谦，动定祗愧。'《齐书·王文殊传》曰：'婚义灭于天情，官序空于素抱。'庾信《谯国夫人步陆孤氏墓志》曰：'敬爱天情，言容礼典。'则'天情'二字本南北朝之习语，盖讹'情'为'晴'，又讹'晴'为'时'耳。揆以文意，舛误显然，今改正。"威按：纪氏之言是，当从《类聚》作"情"。

[二〇] "琉璃"至"离手"：《类聚》脱。

[二一] 砚：《英华》作"研"。威按：古"砚"与"研"通。

[二二] 累德：《考异》："吴显令注本改'累德'为'谇德'。引《晋书》左贵嫔作《万年公主谇》事为证。案刘勰《文心雕龙》曰：

'诔者，累也。累其德行，旌之不朽也。'然则'累德之词'即指作诔，不必改'累'为'诔'。"

　　[二三] 辞：《类聚》作"词"。

　　[二四] 其佳丽也如彼，其才情也如此：此句《类聚》脱。

【注释】

　　① 东邻巧笑：东邻，见"一"部分注㉑。巧笑，美好之笑。《诗经·卫风·硕人》："巧笑倩兮，美目盼兮。""东邻巧笑"与下句"西子微矉"对文，故与"一"部分"曾名巧笑"之"巧笑"指人名不同。

　　② 侍寝于更衣：用汉卫子夫事。《史记》卷四十九《外戚世家·卫子夫》："卫皇后字子夫，生微矣。盖其家号曰卫氏，出平阳侯邑。子夫为平阳主讴者。武帝初即位，数岁无子。平阳主求诸良家子女十余人，饰置家。武帝祓霸上还，因过平阳主。主见所侍美人。上弗说，既饮，讴者进，上望见，独说卫子夫。是日，武帝起更衣，子夫侍尚衣轩中，得幸。上还坐欢甚，赐平阳主金千斤。主因奏子夫奉送入宫。"张守节正义："尚，主也，于主衣车中得幸也。"

　　③ 西子微矉：用西施事。《庄子》卷五《天运第十四》："西施病心而矉其里，其里之丑人见而美之，归亦捧心而矉其里。其里之富人见之，坚闭门而不出，贫人见之，挈妻子而去之走。彼知矉美而不知矉之所以美。"梁刘勰《文心雕龙》卷三《杂文第十四》："可谓寿陵匍匐，非复邯郸之步；里丑捧心，不关西施之矉矣。"

　　④ 横陈于甲帐，横陈，宋玉《讽赋》："主人之女又为臣歌曰：'内怵惕兮徂玉床，横自陈兮君之旁。君不御兮妾谁怨，死日将至兮下黄泉。'"释德洪《楞严合论》引司马相如《好色赋》曰："花容自献，玉体横陈。"甲帐，见"一"部分注⑥。

　　⑤ 驳娑：汉宫殿名。《文选》卷一班固《西都赋》："经骀荡而出

骙娑，洞枌诣以与天梁。"李善注："《关中记》曰：'建章宫有骙娑、骀荡、枌诣、承光四殿。'骙，素合切。娑，苏可切。"《三辅黄图》卷三："骙娑宫，骙娑，马行疾貌。马行迅疾，一日之间遍宫中，言宫之大也。"

⑥ 结风：用赵飞燕事。《拾遗记》卷六："（汉成）帝尝以三秋闲日，与飞燕游戏太液池"，"每轻风时至，飞燕殆以风飘摇随风入水。帝以翠缨结飞燕之裙，游倦乃返。飞燕后渐见疏，常怨恚曰：'妾微贱，何时复预缨裙之游。'今太液池中尚有避风台，即飞燕结裙之处。"一说为舞名。《文选》卷八司马相如《上林赋》："鄢郢缤纷，激楚结风。"李善注：'李奇曰：'鄢今宜城县也。郢，楚都也。缤纷，舞也。'张揖曰：'楚歌曲也。'文颖曰：'激，冲激、急风也，结风，亦急风也。楚地风气既自漂疾，然歌乐者犹复依激结之急风为节也，其乐促迅哀切也。'吕向曰："言楚舞之急，可萦结回风也。"《文选》卷十七傅毅《舞赋》："激楚结风，阳阿之舞。"

⑦ 长乐：犹长久快乐。《韩非子·功名》："以尊主御忠臣，则长乐生而功名成。"汉焦赣《易林·小畜之央》："如鱼逢水，长乐受喜。"一说指汉长乐宫，许逸民即持此说。高步瀛则曰："此长乐与陪游对文，与前长乐为宫名异。"威按：高说是。

⑧ 鸳鸯：汉宫殿名。《三辅黄图》卷三"未央宫"："（汉）武帝时，后宫八区有昭阳、飞翔、增成、合欢、兰林、披香、凤凰、鸳鸯等殿。"

⑨ 度曲：制曲，作曲。《汉书》卷九《元帝纪》："元帝多材艺，善史书，鼓琴瑟，吹洞箫，自度曲，被歌声，分刌节度，穷极幼眇。"颜师古注："应劭曰：'自隐度作新曲，因持新曲以为歌诗声也。'"

⑩ 鸣蝉之薄鬓：即蝉鬓。参"一"部分注⑯。

⑪ 堕马之垂鬓：即堕马髻。《后汉书》卷六十四《梁冀传》："农人宰宣素性佞邪，欲取媚于冀，乃上言大将军有周公之功，今既封诸

子，则其妻宜为邑君。诏遂封冀妻孙寿为襄城君，兼食阳翟租，岁入五千万。加赐赤绂，比长公主。寿色美而善为妖态，作愁眉，啼妆，堕马髻，折腰步，龋齿笑，以为媚惑。"李贤注："《风俗通》曰：'愁眉者，细而曲折。啼妆者，薄拭目下若啼处。堕马髻者，侧在一边。折腰步者，足不任体。龋齿笑者，若齿痛不忻忻。始自冀家所为，京师翕然皆放效之。'"

⑫ 金钿：金钗，此首饰流行于六朝。《邺中记》："魏文帝陈巧笑，挽髻别无首饰，惟用圆顶金簪一只插之。文帝目曰：'玄云黯霭兮金星出'。"《玉台新咏》卷五丘迟《敬酬柳仆射征怨》："耳中解明月，头上落金钿。"同卷何逊《咏照镜》："羽钗如可间，金钿长相逼。"同卷王枢《徐尚书座赋得阿怜》："溢币金钿满，参差绣领斜。"

⑬ 宝树：即步摇，其形状似树而以宝石修饰，故名。《后汉书》卷四十《舆服志下》："步摇以黄金为山题，贯白珠为桂枝相缪，一爵九华，熊、虎、赤黑、天鹿、辟邪、南山丰大特六兽，《诗》所谓'副笄六珈'者。"《释名》卷四"释首饰"："步摇上有垂珠，步则摇动也。"

⑭ 南都石黛：南都，未详所指。石黛，石墨。吴兆宜曰："广东始兴县溪中出石墨，妇女取以画眉，名画眉石。"

⑮ 双蛾：双眉，古人以眉似蚕蛾触须细长弯曲为美，故云"蛾"。《诗经·卫风·硕人》："齿如瓠犀，螓首蛾眉。"《古今注》："魏宫人好画长眉，令作蛾眉、惊鹤髻。"

⑯ 北地燕支：《古今注》卷中："燕脂，盖起自纣。以红蓝花汁凝作燕脂，以燕国所生，故曰燕脂。涂之作桃红妆。"同书卷下："燕支，叶似蓟，花似蒲公，出西方。土人以染，名为燕支。中国人谓之红蓝，以染粉为面色，谓为燕支粉。"

⑰ 岭上仙童：用桥璋、桥琮事。《太平寰宇记》卷五十五引《颜修内传》："桥顺，字重产。有二子，曰璋，曰琮，师事仙人卢子基于

隆虑山栖霞谷。教二子清虚之术，服飞龙药，一丸千年不饥。故魏文帝诗曰：'西山有双童，不饮亦不食'谓此也。"

⑱ 分丸魏帝：用曹丕作《游仙诗》事。《艺文类聚》卷七十八引曹丕《游仙诗》曰："西山一何高，高高殊无极。上有两仙童，不饮亦不食。与我一丸药，光曜有五色。服药四五日，胸臆生羽翼。轻举生风云，倏忽行万亿。流览观四海，茫茫非所识。"魏帝，魏文帝曹丕（公元 187 年—公元 226 年），曹操次子，魏国开国君主，有文才，《三国志·魏志》卷二有传。

⑲ 腰中宝凤：宝凤，指箫管，箫能仿凤音亦能至凤，故以凤代指箫。刘向《列仙传·萧史》："萧史者，秦穆公时人也。善吹箫，能致孔雀、白鹤于庭。穆公有女字弄玉，好之。公遂以女妻焉。日教弄玉作凤鸣。居数年，吹似凤声。凤凰来止其屋，公为作凤台，夫妇止其上不下数年。一旦，皆随凤凰飞去。故秦人为作凤女祠于雍宫中，时有箫声而已。"

⑳ 授历轩辕：箫管可用于定音，亦可用于监测候节变化，故言箫（宝凤）可"授历"于轩辕。《吕氏春秋》卷五"古乐"："昔黄帝令伶伦作为律。伶伦自大夏之西，乃之阮隃之阴，取竹于嶰谿之谷，以生空窍厚钧者、断两节间、其长三寸九分而吹之，以为黄钟之宫，吹曰舍少。次制十二筒，以之阮隃之下，听凤皇之鸣，以别十二律。"轩辕，即黄帝，姓姬，五帝之一。

㉑ 金星：裁金作星，即用金色材质物品裁成星状，贴于面部以起修饰作用的妆饰，为南朝妇女流行的面妆。《玉台新咏》卷七南朝梁萧纲《美女篇》："约黄能效月，裁金巧作星"。又同书卷七南朝梁萧纪《闺妾寄征人》："敛色金星聚，萦悲玉筯流。"

㉒ 婺女：即女宿，又作须女、务女，二十八宿之一，有星四颗。上句言"金星"，此处即比之以星。《礼记·月令》："（孟夏之月）日在毕，昏翼中，旦婺女中。"《史记·天官书》："婺女，其北织女。"

司马贞索隐："务女。《广雅》云：'须女谓之务女，是也。一作婺。'"

㉓ 麝月：散麝成月，即将黄色的妆粉涂于额头以效仿月亮，此妆在南朝盛行。麝，指黄色麝粉。《玉台新咏》卷七梁萧纲《美女篇》："约黄能效月，裁金巧作星。"又同书卷八梁王训《奉和率尔有咏》："散黄分黛色，薰衣杂枣香。"

㉔ 常娥：亦作嫦娥、姮娥，传说中后羿之妻，居月宫，此处代指月，上半句言"麝月"此处即比之以月。《淮南鸿烈》卷四《览冥训》："羿请不死之药于西王母，姮娥窃以奔月。"高诱注："姮娥，羿妻。羿请不死之药于西王母，未及服之，姮娥盗食之，得仙，奔入月中，为月精。"

㉕ 惊鸾冶袖：舞袖飞动貌。《初学记》卷十五引晋张载《鞞舞赋》："轻裾鸾飞，漂微逾曳。"《文苑英华》卷二百十一录张正见《怨歌行》："舞衫飘冶袖，歌扇掩团纱。"

㉗ 韩掾之香：用韩寿事。《世说新语》卷下《惑溺篇》："韩寿美姿容，贾充辟以为掾，充每聚会，贾女午于青琐中见寿，悦之，常怀存想，发于吟咏。后婢往寿家具述其事，并言女光丽。寿闻之心动，遂请婢潜修音问。及期往宿，寿矫捷过人，逾墙而入，家人莫知。自是充觉女盛自拂拭，悦畅有异于常。后会诸吏，闻寿有异香之气，是外国所贡，香一着人历月不歇。充计武帝惟赐已及陈骞，家余无此，疑寿与女通，而垣墙至密，门阁极峻，何由得尔？乃托言有盗，令人修墙。使者反，曰：'其余无异，唯东北角如有人迹，而墙高非人所能逾。'乃取左右婢考问，即以状言。充秘之，以女妻寿。"

㉘ 飞燕长裾：衣襟舞动貌。《艺文类聚》卷四三引张衡《舞赋》："裾似飞燕，袖如回雪。"吴兆宜曰："《西京杂记》曰：'赵飞燕立为皇后，其弟上遗织成裙。'"高步瀛曰："吴注引赵飞燕事，非是。"威按：高说是。"飞燕"与上句"惊鸾冶袖"之"惊鸾"相偶，非人名甚明。

㉙ 陈王之佩：用曹植《洛神赋》中语。曹植《洛神赋》："愿诚素之先达，解玉佩以要之。"陈王，指曹植，见"一"部分注㉖。

㉚ 虽非图画句：用汉武帝李夫人事。《汉书》卷九十七上《外戚列传上·孝武李夫人》："李夫人少而蚤卒，上怜悯焉，图画其形于甘泉宫。"

㉛ 言异神仙句：用巫山神女事。《文选》卷十九宋玉《高唐赋》："昔者楚襄王与宋玉游于云梦之台，望高唐之观。其上独有云气，崒兮直上，忽兮改容，须臾之间，变化无穷。王问玉曰：'此何气也？'玉对曰：'所谓朝云者也。'王曰：'何谓朝云？'玉曰：'昔者先王尝游高唐，怠而昼寝，梦见一妇人，曰：妾巫山之女也，为高唐之客。闻君游高唐。愿荐枕席。'王因幸之。去而辞曰：'妾在巫山之阳，高丘之岨，旦为朝云，暮为行雨。朝朝暮暮，阳台之下。'"刘良曰："朝行云，暮行雨，皆神女自称。阳台，神自言之，实无有也。"

㉜ 倾国倾城句：用汉武帝李夫人事。见"一"部分注㉓。

㉝ 琉璃砚匣：以宝石修饰的砚盒。《西京杂记》卷一："天子笔管以错宝为跗，毛皆以秋兔之毫，官师路扈为之，以杂宝为匣，厕以玉璧翠羽，皆直百金。"

㉞ 翡翠笔床：以翡翠修饰的笔架。《山堂肆考》卷一百七十七："《东宫旧事》：'皇太子初拜，给漆笔四枝，铜博山笔床副焉。'《树萱录》：'南朝呼笔管为床。'梁文帝《答徐摛书》：'特设书幌，下置笔床，笔四管为一床。'或云笔床即笔架。"

㉟ 芍药之花：崔豹《古今注》卷下："牛亨问曰：'将离相赠以芍药者何？'答曰：'芍药一名可离，故将别以赠之。'"以下四典代指以功用划分的四种文体，依出典处文意，此处当代指赠别之作。

㊱ 蒲萄之树：《艺文类聚》卷八七载有钟会、荀勖《蒲萄赋》各一篇。据《太平御览》卷九七二"蒲萄"条引钟会《〈蒲萄赋〉序》可考知二赋的创作背景，其文曰："余植葡萄于堂前，嘉而赋之，命

荀勖并作。"知相较钟会赋作，荀勖《蒲萄赋》实受命为之，故此处指奉和之作。

㊲ 九日登高：魏文帝《与钟繇九日送菊书》："九日阳数，而日月并应，俗嘉其名，以为宜于长久，故以享宴高会。"《艺文类聚》卷四引南朝梁吴均《续齐谐记》："今世人每至九日，登山饮菊酒。"知重阳节登高游宴为六朝时风俗，此时所缘之情当为宴饮时欢乐之情，所作诗歌其时称为公宴诗。

㊳ 万年公主：《晋书》卷三十一《后妃传·左贵嫔》："左贵嫔名芬。兄思，别有传。芬少好学，善缀文，名亚于思，武帝闻而纳之""帝女万年公主薨，帝痛悼不已，诏芬为诔，其文甚丽。"此代指悼亡之作。

三

既而椒宫[一]宛转①，柘馆阴岑②；绛鹤[二]③晨严，铜蠡[三]④昼静[四]。三星未夕[五]，不事怀衾⑤；五日犹赊[六]，谁能理曲⑥。优游少托，寂寞多闲。厌长乐之疏钟⑦，劳中宫[七]之缓箭⑧。纤腰[八]无力，怯南阳[九]之捣衣⑨；生长深宫，笑扶风之织锦⑩。虽复投壶玉女，为（观）[一○]［欢］尽于百（娇）[一一]［娇］⑪；争博齐姬，心赏穷于六箸[一二]⑫。无怡神于眼景，惟属意于新诗。庶[一三]得代彼皋[一四]苏[一五]⑬，蠲兹[一六]愁疾。

【校记】

[一] 椒宫：《类聚》作"椒房"。《考异》："《艺文类聚》作'椒房'。"

[二] 绛鹤：《艺文类聚》误作"木鹤"，《文苑英华》误作"绛剑"。《考异》："绛，《艺文类聚》作'木'；鹤，《文苑英华》作'剑'，并误。"高步瀛曰："《文苑》'鹤'作'劒'，《法海》初刻同，盖'鑰'字之误。"

［三］蠹：《类聚》误作"梁"，《英华》作"铺"。《考异》："蠹，《文苑英华》作'铺'，义可两存。《艺文类聚》'蠹'作'梁'，'静'作'靖'，并误。"

［四］静：《类聚》误作"靖"，《英华》误作"净"。

［五］"三星"至"理曲"：《类聚》脱。

［六］賒：郑本、《英华》误作"余"。《考异》："賒，《文苑英华》作'余'，误。"高步瀛曰："《文苑》'餘'作'余'，盖误脱其半耳。"

［七］中宫：《英华》误作"宫中"。《考异》："中宫，《艺文类聚》作'宫中'。案'中宫'字出《汉书·哀帝纪》，注谓皇后之宫。沈括《梦溪笔谈》引此句亦作'中宫'，与宋刻合，今从之。"威按：检南宋绍兴本《类聚》作"中宫"，纪氏概将《英华》误记为《类聚》，或另有所本。

［八］纤腰：郑本、《英华》作"轻身"，《类聚》作"身轻"。高步瀛曰："《文苑》'纤腰'作'轻身'，除严本外各本皆从。严本从宋刻，与《艺文》合。盖此处作'纤腰'，则一篇'纤腰'字两见，疑后人改以避之。然篇中'巧笑'字两见，一为人名，一为形状，尚字同而义异。至'纤手'字两见，则无异矣。'长乐'字三见，其一义异，其二则无异矣。古人于此等处，不免疏略，未可为法，然读者当心知其意，亦不得强改古人之文也。后世选文者，妄改古人之文，最为恶习，切宜深戒。"威按：高氏之言可从。

［九］南阳：《英华》误作"南宫"。《考异》："阳，《英华》作'宫'，误。"

［一〇］观：郑本、活字本、《类聚》《英华》作"欢"，是。威按：此句典出《神异经·东荒经》："东荒山中有大石室，东王公居焉。长一丈，头发皓白，人形鸟面而虎尾，载一黑熊，左右顾望。恒与一玉女投壶，每投千二百矫。设有人不出者，天为之嚆嘘，矫出而脱误不接者，天为之笑。"矢矫出脱误不中而天笑，笑者，欢也。故

作“观”误（繁体作“觀”），当为“欢”（繁体作“歡”），盖因形近而讹。

［一一］娇：当为“矫”之讹误。《考异》：“诸本皆作‘百娇’。惟冯氏校本作‘百骁’。案：《神异经》曰：‘东王公与玉女投壶，枭而脱误不接者，天为之笑。’又《西京杂记》曰：‘郭舍人善投壶，激矢令还。一矢百余返，谓之为骁。’‘骁’‘枭’义通。作‘娇’为误。证佐显然，不为轻改，故从冯氏校本。”威按：参上条与纪氏语，“矫”盖因形近讹为“娇”。

［一二］箸：郑本、《类聚》误作“著”，《英华》作“齿”。威按：洪兴祖《楚辞补注》引《古博经》云：“博法：二人相对坐向局，局分为十二道，两头当中名为水，用棋十二枚，六白六黑，又用鱼二枚置于水中。其掷采以琼为之，琼畟方寸三分，长寸五分，锐其头，钻刻琼四面为眼，亦名为齿。是作‘齿’亦通。”

［一三］庶：郑本、《英华》作“可”。

［一四］皋：郑本、《英华》作“萱”。

［一五］“庶得”至“愁疾”：《类聚》脱。

［一六］蠲兹：郑本、《英华》作“微蠲”。《考异》：“蠲兹，《文苑英华》作‘微蠲’。”

【注释】

① 椒宫宛转：椒宫，即椒房殿，汉宫殿名，皇后所居。《三辅黄图》卷三“未央宫”：“椒房殿，在未央宫，以椒和泥涂，取其温而芬芳也。”《艺文类聚》卷十五引应劭《汉宫仪》：“皇后称椒房，取其实蔓延盈升。以椒涂室，取温暖祛恶气也。”宛转，蜿蜒曲折貌，言宫殿大而冷清。

② 柘馆阴岑：柘馆，即柘观，汉宫殿名，在上林苑中，班婕妤曾居此。《三辅黄图》卷四“苑囿”：“上林苑有昆明池，武帝置。又有

茧观、平乐观……柘观。"《汉书》卷九十七下《外戚列传·班婕妤》："痛阳禄与柘馆兮，仍襁褓而离灾。"颜师古注："服虔曰：'二馆名也。生子此馆，皆失之也。'"阴岑：幽深貌，亦言宫室之清冷。

③ 绛鹤：指铜锁，"绛"言颜色，"鹤"状形貌。陈江总《为陈六宫谢表》："鹤钥晨启，雀钗晓暎。"

④ 铜蠡：指铜制螺形铺首，即古代大门上用以衔门环之底座。王利器《风俗通义校注·佚文》"宫室"条："门户铺首。谨按：《百家书》云：公输般之水上，见蠡，谓之曰：'开汝匣，见汝形。'蠡适出头，般以足画图之，蠡引闭其户，终不可得开。般遂施之门户，欲使闭藏当如此周密也。"

⑤ 三星未夕句：表不被宠幸之意。典出《诗经·召南·小星》："嘒彼小星，三五在东。肃肃宵征，夙夜在公。寔命不同。嘒彼小星，维参与昴。肃肃宵征，抱衾与裯。实命不犹。"《毛诗序》曰："小星，惠及下也。夫人无妒忌之行，惠及贱妾，进御于君，知其命有贵贱，能尽其心矣。"

⑥ 五日犹赊句：亦受冷落之意。典出《汉书》卷八十一《张禹传》："禹性习知音声，内奢淫，身居大第，后堂理丝竹管弦。"颜师古注："如淳曰：'今乐家五日一习乐，为理乐。'"赊，犹长也。

⑦ 长乐之疏钟：长乐，汉宫殿名，见"一"部分注㉘。《史记》卷九十二《淮阴侯列传》："后使武士缚（韩）信，斩之长乐钟室。"张守节正义："长乐宫悬钟之室。"钟，古代计时工具。

⑧ 中宫之缓箭：中宫，汉宫殿名。《汉书》卷十一《哀帝纪》："（绥和二年）五月丙戌，立皇后傅氏。诏曰：'《春秋》母以子贵，尊定陶太后曰恭皇太后，丁姬曰恭皇后，各置左右詹事，食邑如长信宫、中宫。'"颜师古注："李奇曰：'傅姬如长信，丁姬如中宫也。'师古曰：'中宫，皇后之宫。'"箭，即漏箭，古代计时工具。

⑨ 南阳之捣衣：用光烈阴皇后华思念光武帝事。此事现存史料无

明载，然可略约考知：《后汉书》卷十上《光烈阴皇后纪》："光烈阴皇后讳丽华，南阳新野人。初，光武适新野，闻后美，心悦之。后至长安，见执金吾车骑甚盛，因叹曰：'仕宦当作执金吾，娶妻当得阴丽华。'更始元年六月，遂纳后于宛当成里，时年十九。及光武为司隶校尉，方西之洛阳，令后归新野。及邓奉起兵，后兄识为之将，后随家属徙淯阳，止于奉舍。光武即位，令侍中傅俊迎后，与胡阳、宁平主诸宫人俱到洛阳，以后为贵人。"又《后汉书》卷一上《光武帝纪》："（更始元年九月）更始将北都洛阳，以光武行司隶校尉，使前整修宫府。"知阴皇后为南阳新野人，于更始元年六月嫁于光武，三月后即分离，直至光武称帝始相聚。又据《元和郡县志》卷二十三"新野县"："阴皇后宅在县东北，捣衣石存焉。"捣衣为怀远意象，谢朓《秋夜》："秋夜促织鸣，南邻捣衣急。"；又《古诗》："闺中有一妇，捣衣寄远人。深夜不安寝，杵声闻四邻。夫婿从军久，别离无冬春。欲寄向何处，边塞多风尘。兰茝徒芬香，无由近君身。"然则徐陵之世或有阴丽华捣衣思远轶事之流传，故作此语。

⑩ 扶风之织锦：用窦滔妻事。《晋书》卷九十六《列女传·窦滔妻苏氏》："窦滔妻苏氏，始平人也，名蕙，字若兰。善属文。滔，苻坚时为秦州刺史，被徙流沙，苏氏思之，织锦为回文旋图诗以赠滔。宛转循环以读之，词甚凄婉。凡八百四十字，文多不录。"《元和郡县志》卷二"关内道二"："京兆府兴平县，本汉平陵县，属右扶风，魏文帝改为始平，晋武改置始平国，领槐里县。"

⑪ 投壶玉女句：用东王公与玉女投壶事。见《神异经·东荒经》，参本部分校记［一一］。

⑫ 争博齐姬句：争博，《晋书》卷三十一《后妃列传·胡贵嫔》："胡贵嫔名芳，父奋"，"尝与之樗蒲争矢，遂伤上指。帝怒曰：'此固将种也。'芳对曰：'北伐公孙，西距诸葛，非将种而何？'帝甚有惭色。"六箸，《史记》卷六十九《苏秦列传》："临淄甚富而实，其民无

不吹竽鼓瑟，弹琴击筑，斗鸡走狗，六博蹋鞠者。"司马贞索隐："王逸注《楚词》云：'博，着也。行六棋，故云六博。'"威按：与晋武帝争博的胡芳为安定临泾（今甘肃镇原南）人，非"齐姬"，然齐地有博戏之风，此句盖参合二事而来。

⑬ 皋苏：《山海经》卷一《南山经》："仑山者，其山上有金玉，下多青膜，有木状如谷而赤理，其汁如漆，其味如饴，食者不饥，可以释劳，其名曰白䓘，可以血玉。"郭璞注："或作皋苏。皋苏一名白䓘，见《广雅》，音羔。"《初学记》卷二十七引王朗《与魏太子书》："萱草忘忧，皋苏释劳，无以加也。"

四

但往世名篇，当今巧制，分诸[一]麟阁①，散在鸿都②。不籍[二]③篇章[三]，无由披览。于是然脂④暝写，弄笔[四]晨书，选[五]录艳歌，凡为十卷。曾无参于《雅》《颂》，亦靡滥于风人，泾渭之间，若斯而已[六]⑤。于是[七]丽以金箱[八]，装之宝轴[九]⑥。三台妙迹[一〇]⑦，龙[一一]伸蠖屈之书⑧；五色花笺，河[一二]北胶东之纸⑨。高楼[一三]红[一四]粉⑩，仍定鱼鲁[一五]之文⑪；辟[一六]恶生香⑫，聊防羽陵之蠹⑬。灵飞[一七]（太）[六]甲[一八]，高檀[一九]玉函⑭；鸿烈仙方，长推丹枕[二〇]⑮。

【校记】

[一] 诸：《类聚》作"封"。

[二] 籍：《英华》作"务"。

[三] 篇章：《类聚》《英华》作"连章"。《考异》："'篇章'二字未详，《艺文类聚》作'篇连'，亦不可解，疑为'编连'之讹。"威按：作"篇章"不误。高步瀛曰："谓篇章者，言名作甚多，不可胜览，且分藏内府，未易得见，故撰而录之，或取其一篇一章，摭其精

要，藉供披览也。”

[四] 笔：郑本、《类聚》作“墨”。《考异》：“笔，《艺文类聚》作‘墨’。”

[五] 选：郑本、《类聚》作“撰”。《考异》：“撰，《文苑英华》作‘选’。案古人编辑总集，皆谓之‘撰’，《文选》题‘梁昭明太子撰’，犹是古法，作‘选’为误。”威按：纪氏之说可从。

[六] 而已：《类聚》《英华》后有“也”字。《考异》：“《艺文类聚》‘而已’下有‘也’字。”

[七] 于是：《英华》脱。《考异》：“《文苑英华》误脱‘于是’二字。”

[八] 箱：《英华》作“绳”。

[九] 宝：活字本作“瑶”。

[一〇] 迹：《英华》作“札”。《考异》：“迹，《文苑英华》作‘札’。”

[一一] 龙：《英华》前衍“亦”字。《考异》：“《文苑英华》‘龙伸’上有‘亦’字，‘河北’上有‘皆’字，皆于文为衍。”

[一二] 河北：《英华》前衍“皆”字。

[一三] 楼：《英华》误作“按”。《考异》：“《文苑英华》作‘高按铅粉’，误。”

[一四] 红：《英华》作“铅”。

[一五] 鱼鲁：《英华》作“鲁鱼”。

[一六] 辟：活字本作“避”。

[一七] 灵飞：郑本、《英华》误作“云飞”。《考异》：“灵飞，《文苑英华》作‘云飞’。六甲，宋刻作‘太甲’。案六甲、灵飞十二事，封以白玉函，事出《汉武内传》，两本均讹。今‘云’字从宋刻作‘灵’。‘太’子从《文苑英华》作‘六’。”威按：纪氏之言是。《太平广记》卷三引《汉武内传》：“上元夫人即命侍女纪离容，径到扶广山，敕青真小童，出六甲左右灵飞致神之方十二事，当以授刘彻

也。"另，《考异》"'太'子从《文苑英华》作'六'"中之'子'字，当为'字'之讹误。

[一八]太甲：郑本、《英华》作"六甲"，是，底本误，当据改。参上条。

[一九]檀：郑本作"擅"，《英华》误作"禅"。

[二〇]"于是"至"长推丹枕"：《类聚》脱。

【注释】

① 麟阁：汉宫殿名，为图书收藏机构。《三辅黄图》卷二引《汉宫殿疏》："未央宫有麒麟阁、天禄阁。"同书卷六引《汉宫殿疏》："天禄、麒麟阁，萧何造，以藏秘书、处贤才也。"

② 鸿都：汉宫门名，内设学术机构，兼藏书。《后汉书》卷八《灵帝纪》："（光和元年二月）己未，地震，始置鸿都门学生。"李贤注："鸿都，门名也，于内置学。"《后汉书》卷一百九上《儒林传》："董卓移都之际，吏民扰乱，自辟雍、东观、兰台、石室、宣明、鸿都诸藏典策文章，竞共剖散，其缣帛图书，大则连为帷盖，小乃制为滕囊。"

③ 不籍：籍，犹记，记录。《左传·成公二年》："非礼也，勿籍。"杜预注："籍，书也。"不籍，言没有被记录下来。

④ 然脂：然，"燃"古字，燃烧之意。脂，油脂，脂肪。然脂，古时以油脂作为照明燃料，此处指点燃灯烛。

⑤ 无参于《雅》《颂》句：参，并也。靡，无也。泾渭，《诗经·邶风·谷风》："泾以渭浊，湜湜其沚。"毛传："泾渭相入而清浊异。"此句谓所集"艳歌"虽上不及《雅》《颂》，然下亦不至逾越《国风》的尺度。

⑥ 丽以金箱句：金箱，金制的箱子，用以珍藏宝物。宝轴，特殊材料制成的珍贵书轴。《太平广记》卷三引《汉武内传》："其后帝以

王母所授五真图、灵光经，及上元夫人所授六甲、灵飞十二事，自撰集为一卷，及诸经图，皆奉以黄金之箱，封以白玉之函，以珊瑚为轴，紫锦为囊，安著柏梁台上。"

⑦ 三台妙迹：用东汉蔡邕事。《后汉书》卷九十下《蔡邕传》："中平六年，灵帝崩，董卓为司空，闻邕名高，辟之。称疾不就。卓大怒，詈曰：'我力能族人，蔡邕遂偃蹇者，不旋踵矣。'又切敕州郡举邕诣府，邕不得已，到，署祭酒，甚见敬重。举高第，补侍御史，又转侍书御史，迁尚书。三日之间，周历三台。"蔡邕公元（公元133年—公元192年），字伯喈，陈留人（今河南开封）。东汉著名文学家、书法家。《后汉书》卷六十有传。

⑧ 龙伸蠖屈：谓蔡邕书法之妙。唐张彦远《书法要录》卷七引晋王瑉《行书状》："虎踞凤跱，龙伸蠖屈。资胡氏之壮杰，兼钟公之精密，总二妙之所长，尽众美乎文质。"又同书卷二引袁昂《古今书评》："蔡邕书：骨气洞达，爽爽有神。"

⑨ 五色花笺：用后赵石虎事。《太平御览》卷六百五引《邺中记》："石虎诏书以五色纸，著凤凰口中，令衔之飞下端门。"威按：后赵时期，胶东地区为石虎统治区域，故云。

⑩ 高楼红粉：红粉，要有二说，一谓用于书籍点校的红色铅粉笔。《文苑英华》卷一二六梁萧绎《玄览赋》："先铅摘于鱼鲁，乃纷定于陶阴。"《文选》卷三十八任昉《为范始兴作求立太宰碑表》："人蓄油素，家怀铅笔"，李周翰注："铅粉笔也，所以理书。"一谓化妆所用胭脂与铅粉，典出《古诗十九首》（青青河畔草）："盈盈楼上女，皎皎当窗牖。娥娥红粉妆，纤纤出素手。"威按：下句"辟恶生香"指用香料来防止蠹虫侵书，此句当与之相应，指用铅粉校正书中错误。故前说是。

⑪ 鱼鲁之文：指文字讹误。晋葛洪《抱朴子内篇》卷四《遐览》："书字人知之，犹尚写之多误。故谚曰：'书三写，鱼成鲁，虚成虎。'

此之谓也。"

⑫ 辟恶生香：指防书虫的香料。《初学记》卷十二引三国魏鱼豢《典略》："芸苔香辟纸鱼蠹，故藏书台称芸台。"

⑬ 羽陵之蠹：用周穆王事。《太平御览》卷二十四引《穆天子传》："仲秋甲戌，天子东游。次于雀梁，蠹书于羽陵。"

⑭ 灵飞太甲句：用汉武帝事。见本部分注⑥。

⑮ 鸿烈仙方句：用汉淮南王刘安事。《汉书》卷三十六《楚元王传》附《刘向传》："淮南有《枕中鸿宝苑秘书》，书言神仙使鬼物为金之术，及邹衍重道延命方，世人莫见。"颜师古注："《鸿宝苑秘书》，并道术篇名。藏在枕中，言常存录之不漏泄也。"鸿烈，《淮南鸿烈》，即《淮南子》，汉淮南王刘安等撰。

五

　　至如青牛帐里①，余曲（既）[一][未]终；朱鸟窗前②，新妆[二]已竟，方当开兹缥帙③，散此绚绳[三]④，永对玩于书帷，长循环于纤手。岂[四]如[五]邓学《春秋》，儒者之功难习⑤；窦专[六]黄[七]老⑥，金丹之术不成⑦。因[八]胜西蜀豪家，托情穷于《鲁殿》⑧；东储甲观[九]，流咏止于《洞箫》⑨。娈彼诸姬⑩，聊同弃日⑪；猗欤彤管⑫，无或讥焉[一〇]。

【校记】

[一]既：郑本、《类聚》作"未"，是。威按：《考异》云："既，宋刻作'未'。案度曲未终，不应旁涉，今从《文苑英华》。"此说非是。一则，既为"余曲"似以"未终"为佳。《文选》卷一张衡《西京赋》云："度曲未终，云起雪飞。"二则，"青牛帐"指君主朝会之所（见本部分注①），"青牛帐里"则为君主及朝会群臣；据文意，"朱鸟窗"为"丽人"闲居时把玩《玉台新咏》之所。二句施动者不同，

《考异》以"度曲未终，不应旁涉"为由定此处为"既"字恐未安，当从郑本、《类聚》作"未"。

[二]妆：郑本作"装"。

[三]绦绳：《英华》作"缃编"。《考异》："绦绳，《文苑英华》作'缃编'。"

[四]岂：《英华》脱。《考异》："《文苑英华》误脱'岂'字。"

[五]"岂如"至文末：《类聚》脱。

[六]专：《英华》作"传"。

[七]黄：《英华》误作"却"。

[八]因：郑本、《英华》、活字本作"固"。

[九]观：《英华》作"馆"。《考异》："《文苑英华》作'馆'。"

[一〇]无或讥焉：《考异》："末四字，王志坚《四六法海》作'丽矣香奁'，于义未惬，亦未详所据，疑明人所臆改，非旧本也。"威按：上文已言"丽以金箱"，毋庸费言，纪说得其实。

【注释】

① 青牛帐：梓木所建木帐。《史记》卷五《秦本纪》："十七年，伐南山大梓，丰大特。"裴骃集解："徐广曰：'今武都故道有怒特祠，图大牛上生树，本有牛从木中出，后见于丰水之中。'"张守节正义："《括地志》云：'大梓树在岐州陈仓县南十里仓山上。'《录异传》云：'秦文公时，雍南山有大梓树，文公伐之，辄有大风雨，树生合不断。时有一人病，夜往山中，闻有鬼语树神曰：秦若使人被发，以朱丝绕树伐汝，汝得不困耶？树神无言。明日，病人语闻，公如其言伐树，断，中有一青牛出，走入丰水中。其后牛出丰水中，使骑击之，不胜。有骑堕地复上，发解，牛畏之，入不出，故置髦头。汉、魏、晋因之。武都郡立怒特祠。是大梓牛神也。'按，今俗画青牛障是。"威按，章培恒云："青牛，指万年神木，《玄中记》：'万岁之树，精为青

牛.'(《艺文类聚》卷八八引）青牛帐，以万年神木为原料的木帐。木帐即幄,《太平御览》卷七〇〇:'《说文》曰:幄,木帐也.'（案,今本《说文》'幄'作'楃'）《释名》:'幄,屋也。以帛衣板施之,形如屋也.'《周礼·天官》'幕人掌帷幕幄帟绶之事.'注:'幄,王所居之帐也.'皇帝临朝时,殿上用幄.'余曲未终',指皇帝朝会时所奏音乐未毕,也即朝会未散."其说可从。

② 朱鸟窗:用汉东方朔事.《博物志》卷八:"汉武帝好仙道,祭祀名山大泽,以求神仙之道。时西王母遣使乘白鹿告帝当来,乃供帐九华殿以待之。七月七日夜漏七刻,王母乘紫云车而至于殿西,南面东向,头上太华髻,青气郁郁如云。有三青鸟,如乌大,立侍母旁。时设九微灯。帝东面西向,王母索七桃,大如弹丸,以五枚与帝,母食二枚。帝食桃辄以核着膝前,母曰:'取此核将何为?'帝曰:'此桃甘美,欲种之.'母笑曰:'此桃三千年一生实.'唯帝与母对坐,其从者皆不得进。时东方朔窃从殿南厢朱鸟牖中窥母,母顾之谓帝曰:'此窥牖小儿,尝三来盗吾此桃.'帝乃大怪之。由此世人谓方朔神仙也."

③ 缥帙:淡青色帛制书套,可代指书籍,此处指《玉台新咏》。缥,《说文解字》:"缥,帛青白色也."帙,《说文解字》:"书衣也."

④ 缃绳:编书绳,此处亦代指《玉台新咏》。《太平御览》卷六百五引刘向《别录》:"孙子书,以杀青简,编以缥丝绳."

⑤ 邓学《春秋》:此语盖参合东汉和熹邓皇后、明德马皇后事迹而来。《后汉书》卷十上《和熹邓皇后纪》:"（和熹邓皇后）六岁能史书,十二通《诗》《论语》。诸兄每读经传,辄下意难问。志在典籍,不问居家之事。母常非之曰:'汝不习女工以供衣服,乃更务学,宁当举博士邪?'后重违母言,昼修妇业,暮诵经典。家人号曰'诸生'。父训异之,事无大小辄与详议."同书同卷《明德马皇后纪》:"（明德马皇后）能诵《易》,好读《春秋》《楚辞》,尤善周官、董仲舒书."

⑥窦专黄老：用汉孝文帝窦皇后事。《汉书》卷九十七上《外戚列传·孝文窦皇后》："窦太后好黄帝、老子言，景帝及诸窦不得不读《老子》遵其术。"

⑦金丹：晋葛洪《抱朴子》内篇卷一《金丹》："夫金丹之为物，烧之愈久，变化愈妙。黄金入火百炼不消，埋之毕天不朽服。此二药炼人身体，故能令人不老不死。"

⑧西蜀豪宅句：用三国蜀刘琰事。《三国志·蜀志》卷十《刘琰传》："（刘琰）车服饮食，号为侈靡，侍婢数十，皆能为声乐，又悉教诵读《鲁灵光殿赋》。"鲁殿，指《鲁灵光殿赋》。《后汉书》卷一百十上《王逸传》："（王逸）子延寿，字文考，有隽才。少游鲁国，作《灵光殿赋》。后蔡邕亦造此赋，未成，及见延寿所为，甚奇之，遂辍翰而已。"

⑨东储甲观句：用汉元帝事。东储甲观，《汉书》卷十《成帝纪第十》："孝成皇帝，元帝太子也。母曰王皇后，元帝在太子宫生甲观画堂，为世嫡皇孙。"颜师古注："应劭曰：'甲观在太子宫甲地，主用乳生也。画堂画九子母。'如淳曰：'甲观，观名。画堂，堂名。《三辅黄图》云太子宫有甲观。'师古曰：'甲者，甲乙丙丁之次也。《元后传》言见于丙殿，此其例也。而应氏以为在宫之甲地，谬矣。画堂，但画饰耳，岂必九子母乎？霍光止画室中，是则宫殿中通有彩画之堂室。'"《洞箫》，指王褒《洞箫赋》。《汉书》卷六十四下《王褒传》："太子（汉元帝）体不安，苦忽忽善忘，不乐。诏使褒等皆之太子宫虞侍太子，朝夕诵读奇文及所自造。作疾平，复乃归。太子喜褒所为《甘泉》及《洞箫颂》，令后宫贵人左右皆诵读之。"

⑩娈彼诸姬：语出《诗经·邶风·泉水》："娈彼诸姬，聊与之谋。"毛传："娈，好貌。"

⑪弃日：消磨时日。《文选》卷六司马相如《上林赋》："于是酒中乐酣，天子芒然而思，似若有亡，曰：'嗟乎，此大奢侈！朕以览

听余间，无事弃日。'"李善注："言听政既有余暇，无事而虚弃时日也。"

⑫ 彤管：语出《诗经·邶风·静女》："静女其娈，贻我彤管。"郑玄笺："彤管，笔赤管也。"《后汉书》卷十上《皇后纪序》："女史彤管，记功书过。"李贤注："《周礼》云：'女史，掌王后之礼，书内令，凡后之事以礼从也。'郑玄注云：'亦如太史之于王也。'彤管，赤管笔也。《诗》云：'诒我彤管。'注云：'古者后夫人必有女史彤管之法也。'"《玉台新咏》卷二左思《娇女诗》："握笔利彤管，篆刻未期益。"

参 考 文 献

一　古籍及校注（按四部）

经部：

1. （汉）毛亨传，（汉）郑玄笺，（唐）孔颖达等正义：《毛诗正义》，（清）阮元校刻《十三经注疏》，中华书局 1980 年版。

2. （汉）刘熙：《释名》，中华书局 1985 年版。

3. （汉）许慎撰，（宋）徐铉校订：《说文解字》，中华书局 1963 年版。

4. （汉）何休注，（唐）徐彦疏：《春秋公羊注疏》，（清）阮元校刻《十三经注疏》，中华书局 1980 年版。

5. （汉）郑玄注，（唐）孔颖达等正义：《礼记正义》，（清）阮元校刻《十三经注疏》，中华书局 1980 年版。

6. （汉）郑玄注，（唐）贾公彦疏：《仪礼注疏》，（清）阮元校刻《十三经注疏》，中华书局 1980 年版。

7. （晋）杜预注，（唐）孔颖达等正义：《春秋左传正义》，（清）阮元校刻《十三经注疏》，中华书局 1980 年版。

8. （晋）范宁注，（唐）杨士勋疏：《春秋穀梁传注疏》，（清）阮元校刻《十三经注疏》，中华书局 1980 年版。

9.（清）方玉润：《诗经原始》，中华书局 1986 年点校本。

10. 华学城汇证：《杨雄方言校释汇证》，中华书局 2006 年版。

史部：

11.（汉）司马迁：《史记》，中华书局 1959 年标点本。

12.（汉）班固：《汉书》，中华书局 1964 年标点本。

13.（晋）陈寿：《三国志》，中华书局 1959 年标点本。

14.（晋）常璩撰，任乃强校注：《华阳国志校补图注》，上海古籍出版社 1987 年版。

15.（南朝宋）范晔撰，（唐）李贤等注：《后汉书》，中华书局 1965 年标点本。

16.（南朝梁）沈约：《宋书》，中华书局 1974 年标点本。

17.（南朝梁）宗懔撰，宋金龙校注：《荆楚岁时记》，山西人民出版社 1987 年版。

18.（南朝梁）萧子显：《南齐书》，中华书局 1972 年标点本。

19.（南朝梁）萧子显：《南齐书》，《百衲本二十四史》。

20.（唐）令狐德棻等：《周书》，中华书局 1971 年标点本。

21.（唐）刘知几撰，（清）浦起龙释：《史通通释》，上海古籍出版社 1978 年版。

22.（唐）杜佑：《通典》，中华书局 1988 年版。

23.（唐）李吉甫：《元和郡县图志》，中华书局 1983 年点校本。

24.（唐）李延寿：《南史》，中华书局 1975 年标点本。

25.（唐）李延寿：《北史》，中华书局 1974 年标点本。

26.（唐）房玄龄等：《晋书》，中华书局 1974 年标点本。

27.（唐）姚思廉：《梁书》，中华书局 1973 年标点本。

28.（唐）姚思廉：《陈书》，中华书局 1972 年标点本。

29.（唐）魏徵、令狐德棻：《隋书》，中华书局 1973 年标点本。

30.（后晋）刘昫等：《旧唐书》，中华书局 1975 年标点本。

31.（宋）王尧臣等编次，（清）钱东垣等辑释：《崇文总目》，《丛书集成初编》本。

32.（宋）王溥：《唐会要》，中华书局 1955 年版。

33.（宋）乐史：《宋本太平寰宇记》，中华书局 2000 年版。

34.（宋）苏洵：《谥法》，曾枣庄、舒大刚主编《三苏全书》，语文出版社 2001 年版。

35.（宋）陈振孙：《直斋书录解题》，上海古籍出版社 1987 年版。

36.（宋）欧阳修、宋祁：《新唐书》，中华书局 1975 年版。

37.（宋）郑樵编：《通志》，中华书局 1987 年版。

38.（宋）晁公武撰，孙猛校证：《郡斋读书志校证》，上海古籍出版社 1990 年版。

39.（元）马端临：《文献通考》，中华书局 1986 年版。

40.（清）永瑢等：《四库全书总目》，中华书局 1965 年版。

41.（清）赵翼，王树民校证：《廿二史札记校证》，中华书局 1984 年版。

42.（清）钱曾：《读书敏求记》，书目文献出版社 1984 年版。

43.（清）姚振宗：《隋书经籍志考证》，二十五史刊行委员会编《二十五史补编》，中华书局 1955 年重印开明书店原版。

44. 何清谷：《三辅黄图校释》，中华书局 2005 年版。

45. 周春生：《吴越春秋辑校汇考》，上海古籍出版社 1997 年版。

46. 赵尔巽等：《清史稿》，中华书局 1977 年标点本。

子部：

47.（晋）张华撰，范宁校证：《博物志校证》，中华书局 1980 年版。

48.（晋）崔豹：《古今注》，《四部丛刊》三编影印宋刊本。

49.（晋）葛洪：《西京杂记》，中华书局 1985 年版。

50. （北齐）颜之推撰，王利器集解：《颜氏家训集解》（增补本），上海古籍出版社 1993 年版。

51. （唐）刘肃：《大唐新语》，中华书局 1984 年点校本。

52. （唐）张彦远撰，俞剑华注释：《历代名画记》，上海人民美术出版社 1964 年版。

53. （唐）范摅：《云溪友议》，古典文学出版社 1957 年版。

54. （唐）林宝，岑仲勉校记：《元和姓纂》，中华书局 1994 年版。

55. （唐）欧阳询：《艺文类聚》，上海图书馆藏宋绍兴刻本。

56. （唐）欧阳询：《艺文类聚》，中华书局 1965 年点校本。

57. （唐）徐坚等：《初学记》，中华书局 1962 年版。

58. （唐）释道宣：《广弘明集》，《四部丛刊》影印明刊汪道昆本。

59. （唐）颜师古：《匡谬正俗》，《丛书集成初编》本。

60. （宋）王应麟，（清）翁元圻等注：《困学纪闻》（全校本），上海古籍出版社 2008 年点校本。

61. （宋）李昉等编：《太平御览》，中华书局 1960 年版。

62. （宋）李昉等编：《文苑英华》，中华书局 1966 年版。

63. （宋）洪迈：《容斋随笔》，上海古籍出版社 1978 年版。

64. （清）王先慎：《韩非子集解》，中华书局 1998 年版。

65. （清）孙诒让：《墨子间诂》，中华书局 2001 年点校本。

66. （清）罗振玉：《雪堂校刊群书叙录》卷下，国家图书馆编《国家图书馆藏古籍题跋丛刊》，北京图书馆出版社 2002 年版，第 24 册。

67. （清）郭庆藩：《庄子集释》，中华书局 1961 年点校本。

68. 王叔岷：《列仙传校笺》，中华书局 2007 年版。

69. 王明：《抱朴子内篇校释》，中华书局 1985 年版。

70. 许维遹：《吕氏春秋集释》，中国书店 1985 年版。

71. 郑杰文：《穆天子传通解》，山东文艺出版社 1992 年版。

72. 袁珂校译：《山海经校译》，上海古籍出版社 1985 年版。

73. 徐震堮：《世说新语校笺》，中华书局 1984 年版。

集部：

74. （三国魏）曹植，赵幼文校注：《曹植集校注》，人民文学出版社 1984 年版。

75. （南朝梁）萧统编，（唐）李善注：《文选》，中华书局 1977 年版。

76. （南朝梁）萧统编，（唐）李善、吕延济、刘良、张铣、吕向、李周翰注：《六臣注文选》，中华书局 1987 年版。

77. （南朝陈）徐陵撰，（清）吴兆宜注：《徐孝穆集笺注》，《文渊阁四库全书》，台湾商务印书馆 1986 年版，第 1064 册。

78. （南朝陈）徐陵编，（清）吴兆宜注，程琰删补：《玉台新咏笺注》，中华书局 1985 年点校本。

79. （南朝陈）徐陵撰，许逸民校笺：《徐陵集校笺》，中华书局 2008 年版。

80. （南朝陈）徐陵编：《玉台新咏》，人民文学出版社 2010 年影印明小宛堂覆宋本。

81. （南朝陈）徐陵编：《玉台新咏集》，《四部丛刊》影印无锡孙氏小绿天藏五云溪馆活字本。

82. （北周）庾信撰，（清）倪璠注：《庾子山集注》，中华书局 1980 年点校本。

83. （宋）叶梦得：《石林诗话》，（清）何文焕辑《历代诗话》，中华书局 1981 年版。

84. （宋）刘克庄：《后村诗话》，中华书局 1983 年点校本。

85. （宋）严羽撰，郭绍虞校释：《沧浪诗话校释》，人民文学出版社 1983 年版。

86.（宋）洪兴祖：《楚辞补注》，中华书局 1983 年点校本。

87.（宋）郭茂倩编：《乐府诗集》，中华书局 1979 年版。

88.（宋）曾慥：《类说》，《文渊阁四库全书》，台湾商务印书馆
    1986 年版，第 873 册。

89.（明）谢榛：《四溟诗话》，人民文学出版社 1961 年版。

90.（明）胡应麟：《诗薮》，中华书局 1958 年版。

91.（清）朱鹤龄：《愚菴小集》，上海古籍出版社 1979 年版。

92.（清）许梿评选，黎经诰笺注：《六朝文絜笺注》，上海古籍
    出版社 1982 年版。

93.（清）纪容舒：《〈玉台新咏〉考异》，《丛书集成初编》本。

94.（清）严可均校辑：《全上古三代秦汉三国六朝文》，中华书
    局 1958 年版。

95.（清）李兆洛编，谭献评：《骈体文钞》，陆费逵、高野侯等
    编《四部备要》，中华书局 1920 年版。

96.（清）翟灏：《通俗编》，《续修四库全书》，上海古籍出版社
    1998 年版，第 194 册。

97.《欧阳修全集》，中华书局 2001 年点校本。

98.《陈子昂集》，中华书局 1960 年点校本。

99.黄叔琳注，李详补注，杨明照校注拾遗：《增订文心雕龙校
    注》，中华书局 2000 年版。

二　近人编、著（按姓氏笔画）

1.上海古籍出版社等编：《法藏敦煌西域文献》（全 34 册），上海
    古籍出版社 1995—2005 年版。

2.上海古籍出版社等编：《俄藏敦煌文献》（全 17 册），上海古籍
    出版社 1992—2001 年版。

3. 上海古籍出版社等编：《北京大学藏敦煌为文献》（全 2 册），上海古籍出版社 1995 年版。

4. 上海古籍出版社等编：《上海图书馆藏敦煌吐鲁番文献》（全 4 册），上海古籍出版社 1999 年版。

5. 上海古籍出版社等编：《上海博物馆藏敦煌吐鲁番文献》（全 2 册），上海古籍出版社 1993 年版。

6. 上虞县志编纂委员会编：《上虞县志》，浙江人民出版社 1990 年版。

7. 王运熙：《六朝乐府与民歌》，古典文学出版社 1957 年版。

8. 王运熙、杨明：《魏晋南北朝文学批评史》，上海古籍出版社 1989 年版。

9. 王国良：《神异经研究》，文史哲出版社 1985 年版。

10. 王重民：《敦煌古籍叙录》，中华书局 2010 年版。

11. 归青：《南朝宫体诗研究》，上海古籍出版社 2006 年版。

12. 吕思勉：《隋唐五代史》，上海古籍出版社 1984 年版。

13. 刘跃进：《玉台新咏研究》，中华书局 2000 年版。

14. 刘麟生：《中国骈文史》，上海书店 1984 年据商务印书馆 1939 年版复印。

15. 朱谦之：《中国音乐文学史》，上海人民出版社 2006 年版。

16. 陈垣：《史讳举例》，上海书店出版社 1997 年版。

17. 陈寅恪：《金明馆丛稿二编》，生活·读书·新知三联书店 2001 年版。

18. 张蕾：《〈玉台新咏〉论稿》，人民出版社 2007 年版。

19. 罗竹风主编：《汉语大词典》，汉语大词典出版社 2001 年版。

20. 罗积勇：《用典研究》，武汉大学出版社 2005 年版。

21. 周建渝：《传统文学的现代批评》，中国社会科学出版社 2002 年版。

22. 胡大雷：《宫体诗研究》，商务印书馆 2004 年版。

23. 胡大雷：《〈玉台新咏〉编纂研究》，人民文学出版社 2013 年版。

24. 洪业等编纂：《艺文志二十种综合引得》，上海古籍出版社 1986 年版。

25. 袁行霈主编：《中国文学史》（第二卷），高等教育出版社 2003 年版。

26. 高步瀛选注：《南北朝文举要》，中华书局 1998 年点校本。

27. 高敏：《魏晋南北朝兵制研究》，大象出版社 1998 年版。

28. 曹道衡编著：《魏晋文学》，安徽教育出版社 2001 年版。

29. 曹道衡、沈玉成编著：《南北朝文学史》，中国社会科学出版社 2007 年版。

30. 萧涤非：《汉魏乐府文学史》，人民文学出版社 1984 年版。

31. 逯钦立辑校：《先秦汉魏晋南北朝诗》，中华书局 1983 年版。

32. 阎采平：《齐梁诗歌研究》，北京大学出版社 1994 年版。

33. 褚斌杰主编：《〈诗经〉与楚辞》，北京大学出版社 2002 年版。

34. 谭其骧主编：《中国历史地图集》，中国地图出版社 1982 年版。

35. ［日］冈村繁：《文选之研究》，《冈村繁全集》（第二卷），陆晓光译，上海古籍出版社 2002 年版。

三 学术论文（按姓氏笔画）

1. 丁功谊：《论〈玉台新咏〉成书年代——兼及〈玉台新咏〉不收徐摛诗原因》，《广西师范大学学报》2005 年第 1 期。

2. 马纳：《试论〈玉台新咏〉的成书》，《青岛大学师范学院学报》2008 年第 4 期。

3. 牛继清、纪健生：《〈玉台新咏〉是张丽华所"撰录"吗？——从文献学角度看〈玉台新咏〉为张丽华所"撰录"考》，《淮北煤炭师范学院学报》2006 年第 4 期。

4. 方北辰：《徐陵〈玉台新咏序〉中"葡萄"一典试释》，《文史》（第二十辑），中华书局 1983 年版。

5. 朱晓海：《论徐陵〈玉台新咏序〉》，《中国诗歌研究》（第四辑），2006 年。

6. 邬国平：《〈玉台新咏〉张丽华撰录说献疑——向章培恒先生请教》，《学术月刊》2004 年第 9 期。

7. 刘林魁：《〈玉台新咏〉编者和编纂时间再探讨》，《宝鸡文理学院学报》2005 年第 6 期。

8. 刘明：《敦煌唐写本〈玉台新咏〉考论》，《文学遗产》2010 年第 5 期。

9. 刘复生：《〈华阳国志〉末卷"离合诗"的释读》，《四川师范学院学报》2001 年第 2 期。

10. 刘跃进：《〈玉台新咏〉三题》，《古典文献知识》1996 年第 5 期。

11. 刘跃进：《〈玉台新咏〉成书年代新证》，《国学研究》（第五卷），北京大学出版社 1998 年版。

12. 许云和：《南朝宫教与〈玉台新咏〉》，《文献》1997 年第 3 期。

13. 许云和：《解读〈玉台新咏序〉》，《烟台师范学院学报》2005 年第 1 期。

14. 李少雍：《姚氏父子的文笔与史笔——读〈梁书〉〈陈书〉札记》，《文学遗产》2002 年第 6 期。

15. 李建栋：《论〈玉台新咏〉之"撰录者"》，《江淮论坛》2006 年第 5 期。

16. 李姝、周晓琳：《〈玉台新咏〉编纂者新考》，《沈阳大学学报》2009 年第 2 期。

17. 杨光皎：《今本〈大唐新语〉"伪书说"之再检讨》，《南京大学学报》2006 年第 3 期。

18. 吴冠文：《关于今本"〈大唐新语〉"的真伪问题》，《复旦学报》2004 年第 1 期。

19. 吴冠文：《再谈今本〈大唐新语〉的真伪问题——对〈今本《大唐新语》非伪书辨〉一文的异议》，《复旦学报》2005 年第 4 期。

20. 吴冠文：《三谈今本〈大唐新语〉的真伪问题》，《复旦学报》2007 年第 1 期。

21. 吴冠文、章培恒：《〈玉台新咏〉撰人讨论的几个遗留问题》，《复旦学报》2011 年第 3 期。

22. 宋艳萍：《汉代"良家子"考》，《南都学坛》2012 年第 1 期。

23. 汪浩：《论〈玉台新咏〉一书的编撰者》，《广西师范学院学报》2006 年第 1 期。

24. 冷纪平：《〈玉台新咏〉作品选录中寄寓的现实关怀》，《中国诗歌研究》（第六辑），2009 年。

25. 沈玉成：《宫体诗与〈玉台新咏〉》，《文学遗产》1988 年第 6 期。

26. 陈小松、黄鹏：《〈玉台新咏〉撰录者和撰录时间考》，《乐山师范学院学报》2009 年第 4 期。

27. 陈飞：《唐代文学概念的确立与实现——以早期史学为中心》，《文学遗产》2005 年第 1 期。

28. 陈俐：《〈日本国见在书目〉的学术价值》，《文教资料》2007 年第 22 期。

29. 张蓓蓓：《〈法宝联璧〉编纂考》，《中华文化论坛》2009 年第 4 期。

30. 张蕾：《〈玉台新咏〉研究述要》，《河北师范大学学报》2004 年第 2 期。

31. 张蕾:《情在"闺房"之外——〈玉台新咏〉录诗别调论析》,《河北师范大学学报》2006 年第 6 期。

32. 张蕾:《"〈玉台新咏考异〉为纪昀所作"说补遗》,《文献》2008 年第 2 期。

33. 张蕾:《试论明刻本增补〈玉台新咏〉的价值》,《文学遗产》2004 年第 6 期。

34. 林夕:《明寒山赵氏小宛堂刻〈玉台新咏〉版本之谜》,《读书》1997 年第 7 期。

35. 金乾伟、杨树喆:《〈玉台新咏〉编纂思想及其价值》,《出版科学》2013 年第 4 期。

36. 周禾:《论〈玉台新咏〉的编纂》,《江汉论坛》1992 年第 4 期。

37. 周建渝:《也评"宫体诗"和〈玉台新咏〉》,《四川师范大学学报》1987 年第 4 期。

38. 周绍恒:《〈玉台新咏〉的编者及编撰时间考辨——兼与章培恒先生商榷》,天津师范大学古典文献研究所学术论文集(中国古典文献学丛刊第四卷),天津,2005 年 6 月。

39. 赵莉:《张勃〈吴录〉考论——重构孙吴国史的尝试》,硕士学位论文,宁波大学,2013 年。

40. 胡大雷:《中古文学创作的愉悦性倾向——从〈玉台新咏〉的创作目的说起》,《宁夏师范学院学报》2005 年第 1 期。

41. 胡大雷:《〈玉台新咏〉为梁元帝徐妃所"撰录"考》,《文学评论》2005 年第 2 期。

42. 胡大雷:《〈玉台新咏〉的选录标准、编撰目的与出版要求》,《贺州学院学报》2006 年第 4 期。

43. 胡大雷:《徐陵为〈玉台新咏〉协助撰录者及其〈序〉的撰作时间考》,《文献》2007 年第 3 期。

44. 胡大雷:《〈玉台新咏〉编纂体例二题》,《古籍整理研究学刊》

2009 年第 5 期。

45. 胡大雷：《中国古代诗歌阐释模式与〈玉台新咏〉录诗》，《东方丛刊》2010 年第 2 期。

46. 查屏球、任雅芳：《纸抄时代书籍形态与〈玉台新咏〉编纂体例及成书过程》，《复旦学报》2013 年第 2 期。

47. 饶少平：《盘中诗及其复原图》，《北京工业大学学报》2006 年第 4 期。

48. 祝尚书：《论宋人杂体诗》，《四川大学学报》2001 年第 5 期。

49. 隽雪艳：《玉台新咏》，《文史知识》1984 年第 1 期。

50. 隽雪艳：《〈玉台新咏考异〉为纪昀所作》，《文史》（第二十六辑），中华书局 1986 年版。

51. 徐玉如：《近 20 年〈玉台新咏〉研究》，《淮阴师范学院学报》2001 年第 2 期。

52. 徐哲波：《〈玉台新咏〉成书年代考》，《江海学刊》1998 年第 6 期。

53. 徐建委：《〈玉台新咏〉未收徐摛诗拟测——兼论〈玉台新咏〉的成书和编辑问题》，《长春师范学院学报》2010 年第 1 期。

54. 唐雯：《〈艺文类聚〉与〈初学记〉与唐初文学观念》，《西安联合大学学报》2003 年第 1 期。

55. 谈蓓芳：《〈玉台新咏〉版本考——兼论此书的编纂时间和编者问题》，《复旦学报》2004 年第 4 期。

56. 谈蓓芳：《〈玉台新咏〉版本补考》，《上海师范大学学报》2006 年第 1 期。

57. 谈蓓芳：《〈玉台新咏〉选录标准所体现的女性特色》，谈蓓芳《中国文学古今演变论考》，上海古籍出版社 2006 年版。

58. 陶敏、李德辉：《也谈今本〈大唐新语〉的真伪问题》，《山西大学学报》2007 年第 1 期。

59. 黄颖:《徐陵研究》,博士学位论文,扬州大学,2011 年。

60. 曹道衡:《关于〈玉台新咏〉的版本及编者问题》,《中国古典文学论丛》(第二辑),人民文学出版社 1985 年版。

61. 崔炼农:《〈玉台新咏〉不是歌辞总集》,《云南艺术学院学报》2003 年第 1 期。

62. 章培恒:《〈玉台新咏〉为张丽华所"撰录"考》,《文学评论》2004 年第 2 期。

63. 章培恒:《再谈〈玉台新咏〉的撰录者问题》,《上海师范大学学报》2006 年第 1 期。

64. 章培恒:《〈玉台新咏〉的编者与梁陈文学思想的实际》,《复旦学报》2007 年第 2 期。

65. 傅刚:《〈玉台新咏〉编纂时间再讨论》,《北京大学学报》2002 年第 3 期。

66. 傅刚:《〈玉台新咏〉与〈文选〉》,《中国典籍与文化》2003 年第 1 期。

67. 傅刚:《〈玉台新咏〉研究二题》,《古典文学知识》2004 年第 3 期。

68. 傅刚:《四库全书所收〈玉台新咏〉底本非宋本考》,《中国典籍与文化》2013 年第 2 期。

69. 傅刚:《〈玉台新咏〉赵氏覆宋本的刊印》,《文献》2013 年第 4 期。

70. 鲁洪生、王美英:《〈诗经〉中"以男女喻君臣"的迹象》,《诗经研究丛刊》(第二十三辑),2013 年。

71. 童自樟:《刘孝仪刘孝威集校注》,硕士学位论文,四川大学,2005 年。

72. 詹锳:《〈玉台新咏〉三论》,《语言文学与心理学论集》,齐鲁书社 1989 年版。

73. 詹福瑞：《宫体诗派的形成及发展过程》，《漳州师院学报》1997 年第 3 期。

74. 樊荣：《徐孝穆年谱》，《新乡师专学报》1995 年第 3 期。

75. 樊荣：《〈玉台新咏〉"撰录"真相考辨——兼与章培恒先生商榷》，《中州学刊》2004 年第 6 期。

76. 潘婷婷：《今本〈大唐新语〉非伪书辨——与吴冠文女士商榷》，《南京大学学报》2005 年第 2 期。

77. 穆克宏：《试论〈玉台新咏〉》，《文学评论》1985 年第 6 期。

78. 穆克宏：《徐陵论》，《楚雄师范学院学报》2002 年第 2 期。

79. ［日］兴膳宏：《〈玉台新咏〉成书考》，董如龙、骆玉明译，复旦大学中文系古典文学教研室和文学研究所文学批评史研究室合编《中国古典文学丛考》（第一辑），复旦大学出版社1985 年版。

后　记

　　最初关注《玉台新咏》研究是在 2005 年，当时我正在读硕士二年级，在准备课程作业时开始接触《玉台新咏》研究论著；在完成作业后，又将《玉台新咏》文献研究作为自己毕业论文的选题方向。当时正值章培恒先生《〈玉台新咏〉为张丽华所"撰录"考》发表不久，学者纷纷撰文对章先生的文章予以回应，《玉台新咏》成为当时学界关注的热点。现在回想起来，选择这样一个热点话题作为毕业论文选题，无疑是有难度和风险的，学院老师对我也有过提醒和建议。然而，新出之犊不求其故，当时只是固执地觉得自己在查找阅读资料的过程中发现了一些问题，并能围绕这些问题说出一点新的东西，并没有考虑其他。

　　幸运的是，完成后的毕业论文得到了老师们的认可，被评为校优秀毕业论文；更为幸运的是，在读博士之初，那篇小文又被评为四川省优秀学位论文。可以说，在学术预流之初，就是她给了我前行的信心与动力。因此，虽然后来的博士论文选题与《玉台新咏》无关，但我却一直关注着这一研究领域；参加工作后，也曾用相关内容申请课题并陆续发表过几篇论文；2014 年下半年，萌生了写作这本小书的想法。

　　饮水思源，能将想法转变为现实，得益于很多老师的启发与帮助。感谢黄鹏师，黄老师是我的硕士导师，我的硕士论文亦即此书的雏形，就是在他的指导下完成的；也是他最初的指引与鼓励，让我明确了奋斗目标，确立了人生方向。感谢周晓琳老师，我之所以会关注《玉台新咏》研究，是因为曾选修周老师《魏晋南北朝文学研究》一课，没有她的引导，我可能不会关注这一研究领域，自然也不会有这本小书。感谢郑杰文老师，我与郑老师相识在他的课堂上，当时很冒昧地拿着书稿第二章初稿向他请教，第二次上课前他把稿件还给我时，上面是密密麻麻的批注，甚至标点的错误都已标示；郑老师还是我硕士论文的校外评审专家，针对论文给了我很多鼓励与建议；2014年，在蓬莱参加学术会议遇到郑老师，他还问我当年给我修改的文章发表没有，对后学的提携与奖掖让人感动。

　　这本小书将是我正式出版的第一部学术专著，是对以往研究工作的一次总结，对曾经求学经历的一次回顾，更是今后学术之路的一个起点。燕泥敝帚，甚自珍之。在近两年的写作过程中，遇到的困难与曲折超出我的预期，如果没有家人的理解与支持，我是无法坚持下来的；而在全程中我个人的感受是，过程虽然艰辛，但朝有启明、暮伴长庚的日子，让人感到充实而满足。是为记。

黄　威

2016 年 4 月 29 日于哈尔滨